ROBIN
知更鸟

看见你灵魂所有的颜色

幸福深处

[英] 安娜·迈克帕特林 / 著

吴自华 邹东 / 译

广西科学技术出版社

著作权合同登记号：桂图登字：20-2017-002 号

图书在版编目（CIP）数据

幸福深处/（英）安娜·迈克帕特林（Anna McPartlin）著；吴自华，邹东译.—南宁：广西科学技术出版社，2017.11
　　ISBN 978-7-5551-0860-3

Ⅰ.①幸… Ⅱ.①安… ②吴… ③邹… Ⅲ.①长篇小说–英国–现代 Ⅳ.①I561.45

中国版本图书馆CIP数据核字（2017）第244256号

XINGFU SHENCHU
幸福深处

作　　者：〔英〕安娜·迈克帕特林	翻　译：吴自华　邹　东
产品监制：何　醒	特约策划：孙淑慧
特约编辑：卢丹丹	责任编辑：何　醒
版权编辑：王立超	责任校对：曾高兴
责任印制：林　斌	装帧设计：棱角视觉

出版人：卢培钊	
社　　址：广西南宁市东葛路66号	出版发行：广西科学技术出版社
电　　话：010-53202557（北京）	邮政编码：530022
传　　真：010-53202554（北京）	0771-5845660（南宁）
网　　址：http://www.ygxm.cn	0771-5878485（南宁）
	在线阅读：http://www.ygxm.cn

经　　销：全国各地新华书店	
印　　刷·北京中科印刷有限公司	
地　　址：北京市通州区宋庄工业区一号楼101号	邮政编码：101118
开　　本：787mm×1092mm　1/32	
字　　数：210千字	
版　　次：2017年11月第1版	印　张：15.5
书　　号：ISBN 978-7-5551-0860-3	印　次：2017年11月第1次印刷
定　　价：45.00元	

版权所有　侵权必究
质量服务承诺：如发现缺页、错页、倒装等印装质量问题，可直接向本社调换。
服务电话：010-53202557　团购电话：010-53202557

目录
CONTENTS

星期三

星期四

星期五

序
言

———

梅
齐
·
比
恩
·
布
伦
南
上
场

　　房间里很安静，只有缓慢拖动的脚步声，若有若无的滴答声，还有梅
齐自己的心跳声。脚步声、滴答声、怦，脚步声、滴答声、怦。**镇定点，
你这愚蠢的老母牛。不会有事的。**

　　她能感受到丈夫的双手抱着她的双肩。他就站在她身后，在讲台的边
缘，而且她能听到他在她头脑中讲话。**一切都好，你表现得不错。别怕出
汗。保持微笑。**她看着女儿瓦莱丽有气无力地走进来，搭在继父身上，然
后脱掉鞋子，甩出一颗小石子。

　　她的面部和头部如同被火烧过：最近一次的更年期潮热已经蔓延到头
皮，把她那可爱的烘干的头发连根卷起。她想挤出微笑，但下唇粘着上牙
一动不动。**简直光彩照人。我要打起精神来。**

　　介绍她上台的那位气度不凡的博学男子，已经演讲了好几分钟；他显然很喜欢自己的声音。说句公道话，声音很不错，显得优雅而高贵，在他温柔的表达下，有种令人放松的效果。

　　梅齐忙着在观众席中找人，很快便发现了迪尔德丽，她穿着一件整洁无瑕的昂贵深色正装。米奇和朱诺一起坐在她身后。米奇正吃着一大块火腿卷，有一半的吃食都掉在朱诺的大腿上。**几年过去了……一切都变了，一切又都没变。**她搜寻着戴夫：他答应过，只要条件允许就一定到场，但他经常出门旅行，而且他的女朋友刚刚生了对双胞胎。**这可不是闹着玩的，戴夫。**当她发现他正在穿越过道，从他的座位上推开一位老实巴交的少年，然后和自己的老伙计坐在一起时，她会心一笑。约翰用手肘挤他，狡黠地笑着，然后去挠林恩的后脖颈，得到她毛线针的一记敲打。

　　现在梅齐注意到林恩，她从坐下来起就一直在织毛衣，沉浸在平一针、反一针的世界里。多年以来，林恩越来越容易在人群中紧张不安，但为了最好的朋友，她还是决定来现场支持，而织毛衣可以让她保持镇定。对这本书有贡献的每一位都到现场来支持她了。即使过去这么多年，他们仍然互相支持。她的心里很满足。**所有的老伙计都来了。**

　　这是她第一次在大学里开讲座，也可能是最后一次——这取决于她是否会搞砸。没受过多少教育的梅齐·比恩·布伦南居然给一群学者开讲座？这感觉不太真实，但此时她就站在讲台侧面，几步之外就是给她的书所做的精美的大幅海报：《杰里米所言：爱与误解的回忆》。那是她十六岁儿子杰里米和他最好的朋友雷夫的真人放大版照片，两人都神采奕奕、朝气蓬勃而且笑容满面。这张照片，她已经看了二十年，现在看依然会泪流满面。

　　那位口音高雅的学者向她看过来。该上场了。

　　"女士们，先生们，我怀着巨大的荣幸为你们请出梅齐·比恩·布伦南。》观众鼓掌。梅齐感觉丈夫轻轻地把自己推向讲台。

"大胆地冲呀，梅齐。"瓦莱丽轻轻地说。

我来这里是要做什么呢？

掌声渐渐落下去。她站到了讲台后面。房间里恢复了平静，只有年轻人不安分的低语声。

脚步声、滴答声、怦，脚步声、滴答声、怦。

梅齐清了清嗓子，喝了一口水，然后张开了嘴巴。所有的眼睛都注视着她。这个故事酝酿了很久，现在到该讲出它的时候了。她闭上眼睛，深吸一口气，然后睁开眼睛开始演讲。

"我的名字叫梅齐。我的丈夫叫我梅，孩子们叫我妈齐，你们随便怎么称呼我都可以。"

现场有一些笑声。梅齐不太肯定这是缘于她的开场白还是缘于她的口音。这并不重要，所以她继续讲下去。

"我第一个孩子，杰里米，是由于暴力而受孕的，而且他也死于暴力，但是在他活着的时候，他是我生活中的太阳。"梅齐的声音有一些凝噎。**我活泼可爱的杰里米。**"我来这里聊聊他的事情，还有我们短暂的相处教给我的东西，只要你们愿意稍稍忍耐我一会儿。"

学生们停止打闹、低语和轻笑。华贵红木装饰的大厅消失了。脚步声、滴答声、怦，脚步声、滴答声、怦……慢慢地安静下来。

梅齐继续演讲的时候，她回到了二十年前塔拉特的农家小院。那是1995年元旦的早晨，给她的生活带来无可挽回的改变的那一天，也是她儿子生命终止的那一天。

"从这开始讲吧，我十六岁的儿子杰里米和他外婆布蕾迪正绕着餐桌跳华尔兹……"

星期天

1995 年 1 月 1 日

第一章 / 012
杰里米
珍珠果酱乐队，1992

第二章 / 045
星期天，星期天
污点乐队，1993

第一章

杰里米

——

珍珠果酱乐队，1992

梅齐 ┃ 　七十八岁的布蕾迪·比恩在房间里翩翩起舞，她的外孙杰里米在引导她跳老式的圆舞曲。在梅齐的注视下，布蕾迪数到三，然后转了转。老太太看上去很优雅，仿佛对这个世界无忧无虑。梅齐早晨大部分时间都花在了给母亲洗澡上，给她换上一件清爽的白色衬衫，一件柔软的灰色羊毛衫，还有她最喜欢的只遮到膝盖上方的花呢裙。然后，把她长长的白发整齐地梳理成光滑的圆发髻。布蕾迪喜欢漂亮，所以女儿总要保持她的光鲜靓丽。这是她最起码能做到的事情。尽管上了年纪，精神状况不佳，但布蕾迪仍然热爱天真烂漫的调情嬉笑，充满乐趣。她被当地人称为"老顽童"，每个人都爱她。当她旋转舞蹈时，她的裙子飞起，露出枝条般的双腿，融入音乐里。她毫无困难地追随着十六岁的杰里米的舞蹈节奏，虽然她的头脑有点糊涂，但军队护士出身的布蕾迪·比恩像跳蚤一样健康灵敏。维拉·林恩的《我们会再相逢》正在播放，她也跟着哼哼。

"啊，这就像过去一样，亚瑟——你和我，还有朗姆酒。"她轻声笑了起来。

"外婆，是我，杰里米！"杰里米说。上一次，她把自己认作她逝去已久的丈夫，她还说她是多么想念他的男子气概——而当外婆脱口而出"阴道"这个词时，梅齐的长子就忍不住抱怨，难以抵挡恶心和头晕的夹击。梅齐很清楚，他不愿意再次经历这种创伤。他停下舞步并指着自己说："我是杰里米，你的外孙，别再讲脏话了。"梅齐忍不住笑了。

"我知道你是谁，我的孩子。"布蕾迪说，"我只想和你天堂的外公聊一聊。"她伸出右手，被他用左手紧紧握住，"围着桌子再求一次好运。"

"好吧，跳完后我就要走了。这是我最后一天假期了，我也有自己的生活，你知道啊。"

"我知道。"布蕾迪轻声说，"令人着迷，到处都是小姑娘和秘密。"她用食指挤压着鼻子，"我也有点儿自己的小秘密。"

"天哪。"他摇着头说，"别说了。"

"好吧，亲爱的。"

杰里米常常假装无法忍受，因为这会逗乐他的外婆。她常常看着他们玩这种角色颠倒的游戏：杰里米扮演成年人，而外婆则扮演无畏的小孩。她笑着看看他，然后伸手拂开遮住他眼睛的沙栗色头发。她没有说话，只是满足地叹了口气，然后拍拍他的肩膀。

"好孩子。"她伸出手指凭空比画着，慢慢指向一张大大的贴纸，上面写着"冰箱"。她专注地走过去，并打开冰箱门。"我想吃奶酪。"

杰里米狡黠地对着母亲笑笑。老外婆看起来很享受啊。

梅齐拦住她："奶酪会让你胀气的，妈。"

"呵呵，我对胀气一点都不在乎。"布蕾迪大笑。

"妈，就让她吃吧。外婆，生命只有一次。"

"还是杰里米爱我，容忍我自由地放屁。"布蕾迪头也不回地在冰箱里翻找着。

"杰里米是个小孩儿，他觉得你放屁的声音很滑稽。"梅齐抗议杰里米的偷笑。

布蕾迪从冰箱里回过头来，拿出一块切达干酪。"啊，奶酪。"她说，梅齐看到儿子笑得更厉害了。杰里米至少有一件事情是毋庸置疑的，他爱外婆。"只能吃一小片。我在做早餐呢。"梅齐坚持不懈地说，布蕾迪也点头了，打开奶酪包装，一口咬下去。

这是新年的第一天，也是学校圣诞节假期的最后一天，所以梅齐做了大盘油煎菜来庆祝一番。当她推开十二岁的瓦莱丽的卧室门叫她出来吃饭时，杰里米和布蕾迪早已就座。瓦莱丽还躺在床上声嘶力竭地唱歌——East17[1] 的《留在另一天》（*Stay Another Day*）。

"我叫你吃早餐有五分钟了，肺都喊破了，瓦莱丽·比恩。"

"我还不饿，妈齐。"瓦莱丽说。

"趁我还没杀了你，快把你皮包骨的瘦屁股滚进厨房去。还不饿？你以为自己在哪儿，天杀的丽姿酒店吗？"

"差不多！我们可以去天杀的假日酒店。"

[1]East17是英国90年代早期最成功的年轻偶像乐队，属于流行舞曲音乐风格。

"别说'天杀的',快起来。"梅齐发警告了。

瓦莱丽气鼓鼓地下床了。

首先,瓦莱丽是个小孩子。她喜欢大声的流行音乐、黑衣服,她在卧室里还有一些其他小嗜好。刚满十一岁,她就打包起所有的娃娃和毛绒动物玩具,几个星期后送给了一位上门要旧衣服的吉卜赛女人。瓦莱丽只留下一只小小的紫色关怀熊,那是她爸爸离婚后唯一一次探望她时送给她的。她把它藏在衣橱底部的鞋盒里,和一个没用过的日记本与一块黏糊糊的石头放在一起,那是她最好也是唯一的朋友诺林·拜恩送的,两人是在黑潭市的家庭旅游时认识的。瓦莱丽舔过那块石头,然后说像"翔"(屎)一样,又包了起来。

整个假期,梅齐让瓦莱丽立下重誓,戒掉她最喜欢的口头禅"天杀的"和"翔",然而这似乎反而强化了她的坏语言毛病。在她被拖到校长办公室,探讨她女儿为什么要使用"翔包"[1]这个词语之后,她就在努力改变这一局面。

"公平地讲,杨校长,那个男孩也不好,他把涂改液抹到我女儿头发上。"

"这不是重点,比恩女士。"

---

[1] 原文 shitebag。

"恕我不能同意。"

"瓦莱丽肯定是在哪里学到这种用语的，应该不是在我们学校。我们有严格的规矩，不许使用禁用语咒骂别人。"杨校长递过来一份禁用语清单。她扫了一眼，大部分词语她平时也会脱口而出。"我没看到'翔包'列在上面啊。"她试图缓和一下情绪。

杨校长并不觉得好笑。"也许没有，但你看到'屎'这个词是不能用的，而'翔'就是'屎'多出一个音节。'包'倒是没有问题。"

杨校长太自以为是了。梅齐很想忍住，但已经无法掩饰怒火。这是她情绪的触发点，会瞬间让她从顺从转向武断。通常情况下，对于这种受过大学教育的中产阶级女人，她会把她和她那优雅的口音和糟糕的态度一起打包扔到脑后，因为她并没有做出任何应该被人如此轻蔑的事情。然而，此时她的脸颊开始发烫，嘴唇咬得紧紧的，因为这个傲慢的女人说得没错。瓦莱丽从自己和自己母亲那里学到了这些骂人的话，虽然她觉得捍卫女儿自由表达的权利没错，但小孩子骂人始终是不对的。从那一刻起，她决定给孩子们树立一个更好的榜样——毕竟这也不是什么难事，是吧？

结果却并不如她所愿。在这样一个家庭里，单亲妈妈带着两个孩子，还有一个痴呆症中期的母亲，她平时要到牙科诊所打零工，周末还得去工厂干清洁，很难做到不骂人。现在说脏话已经泛滥成灾。梅齐害怕再次和杨校长见面。

当布蕾迪情况还好时，她经常说瓦莱丽是梅齐的死穴。"这孩子，我爱她，但不喜欢她的倔脾气。"她说。她这样说的时候总是会心一笑，仿佛这种想法很让自己满意。"但她会好起来的。我在她身上看到了我妈妈的影子——她能在十字架上和耶稣打起架来——一到紧急关头，梅齐，我们的瓦莱丽就会显出她的英雄本色了。"

相反，杰里米则乖得多。他关心外婆，关心妈妈，甚至关心他的小妹妹——只要她允许。除了喜欢使用"耶稣啊"（布蕾迪总是维护他，说大多数都是用来祈祷的，而不是骂人），他从不咒骂别人，至少不会在大人面前这样做。他帮助妈妈拎采购的物品，经常检查门是否锁好、火炉的铁丝网是否架起来。他是家里的男人，并且特别认真地对待这件事情。当然，他不是圣人：他有一个很讨厌的毛病，喜欢教训母亲。

"老天啊，妈齐，说了多少次了，你怎么还把裤袜晾在火炉的铁丝网上啊？"

"对不起，儿子。"

"认真点，妈齐。"

"你说得对。我错了。"

"别让我再看到这种事情了。"

"你过分了，小子。"

"对不起，妈齐——但裤袜是不能晾在火炉铁丝网上的。"

有时候梅齐真想把裤袜塞进儿子嘴里。他还很疯狂地执着于关门这件事情。他生活中有一半的时间在吼别人关门。尤其可恶的是，别人仍在门里走进走出时，他还在吼。就连布蕾迪也对此头疼不已。"啊，看在上帝的分上，孩子，让我先穿过这该死的门吧。"她有一次这样喊出来。当布蕾迪大喊大叫时，每个人都会躲得远远的。

温柔、甜蜜而可爱的布蕾迪从未动怒，除非她开始失去理智。医生解释说，愤怒和打人都是她疾病的症状。这可以理解，但只要她一发脾气，梅齐就会吓一大跳。有一回杰里米在布蕾迪过门的时候惹恼了她，布蕾迪把杰里米顶到了墙上。他吓了一跳，但还装作很淡定，其实他的手肘已经撞到门框了。布蕾迪风一般地穿过，好像什么事情也没发生，但是梅齐看到杰里米眼里泛着泪花。她的心一沉。哦，不。这只是一个小小的意外，没有造成真正的伤害，但是却让她难过；更重要的是，让她儿子难过了。梅齐已经把孩子们从暴力家庭中解脱出来了，可不想重蹈覆辙。

从那以后，她总是用自身挡住母亲爆发的脾气。她被踢过，被推过，被掐过，被咬过，大部分都发生在她给布蕾迪穿衣服或洗澡的时候。对梅齐而言并无大碍，这些她都习以为常——她可以轻易地挡开母亲的攻击，不会受到真正的伤害。她告诉自己，布蕾迪并不知道自己在干什么，只要她可以掌控大局，让孩子们远离伤害，大家都能相安无事。这让生活更加艰难，但她不会抛弃母亲，尤其是在母亲最需要她的时候。

梅齐离开瓦莱丽的房间，对着大厅墙壁上的一张相片整理了一会儿，那是布蕾迪、杰里米和瓦莱丽的合影。布蕾迪在前面中间，外孙和外孙女挂在她身上。天在下雨，他们的头发都贴在额头上，即便如此，他们依然笑得非常开心。她真希望自己也出现在照片里面。当时布蕾迪让她把相机交给路人——"梅齐，让那个头发乱糟糟的年轻人给我们拍张照片。"——但梅齐觉得那个头发凌乱的小伙子似乎可以毫不费力地带着相机逃跑。相机很贵，如果弄丢了，她没有钱再换一台。

"你有信任危机。"布蕾迪告诉她。

她可能确实有信任危机。那个年轻人穿着轮滑鞋。"我肯定跑不过他。"她这样想，低头瞟了一眼自己穿着的嘎吱作响的人字拖鞋。要是她知道没几个月之后母亲就表现出痴呆的迹象，她宁愿冒这个风险。

摆正相片以后，她回到母亲和儿子待的厨房里。布蕾迪和杰里米快要吃完早餐了，而瓦莱丽终于肯和他们一起坐到餐桌前。

"好吧，时间到了，梅齐·比恩。"布蕾迪对瓦莱丽说。

"我是瓦莱丽。"

布蕾迪盯着她，试图找出某种含义。瓦莱丽径自吃着早餐，假装无视老太太双眼涌起的泪雾。

杰里米很有耐心，他似乎天生就知道如何安抚她一时的情绪。现在，他把她的手握在自己手心，哼唱着《我们会再相逢》。过了一两分钟，布蕾迪倚靠着外孙的肩膀也加入哼唱，随着头脑中的音乐应和着节拍。

"你该休息了，外婆。"杰里米轻轻地对她说。

"你说得对，孩子。"

梅齐看着他们走进布蕾迪的房间。他为她打开房门，她跨进门，转身说："晚安，孩子。"虽然她刚刚吃过早餐。

"晚安，外婆。别忘了，杰里米·比恩爱你。"他总是这样说。这已经成为一种仪式了。

布蕾迪关门的时候吻了他一下。她不会记得的，但这是布蕾迪最后一次看着外孙活着的时候。

杰里米留在房子里照顾外婆，梅齐在超市里待了一个小时，发现超市的整个布局都改变了，咒骂不已。

"这是为什么，他们怎么能这样做？"她咆哮如雷。

瓦莱丽耸耸肩："可能他们知道这样可以逼疯你，妈齐。"

梅齐从平常的过道闪入清洁剂区。"就是这里，对吧？上次来的时候，这里有个冰箱，放着预先打包好的肉，是不是？"

"是的。"

梅齐转身四下看看。"谁把清洁剂放到过道旁边了？"

"真天杀的不卫生。"瓦莱丽咕哝道。

"说脏话罚十便士。"梅齐阔步走向本来摆放饼干的过道。当她第三次走过果酱和罐头食品旁时，她看到女儿从另一条过道冒出来。

"狗粮。"瓦莱丽说。

"没错，回到摆放比萨和冰冻蔬菜的货架那儿——一定就在那附近的某个地方！"

"耶稣啊，妈齐，我们已经去过三遍了。"

梅齐努力控制住自己，超市购物是她最不喜欢做的事情，虽然超市并不想惹她。我要写信投诉，亲爱的混蛋们……

天气又热又闷，梅齐喝红酒有点过头了，昏昏沉沉的。愚蠢的新年夜。她又是一个人度过。七点一过，她母亲就上床睡觉了，儿子和朋友们一起过，而瓦莱丽又躲进了卧室。至少，她还没有吸毒……梅齐对毒品非常恐惧。她看过与吸毒有关的所有小册子，于是像鹰一样看护着孩子们，不放过任何蛛丝马迹，尤其关注十二岁的女儿。每一天，她都要对女儿暗自进行检查：外表怎样？没什么变化。很好。饮食习惯呢？没有变化。很好。兴趣改变了吗？没有。很好。举止粗鲁或桀骜不驯了吗？一直如此举止粗鲁并且桀骜不驯，所以也没变化。很好。朋友阵容变化了吗？没有，还是只有一个朋友。虽然这一点让我很担心——杰里米就非常受欢迎……郁郁寡欢吗？她生下来就这样……思绪回到自己身上，梅齐打开一瓶红酒，对着朱尔斯·霍兰德[1]喝酒。午夜不时地绽放着一些烟花，惊起维拉·马隆的狗——杰克。它的吼叫声被维拉的大喊声刺破："有人进屋偷东西你都不叫。你怎么不给这些捣蛋的小鬼沏壶该死的茶！"隔着墙，她也不太清楚狗是羞愧了还是疲惫了，总之它不叫了。

---

[1]《朱尔斯·霍兰德深夜脱口秀》节目主持人。

梅齐不习惯喝酒。她跌跌撞撞地爬上床，黑暗中碰到了脚趾。躺下后，房间开始天旋地转。她清醒的时候感觉还好，现在却仿佛在地狱第七层，头疼，脚疼，汗水从每一个毛孔涌出，让人忍不住想吐。

她忍住了，叹一口气，慢慢转过身，拿起架子上的洗发水和保湿霜。"我只想要一块该死的鸡肉。"

"说脏话，又罚十便士。所以，'屁股''天杀的'和'该死'，你又穷了三十便士，这还不到中午。"瓦莱丽沾沾自喜地指出来。

"我没说过'屁股'。"梅齐辩驳，一边走向熟食柜台。

"你说过。你一大早就叫我把皮包骨的瘦屁股滚进厨房里。"

梅齐想起来了，叹了口气。胡说八道，她心里想着，走到熟食柜台附近的新屠宰场。一个穿着溅了一些血渍的白围裙的小伙子，头顶贴着一个纸帽子，靠着柜台站着，一条腿向前伸。"请问冰冻鸡肉到底在哪啊？"她很想说话不那么冲，但没控制住。

这小伙子脸上布满雀斑，厚厚的头发边缘被发胶粘在一起，拿眼睛瞟了瞟她。"在冰箱里。"

她咬了咬牙："冰箱又在哪？"

"在我后面。"他打着手势。

她看到他身后的一堵墙，中间有扇沉重的不锈钢门。"怎么这样？"

"因为这是屠夫区的。"

"我知道，但是冻肉不总是放在过道上吗？不在屠夫区。"

"我妈说改变就像休息一样有益。"他耸耸肩。

"她现在就想改变了？"梅齐想象着掐住他的脖子，"好吧，我建议能不能竖起几块牌子，引导顾客熟悉这扯淡的新系统？"

年轻人打量着梅齐，又看看瓦莱丽，然后别开眼睛看向空气。瓦莱丽对他比了中指。"看着我妈妈！注意你的态度。"

瓦莱丽可能确实桀骜不驯，但很忠诚。除了她的手势有些不妥之外，梅齐感到很自豪。

"我在自说自话吗？"梅齐发问。

"女士，是这样，你是想要冰冻鸡肉还是想要再咆哮一会儿？"

梅齐控制住自己。她靠近柜台，准备让他拿肉。

"你在这里啊，女士！新年快乐。"弗雷德·布伦南伸出手来握她。

啊，耶稣啊。她出丑了。年轻人偷笑着走开。

　　"布伦南警官，你好！要想在这里买上一块鸡肉，你得怎么做才行？"她假装笑着想掩饰自己的尴尬。噢，上帝，我真可怜。

　　"不管做什么，别闹翻了就行，至少在我离开之前别这样。"

　　然后他们一起离开屠夫柜台，进入过道的中心。

　　"梅齐，你还好吗？"这个问题才是他担心的。

　　梅齐的脸颊刷地红了。"我很好，真的很好，非常好。"他点头听着，但很明显还想了解更多内容。"非常好，非常好，再次感谢您为我们做过的一切，布伦南警官。"

　　"你不必感谢我，梅齐，告诉你多少次了，叫我弗雷德。"

　　"对不起，弗雷德。"

　　"你还是没有他的消息吗，梅齐？"

　　弗雷德总会问到梅齐的前夫。丹尼失踪后，已有好几年没线索了，她内心是希望他不要再问了的。

　　"没有。毫无踪迹。他肯定不在了。"别再问了，可以吗？

　　弗雷德转向瓦莱丽，紧紧地逼视她。身高两米的弗雷德可以俯视大多数人。"瓦莱丽，你还好吗？"

　　她耸耸肩——这是他能得到的最好回答了。梅齐的孩子们在成年人面前不是很自在。老实说，梅齐也不自在。

他快速地转开话题。"杰里米和你妈妈都还好吧？"

"很好，感谢。"

"工作怎么样？"弗雷德安排梅齐在牙医诊所工作。牙医是他在高尔夫球俱乐部认识的一位朋友。

"很不错，再次感谢。"

"能不能不再这么感谢我？我最多给你提供了面试机会，其余都是你自己完成的。而且，你也知道自己干得很好。清洁的工作怎样了？还在干吗？"

"啊，还做着……这是很容易到手的快钱。"曾经，年轻的梅齐有着远大的梦想。后来，她遇到了她的前夫。梅齐内心势利的一面不愿承认自己靠这些来弥补收入的不足。

"如果她们都像你一样，梅齐·比恩，女人就能统治世界了。"

瓦莱丽发出作呕的声音，梅齐朝女儿狠狠地投去一眼。

"您是伟大的女人，梅齐。"

她不知作何反应。接下来一阵沉默，她开始意识到他不太自在起来。他是个很好看的男人，但现在看起来有点热得冒汗了。"伟大的女人。"他重复着。她很好奇，他发红的脸颊是因为他也在和宿醉作斗争，还是感染了她抵抗了半条路的虫子。请别对着我打喷嚏。我可没时间生病了。"这里很热，不是吗？"她说。

"灼热。"弗雷德的目光转向过道。他捋着胡须，用力地揉鼻子。

"好了，我得走了。"她酝酿着如何快速逃离。

他点头微笑，但是看起来快要哭了。当她错身而过时，他挽住她的手臂——不像丹尼过去那么恶毒用力，而是温柔地用双手挽起。温暖、舒适而美好。他的脸像甜菜根一样红了。"我想请你出去吃饭。"他说，话语像奔跑似的脱口而出。他重新把灼热的目光盯着地板，放开她的手，摸着自己的下巴。

梅齐有点震惊了。"你说什么？"她看着弗雷德，又转向瓦莱丽，瓦莱丽的嘴巴张得大大的。

"只要你有时间。"

"哦。"梅齐不知如何回答。脑中翻过一千个念头。这是个玩笑吗？为什么是我？不，我听错了吧？我要疯了。怎么回事？耶稣啊，我不能！我做不到。虽然他天杀的性感小胡子很好看。但我有两个孩子啊！他知道得太多了。不过，他还是很好的。不，这样不对。我没有合适的衣服可穿！虽然妈妈的红丝绸礼服很合身，也很经典……

"梅齐？"一段似乎旷古久远的沉默过后，他的声音显得很小。

"嗯？"

"能给个回话吗？"

"好的。"她说。

"很好，太棒了。"他长出一口气。

梅齐僵住了。噢，耶稣啊！我只是说我可以给个回话，不是同意和你一起约会！

"今晚怎么样？"

"今晚？"梅齐看看女儿，瓦莱丽还在后面盯着她，嘴巴还大张着，眼球凸起。

"好吧，答应我吧。"他并没有乞求，但声音中透出的期望令人很难拒绝。

"好吧。我答应了。"

"很好。七点。我来接你。"他说，"真棒！"

"好。"梅齐点头。

他拍拍手，快速地摩擦起来。然后掂起看不见的礼帽，眨眨眼睛离开了。

她感觉在地板上扎根了，不知所措，没弄明白究竟发生了什么——不知如何走出这场眩晕。

女儿双臂交叉在胸前。"我要把你的事告诉杰里米和外婆。"

梅齐感到不舒服，转身离开了。

"鸡肉怎么办？"瓦莱丽问。

"我们吃比萨吧。至少我找得到该死的比萨在哪。"

"四十便士。"瓦莱丽大喊，追赶着在过道跑路的母亲。

瓦莱丽 ┃ 瓦莱丽在回家的路上没说什么。她喜欢弗雷德，一直喜欢，但一想到他要带妈妈出去吃饭，就感觉不舒服。

她没有像杰里米一样，有和父亲在一起生活的鲜明记忆。那时候，她还不能理解恐惧：她还太小，无法理解爸爸经常把妈妈打到大小便失禁的恐怖现实。她被闷在房门后的尖叫声惊醒；她注意到用化妆品掩盖的伤痕；她看过妈妈清理墙壁和地板的血渍，听过一些愚蠢的解释，什么"摔伤了脚踝""撞到门了"，等等，甚至还有更荒谬的"当然是果酱了"。梅齐有次严重受伤住院三个星期，那时瓦莱丽才五岁。她的记忆模糊不清，自相矛盾，充满空白和疑问。她妈妈从未说起过去，虽然瓦莱丽知道得不多，但知道不应该去问。她的爸爸已经被妈妈深深地埋葬，随着时间推移，他越漂越远。他很少会浮现在她的脑海，她把他描述成有趣而有魅力的人——他抱着她转圈圈，高高地举到空中，在她尖叫时大笑——但在这个理想化的父亲印象之下，她还有个模糊的回忆，那是一个大喊大叫的恐怖男人。

父母的婚姻结束，然后父亲失踪，这已经有整整七年了。母亲在此期间没有和任何人约会。除了杰里米（杰里米不能算），家里没有男人。这种生活瓦莱丽很喜欢。瓦莱丽知道弗雷德是穿制服的人，在麻烦中冲锋陷阵，解决问题：有人哭的时候他们就会出现，等人们不哭了他们就走了。她最深的印象就是在他的怀抱中醒来，他正把自己从卧室抱到他的车上。她穿着一件紫色的睡袍，有白色的兔子印花，有肥皂的味道。他身上有香烟混合古龙水的味道。他用毯子包裹她，紧紧地抱在胸口。醒来之后她很害怕，每个小孩发现有个黑胡子巨人紧紧抱住自己都会这样，所以她哭了。他对她笑，用他另一只手擦干她的眼泪，告诉她很安全。他在担心她的母亲。"你爱妈妈吗？"他问。

她点点头。

"好，她需要你坚强一些。"他说，"我保证让你们都平平安安的。"五岁的瓦莱丽不知道发生了什么，但那一刻，她感到从未有过的安全感。

她知道弗雷德是个好人，但好人未必可以信赖——她听妈妈这样说过。晚上的约会会带来什么呢，一想到这里，她陷入沉默的恐慌。一想到婚礼，她的心跳就加速；杰里米挽住梅齐走过长廊，大家都在笑，她跟随在后，穿着愚蠢的胆汁黄或呕吐绿的礼服，头上插着毫无价值的鲜花，脸像遭雷劈过。生活再也回不到过去。她感觉自己快要爆发了，鼻子后头，眼睛下面，燃了起来。她来回摩擦着紧握的拳头，面朝前方，握在一起，甚至开始想象孩子出生了——像一个猴子——在妈妈的怀抱里摇晃。我们的妈妈还能生小孩吗？

她感到妈妈有话要说，但没说什么，所以她就盯着前方，带着怒气。

梅齐 | 回家的路上，梅齐偷瞄了瓦莱丽几眼。当第二次走到环路交叉口时，她想做个小小的交流。梅齐搞不定环形路。她永远不知道该走哪条道才不会撞到别人、引发鸣笛或不敬的手势，所以她一遍遍打圈，直到路上只剩下这一辆车，然后飞快地转弯过去，像箭一样穿越车道，祈求附近没有警

车出现。这会让杰里米很抓狂，但瓦莱丽似乎毫不在意。

"你期待明天回到学校上课吗，小猴子？"梅齐发问，急于打破沉默。

"别叫我猴子。能不能把这个词列入禁词清单啊？"

"不能。"

"不公平。""不公平"是瓦莱丽在"天杀的"和"翔"之后第三喜好的词语。

"好的。"梅齐说，"你可以把'猴子'列进去，条件是我也要把'不公平'列进去。"

瓦莱丽怒气冲冲，但最终她没有大哭大闹。这很不同寻常。

最终她们下了环岛，梅齐最后决定尝试一种有意义的沟通方式。"不如我们下周六过一下女生节？"

瓦莱丽看着她。"我们能买东西吗？"

"什么东西？"

"我的书包有个洞，运动裤也小了，吊到我膝盖了。上体育课时，老师不会问你冬天怎么还在穿短裤，这感觉多好。"瓦莱丽很少会尴尬，但梅齐注意到她双颊真的很红。

"成交。"我算什么妈妈啊？梅齐事后开始责怪自己。她充满自责和羞愧。没有父亲，全靠她自己一力承担，希望孩子不会成长为那种"破碎家庭的产物"。她读过很多这类的书，人们普遍接受这种理论——破碎家庭生出问题孩子。就中产阶级学术成果而言，相比双亲家庭，她的孩子更有可能以怀孕、吸毒或坐牢告终。她觉得快哭了，但绝不允许它发生。

"我们可以吃麦当劳吗？"

"女生节怎么可以没有麦当劳呢。"梅齐轻快地回答。

瓦莱丽笑了。"那好吧。"

"很好。"冷静，梅齐。弗雷德让她有些失去方向感，她感觉透不过气。这种感觉她很熟悉，却不好对付。她不觉得自己是个焦虑的人，她只在有事情该焦虑的时候焦虑。弗雷德是个很有吸引力的好人，体贴入微，他不应该被放鸽子。我怎样才能让他知难而退而不受伤害呢？弗雷德一直对梅齐很好。他几乎拯救了她，即使这么多年过去，她仍感觉受他恩惠。弗雷德仍然关心她和她的孩子们。她不想毁掉这些。

梅齐空闲的那只手开始在换挡杆上松开、握紧，换取偷瞄瓦莱丽的机会。"抽筋儿。"她撒谎。她握紧拳头然后又松开，正如林恩一直教她的那样。她也不知道这是否有用，但放手一试也没有坏处。

瓦莱丽下一秒沉默了，又开始吸着鼻子摩擦不已。"如果你觉得去麦当劳吃饭就意味着我对你和那警察约会很开心，那你就错了。"

"千万别有这种念头。"梅齐说。这辆车里没人对那件事很开心，亲爱的。

"杰里米会发疯的。"瓦莱丽警告说。

"我毫不怀疑。"

上一次他认为梅齐在约会时，正遇上她一位美国表哥毫无预兆地到访。杰里米当着马特的面摔门而出，然后在信箱外大喊："她不会和任何人约会。她做不到。"他不过是在重复妈妈在电话里告诉善意朋友的话。然后他关上信箱，穿过大厅，重重地关上厨房门，留下不知所措的马特站在门外。

梅齐一直在后院晒衣服，晚上马特打电话来才知道自己儿子做了什么。她非常抱歉，他也非常理解，虽然他承诺下次到访前会电话通知，却再也没有来过。

瓦莱丽看出来了。距离马特到访那次已过去五年，但梅齐担心杰里米对约会的反应，甚于担心瓦莱丽的。杰里米有过非常糟糕的父子生活回忆。那个晚上，头部受伤的妈妈被救护车运走，妹妹穿着睡衣从房间里被抱出来，杰里米也在医院，手臂不能动弹，因为他爸爸在房间里扔他。他竟敢站在妈妈面前，哭着乞求爸爸不要把妈妈的头往墙上撞。杰里米受伤的手臂和惨叫声分散了爸爸的注意力，这才没有让他杀死妈妈，而这些惨叫声就是梅齐最后的救命稻草。从那以后，一切覆水难收。从那晚以后，他们全靠自己：没有人能忍受那种暴力和背叛。

杰里米不喜欢这样。我不能直接对他说。谁又会在超市里邀请女人出来约会啊？我上一次刮腿毛是有多久了？我真的有剃毛刀吗？上了车道之后，梅齐的胃里如同万蝶飞舞。瓦莱丽的安全带解下了，她已经下车，冲向前门喊她哥哥。梅齐停好车，关掉引擎。

她抓紧方向盘定了定神。然后下车，从后备厢里抓出购物袋，关上车门，走进房间。

瓦莱丽呼喊哥哥的名字，他正从洗手间出来。

"小点声，小矮子。外婆还在睡觉。"他总是叫她小矮子，虽然她比大部分同班女生都高。

没人想让布蕾迪醒来，除非最后到了午饭时间：当她休息的时候也就不会那么激动了，糊涂的时候也是如此。她经常在夜晚走动，在窄窄的平房走廊里上上下下，在木地板上慢慢移动，一走就是好几个小时。当她进入走路模式时，谁也不要劝她去睡觉：她会捍卫自己在走廊放松自我的权利。她会低声自语，或者轻声哼歌，有时候很安静，眼神消失在一片迷雾之后。他们都会确认给房门上双保险锁，梅齐甚至用精巧的窗锁保证布蕾迪不会跑出去。杰里米的窗锁钥匙不见了，所以他在里面锁上门，以保证外婆不会穿过他的房间跳到窗外去。这有火灾隐患，但梅齐在每一张床底下放了一把扳手，确有必要时他们都可以破窗逃出。扳手也可以当作防身工具，敲破强奸犯或变态杀手的头，假如他们把平房里的妇孺当作容易得手的目标的话。迄今为止，布蕾迪还没有试图逃离这间小房子，扳手也还原封未动。

"你不会相信后来发生了什么。"瓦莱丽对杰里米说，他正在接手妈妈提着的四个袋子中的两个。

"什么？"他的声音显得没什么兴趣。

"原始人约妈妈出门。"从两年前开始，他告诉他们要叫他弗雷德，不要叫布伦南警官，孩子们就一直叫他原始人。大错特错。

"不要叫他原始人。"梅齐说，走进了厨房。

"啊，不错。"杰里米笑了一下。他跟上妈妈，瓦莱丽也尾随其后。

"他真的约了，我发誓。"

"你捣乱了没有？"

瓦莱丽摇摇头，然后抱起双臂。杰里米从妹妹看向母亲。"真的吗？"

梅齐叹了口气。她已经在车里做好决定。如果她想让弗雷德知难而退，也要在晚饭之后委婉地表达。在这种情况下，她至少可以做到如此。不管怎样，他半路上很有可能清醒过来，认识到我并不适合他。

"一顿晚餐而已。"梅齐说。真不敢相信我说的什么。

"还有酒。晚餐就会喝酒。"瓦莱丽说。

杰里米坐到凳子上，好像突然间他的腿失去了支撑自己站立起来的力量。"耶稣啊，妈妈，你不会去的，对吗？"

"我会。"

"为什么？"

我不能放他的鸽子，儿子。即使没有让她不知所措，她也会同意的：弗雷德这么多年来对这个家如此照顾，对她和孩子们无微不至。他是在她最需要时出现的朋友。她怎么能拒绝从未考虑对她说不的人呢？当然，那一刻她的脑海里突然冒出的想法是：不会拒绝才是导致她第一次怀孕和结婚的罪魁祸首。看看那是个什么结果。

"妈，回答我。"

"就是晚餐，杰里米。仅此而已。"

"还有酒。"瓦莱丽重复。

"为什么不能喝酒？"她听到自己发问。你疯了吗，女人？

"为什么不能喝酒？"杰里米应声说，好像听不懂她说的是什么。"喝酒怎么了？"他摇着头。"你知道为什么不能喝酒。"他的声音里有一股寒意。

"他不是你爸爸，杰里米。他是个好人。"

"你怎么知道？"他尖声地说，但话里的恐惧多过愤怒。

"我知道。"

"不，你不知道，你不能保证！你认为我爸爸很好，结果怎么样？"

梅齐没有争辩。如果让他知道她和他爸爸婚姻背后真实的故事，一定会伤害到他。

丹尼·福克斯有一天晚上约她出去，出于礼貌她同意了——即使还没和他相处多少时间。事实上，他除了长相还好外，其他特点都不是她的菜：他很空虚和自负，虽然他也没什么值得自负的。答应总比拒绝容易，况且又能带来什么伤害呢？那天晚上，他吻了她，感觉还不错，有一点狂乱，但不是最糟糕的那种。但当她试图离开时，他抓住了她。她手里还有半盒土豆片没吃完，而丹尼·福克斯强迫她趴到墙上。过了一两分钟，她才意识到他们在做爱。她试图推开他，但他以把她的头强摁在墙上来回应，然后重重地撞上去，一次，两次，三次，他就是这么干的。她的胃里翻江倒海。

"真是太棒了——我就知道会这样。"他笑嘻嘻的，抓起一片土豆片。

梅齐惊呆了。她的头很疼，短裤也湿了。她摸摸后脑勺。而当他看到她手指间的鲜血时，他竟然问她发生了什么事情。

"你把我的头往墙上撞。"她惊魂未定地说。泪水刺痛了她的眼睛，她觉得胸口要炸裂了。发生了什么？我们只是接吻，然后……然后……梅齐又迷惑又生气。她想把土豆片泼到他脸上，踢他的胫骨然后跑掉，但他对着她笑并握住她的手。

"啊，耶稣啊。"他说。他检查着她的头部，似乎真心很抱歉。"我一定是无法控制自己。"他一路握着她的手送她回家，然后夸她多么美丽。梅齐感到恶心和不安。她不断思量自己哪里做得不对。她担心是裙子太短，但她知道并非如此。她回忆被他亲吻的时候自己的手放在他身上哪里。她吻得太深了吗，还是给了他什么暗示？她仍然无法明白，并决定把一切抛到脑后。牛奶洒了再怎么哭也没用。她只需更加小心一些。她从错误中学到了教训。

直到十年以后，她在杂志上读到一篇文章，她才知道自己是遭受了约会强奸。因此，当第二天丹尼带着一盒巧克力上门，把自己当成梅齐的男朋友向布蕾迪自我介绍时，她没有尖叫，也没有叫保安。相反，她担心如果叫他离开，他就会散播谣言。我会给他一个月时间，然后甩了他，没有任何伤害。没什么比被别人贴上妓女的标签更可怕的了。一个月过去了，她大部分时间里尽量避免和他独处，以她的朋友或妈妈为借口不去见他。即使他怀疑梅齐在逃避和他亲近，他也没说出来。相对来说，他举止像个绅士。他没有为她开门或者为她拉出座椅，但他也没有在她不注意的时候占她便宜。

她想在第四个星期日结束这段关系：这一天看起来是了结事情的合适时间。她计划好了一切，但他在星期五打电话给她，非常兴奋，因为他要外出一个星期。

"好消息。"他说，"我爸的兄弟要出远门，他们的高尔夫之旅还有个空位子。"

"噢，你什么时候出发？"她的心沉到了胃里。

"周日早晨。"

啊，天杀的。

她除了等待别无他法，彼时他们已经交往了六个星期，这应该足以给事情一个了断。但当他回到家里时，一切都已改变，再也无路可逃。

没有任何妈妈想对她的孩子说，他的父亲在他们见面的晚上没征求她的意见就强行和她发生了关系，撞她的头撞到

需要缝针，而且土豆片还没冷下来就让她怀孕了。即使现在
她也没有把这件事情称作强奸，甚至现在她自己也不这样想。
她无法承受。她总是让杰里米相信，父亲开始很好，但真相
却是梅齐·比恩从来无法忍受丹尼·福克斯。梅齐对男人了
解不多，但她很清楚，温柔的大个子弗雷德·布伦南与她的
丈夫截然不同。

她也知道，杰里米在等她说出她会让弗雷德·布伦南滚开，
然而他等得越久，她的想法就越清晰。他是一个好人，一个
善良的人。他不是丹尼。只是一个约会而已。天哪，我是一
个成年女人。突然间，梅齐感到胃里的纠结舒展开来。她看
着两个孩子。

"我今晚和弗雷德·布伦南约会。不会有什么坏事情发生。
我可能还会过得很愉快。到此为止，不再讨论。"她看着杰
里米如何接受这个消息。他伸长脖子，用右手拉左手垂向地面。
他感到压力的时候总是这样。布蕾迪在清醒的时候会注意到
外孙的这个习惯，常常大笑，说他像在脱衣服。

"那好吧。我要出去跑步了。"他最终说道，冲向门口。

"什么？"瓦莱丽在哥哥经过时打了他的手臂，"就这
样？"

"耶稣啊，小矮子，你想要我怎么办？"他的手在空中

划拉一下，然后转身，走出房间，关上身后的房门，留下瓦莱丽和梅齐面面相觑。

"原始人是个笨蛋。"瓦莱丽抱怨道。

"你可能不喜欢我和弗雷德在一起，但是，瓦莱丽•比恩，只要让我听到你再说他的坏话，你就打包走人吧！"梅齐想用发脾气来管管她。这终于吓到她了。这是她第一次用赶孩子出门来威胁他们。很快，她又觉得内疚了。她转身离开受惊的女儿，开始放置采购的东西。

"我还只有十二岁。"瓦莱丽喃喃地说，走向门口。

"是啊，不再对你有任何要求了，女士。"梅齐说。眼泪刺痛了她的双眼。这话也太刺耳了。*对不起，亲爱的。她从未对杰里米说过这些。瓦莱丽总能挑动她内心最恶毒的一面。我一会儿给她做一杯热巧克力。加两个棉花糖，还有额外的爱。*她调整一下自己，瞥了一眼手表，又看了看窗户里自己的倒影。*还有五个小时就要约会了，而她头发还乱着呢。她皱眉的时候，眉毛就会在中间打结，左脸颊有个草莓状的红斑。我看起来就像七片翔。她是不是犯了个大错？*

一个小时以后，梅齐在烧水壶前不断徘徊。她已经烧开了三壶水。每一次烧开，她就会拿过去洗盘子、抹柜子或擦地板。每一次都会忘了给自己烧一壶茶，她觉得自己需要喝茶。她的内心充满了内疚感，不应该这样对待瓦莱丽的倔脾气，同时又害怕和这样可爱的男人吃饭，却只是为了让他知难而退。突然，杰里米出现在她身后。

"妈？"

"怎么了，儿子？"她转身和他打招呼，水快烧开了。

"你应该出去约会，没问题的。"

"你真这样想？"这令她很震惊。

"我理解。"

他不想让她为难。这让她又高兴又难过。"你怎么突然间长这么大了？"

他对着她笑了。"慢慢地就长大了，妈妈。"

当他走出去的时候，她感到内心深处隐隐作痛。

星期天，星期天
——
污点乐队，1993

梅齐 ｜ 布蕾迪一下午都在看电视节目《鸿篇巨制》。她喜欢所有的游戏秀，但把《鸿篇巨制》视为其中最喜欢的节目。当梅齐问妈妈想要什么的时候，布蕾迪会思考一两秒，然后说："请给我来杯茶，鲍勃。"就像节目里的一个参赛者一样，"茶里面放两块糖。"她们接着大笑。睡眠对她真的很有好处。

杰里米出去和朋友们踢球，瓦莱丽在房间里听音乐，闷闷不乐。天正在下雨，梅齐走进厨房的时候，开始抱怨儿子没有穿上雨衣。

"他是个大男孩了。"布蕾迪说。

"我知道，妈妈，如果他在这天杀的暴风雨中出门，外面只穿件运动服的话，他会变成一个死于肺炎的大男孩。"她听到母亲对着电视机发出不满的啧啧声。

"如果你不知道羊肉的最佳搭配 MS 是指 mint sauce（薄荷酱），你还来这里干什么啊，孩子。"

布蕾迪把这一段至少看了二十五遍。十一个系列之后这个节目就终结了，他们只有二十个节目的录影带，布蕾迪反复地观看着。梅齐挤着茶包：妈妈喜欢浓茶。她看了看颜色，觉得还不够深。她沿着茶杯打圈搅动，又挤压了一遍。

曾有一次，她本来可以向妈妈吐露有关约会的事情，甚至分享一点点默默建立起来的小小激动——虽然她有所保留，并决定在一切开始之前就全部终结。她想知道妈妈在清醒状态下会怎么说。布蕾迪曾经很喜欢弗雷德：她认为他是一个好人。她永远对他保持微笑，坚持让他带上一块蛋糕，否则就不能离开。"这样的人不应该一个人过。"她曾说过一次，但她没有继续展开。布蕾迪从未有兴趣找一个人替代亚瑟，虽然他在自己床上由于大面积心肌受损病发离世时，她才刚刚庆祝完三十五岁生日。

　　离婚的头几年，梅齐是如此容易受伤，甚至无法想象和其他男人相处。而当伤口开始愈合时，布蕾迪的行为开始有些怪异。在很短的时间内，梅齐最大的支柱已经变成另一种负担。梅齐极其艰辛地维系现状，她也在挣扎着让自己浮出水面。大部分时间里她都筋疲力尽，不断地用微薄之力补偿她感到有所亏欠的家庭成员。她讨厌事后诸葛亮地批评自己，她很不想这样，但这就像要求蜜蜂不能嗡嗡作响，根本不可能。不只是丹尼给她播撒了自我怀疑的种子，她自己也是这样。她妈妈曾经告诉她："梅齐·比恩，你是自己最大的敌人。没有人是完美的。尽力而为，你能做到的只能这样，这已经够好了。"

　　然而，世事并非总能如你所愿。女儿穿的运动裤太短，看起来就像短裤一样，这就不够好；女儿说起脏话十分老到，因为她在家里听到的都是这些，这就不够好；让杰里米在这样天杀的暴风雨天不穿雨衣出门，这就不够好；如果他真的生病了，她却没有钱带他去看医生，这就不够好；更别说她还答应小女儿去麦当劳吃饭还有买衣服，而一周之前刚从林恩那里借钱来过圣诞节。她正发愁怎么还钱呢。不能拖到二月份。每一次对母亲大吼或失去耐心后，她都会后悔。母亲和她打架所受的每一块伤，或者自己撞到墙上受伤，这些都是梅齐的错。她看到林恩的妈妈是怎么对待女儿的：她从来不打林恩，至少不会以这样的方式侵犯她。林恩自带权威，没有人敢惹她。每个人都可以惹梅齐。

她在挤茶包的时候，突然从极度焦虑（天哪，我答应了什么？）变得兴奋（我喜欢他，我一直喜欢他）、内疚（我没有权利和他约会），然后又回到焦虑（天哪，我该如何让他知难而退呢）。她倒出一些牛奶，放了两块糖搅拌开来，然后加到茶里，带着一盘饼干一起递给妈妈，而妈妈还在盯着电视屏幕。"你的茶，妈妈，又香又浓，就是你喜欢的味道。"

布蕾迪笑着点头。梅齐静静地坐在她身边，脑子里一团乱麻。如果？布蕾迪呷了口茶。妈妈，如果你还能思考，你会怎么说呀？我真想知道。想知道你会告诉我该怎么办。

布蕾迪七点钟睡觉去了，通常在午夜之后到她起床开始磨地板之前都不会出问题。梅齐计划在十一点之前回家。布蕾迪不用知道她和弗雷德·布伦南约会的任何事情。她只会担心，然后又忘掉。梅齐和布蕾迪从未讨论过男人：她妈妈不喜欢讨论这个。

回到1977年，和丹尼发生灾难性约会之后的第五个星期，梅齐抱怨过身体不适，痛失亚瑟的布蕾迪不敢让女儿有任何闪失。她直接把梅齐带去看医生。虽然梅齐已经 18 岁，但那个房间里没人想过布蕾迪应该在外面等候——毕竟，布朗医生在梅齐出生之前就是布蕾迪的家庭医生了。等他明白毫无头绪的梅齐其实已经怀孕时，再让她妈妈出去就已经太晚了。

布蕾迪需要一把椅子、一杯水和一片阿司匹林来降降血压，防止中风。梅齐被遗忘了，还站在原地，晕头转向，很想呕吐在布朗医生的惨绿色小地毯上。这件事情后来被称为"布朗医生诊所的趣事"。接下来也没有什么可选择的余地，大家都认为梅齐会嫁给丹尼，尤其是在她妈妈和本顿神父对话之后——他清楚地表示，如果这件事没有得到很好的解决，就不欢迎她和她的女儿来到教堂。梅齐要么嫁给丹尼抚养孩子长大，要么把孩子送给修女院。就这么简单。

接下来的几年，她的妈妈，和这个国家的其他人一样，都接受了一点儿教育，而且教堂也慢慢失去了对人们性生活和家庭生活的控制。此后，布蕾迪经常为自己"犯下的大错"向她道歉，从梅齐做脑部手术开始——丹尼最后一次的毒打给她留下沉重的伤害，还有一块大血包。她睁开双眼发现布蕾迪握着她的手，流着眼泪对她微笑着。"你醒啦，知道我是谁吗？我是你妈妈。"她缓慢而大声地说。

梅齐知道是妈妈，但她无法回答，因为下巴被缝住了。

"我爱你，梅齐，我真后悔让你嫁给那个男人。你和孩子们跟我回家。如果上帝心胸狭窄到要送我们去地狱，那我们就一起去，亲爱的，你和我，还有一瓶朗姆酒。"

梅齐终于找到支持她离开丈夫的勇气和力量。孩子们开始时叫比恩-福克斯，因为梅齐坚持要把她的名字加上，而丹尼同意用两个名字：这个傻子认为比恩-福克斯听起来更上流社会一些。分手之后就更轻松了，她很快把福克斯的姓去掉，就好像丹尼从未存在过，至少对梅齐和杰里米而言是这样的。他们度过了两年美好的生活，布蕾迪是梅齐的支持者和朋友。他们很快乐，自从孩子们搬进来之后，他们第一次感到生活如此安心。梅齐打两份工，布蕾迪帮忙照顾孩子。一切都很顺利，直到布蕾迪开始失去理智，而梅齐也失去了支柱。每一天，梅齐都感到妈妈正在离自己远去，一点一点，一片一片……

"上帝啊，我想你，妈妈。"她说。刚说出口，她马上捂住了嘴。

布蕾迪用如水的眼神仔细地打量着女儿，梅齐的心提到了嗓子眼儿。"鲍勃，请给我一杯茶。"布蕾迪举起她的杯子。"一杯茶和一个……"她拿起一块饼干，专注地看着，然后浸入茶里面，就好像梅齐根本没说话。

　　"对不起，妈妈，我在独自伤神，真愚蠢。我会走出来的。
我爱你，你什么都不用担心。"梅齐说。她伸出手来，但布
蕾迪没有接过去。她就像椅子上的人形山丘，眼睛盯着电视，
无法穿透，不可触及。一阵钻心的疼痛，梅齐站起来坐到窗
沿上，看着窗外的雨。她想起更加迫切的一些事情。头发扎
起来，不要披着，不能在下雨天披着头发。我有一支露华浓
的口红放在哪儿了。阔腿黑长裤——她的想法突然被打断，
布蕾迪忘记自己正端着杯子，任由杯子掉了下来弄湿一身。
她哭了，梅齐来到她的跟前。

　　"噢，不！不知道为什么我总是弄得一团糟。"布蕾迪
伤心地说——她讨厌脏乱不堪。

　　"没事的，妈妈。我来打扫。"

　　"我还没喝茶。"这一刻，布蕾迪委屈得哭出眼泪。

　　"我给你再倒一杯。"

　　"我要穿那件！我身上很脏——你看看我！"布蕾迪脱
掉湿衣服，指着另一件崭新的开襟毛衣上的饼干渣。

　　"好的，妈妈。冷静一点，我给你洗澡。"

　　布蕾迪喜欢洗澡，这样她就能安静一点。"我真傻。"她说，
用一只手拍着另一只手。

　　"你真傻。"梅齐给她一个明媚的微笑，让她知道一切

都好，没人有麻烦。

布蕾迪抓住女儿的手，看着她的眼睛。"我真对不起你，亲爱的。"

她听到了！梅齐的眼睛燃烧起来。"不要觉得对不起，妈妈，永远不要。"她把妈妈的手举到唇边，吻了一下。

布蕾迪点点头，转眼看到窗外瓢泼的大雨。"我的亚瑟在哪，梅齐？这种天气他会淋湿的。"她松开梅齐，双手紧扣在打湿的膝盖上，"快回家吧，亲爱的。"

布蕾迪 | 布蕾迪听到自己在唱歌，但不确定是哪一首。可能是从收音机里听来的，也可能是她自创的。她不知道。她感到很湿润。她在洗澡。水刺激着她的皮肤。她感到有手在摸着她。她赤裸着。这是什么，发生什么事了？她努力想弄明白。她抬头看到一个陌生人用毛巾给她擦拭皮肤。她想说点什么。词语就在嘴边，但无法形成句子，所以她乱打一气。她拍打着陌生人，但陌生人比她强壮。她抽打着水面，拿自己的手臂撞向坚硬的浴缸。

陌生人试图安抚她。"妈妈，别这样。求你了。"她盯着这个叫她"妈妈"的女人。该死的，我不认识你。我怎么会在这里？你对我做了什么？

"冷静一下，妈妈。"

"住手，住手，住手。"她终于找到想说的话了。她看着一瓶标着"飘柔"的洗发水，抓过来挤到这个陌生人的眼睛里。"好好尝尝。"

陌生人松手了。"耶稣基督啊，妈妈，我的眼睛！"

布蕾迪抱住自己。"走……"

什么词语？走……什么？走去哪里？走开。对了，就是走开。"走开！"

"我一会儿就过来。"

"请让我一个人待会儿。"她求着陌生人。这时候布蕾迪才注意到自己的双手，多么地皱缩啊，就像是别人的手一样。我在做梦。是个噩梦。快醒来，快醒来，快醒来……我叫什么名字？叫谁醒来？叫醒……谁？"发生什么了？发生什么了？"她用手捂着脸抽泣。

这个女人同情地看着她。"没事了，一切又重新开始。你出了一点小事情，但现在好了。一切都很好。"

布蕾迪把手从眼睛上放下来，盯着眼前的这个女人。她一团糟，好像刚从战场上回来。她全身湿透，左臂有一道血红的伤痕。这是我干的吗？现在这个女人有些眼熟了。她努力地笑着，但布蕾迪看出她的言不由衷。

"你现在要出去吗，妈妈？"

真希望她别这么叫我。

布蕾迪感受到身下床单底部的松软。她穿着晨衣，抬头看着她的女儿，她的女儿正在给她梳头发。

"我喜欢这件晨衣，梅齐。"

"我知道你喜欢，妈妈。"

"那件……"她思索了一会儿。她可以想象高翻领毛衣的样子，但想不起这个词语。她把手在脖子上比画。"那件……"

"蝴蝶睡衣？"梅齐说。

"不是，不是，不是。"她有些丧气。她的脑海里有清晰的画面。"绕着你脖子的那件。"

"高翻领毛衣？"梅齐问。

"就是它！我喜欢高翻领毛衣，梅齐。但不喜欢睡衣，那衣服一点儿用也没有。"

梅齐对着她笑，布蕾迪也笑了。"你爸爸喜欢我穿高翻领毛衣。"她一边拍打着大腿一边笑着说。

瓦莱丽 | 杰里米进屋的时候，瓦莱丽正在厨房餐桌上画老鹰的素描。他全身湿透。"妈要看到你这样会发疯的。"她说，头也不抬地继续画画。

他在厨房里到处翻了一通，从冰箱里抓起一瓶牛奶。"我很好。"他说，"雨又下不死人。"

"那倒未必。"瓦莱丽说。

这几年来，杰里米虔诚地去健身房锻炼身体，瓦莱丽能看到这给他带来的巨大变化。他越来越接近自己的目标了：他再也不是以前骨瘦如柴的小孩了。他在成长为一个男人。而她仍然是个瘦弱的小孩。她也很想结实起来。

"你看什么呢？"他注意到她在发呆。

"没什么。"她也想过长大后有朝一日可以去健身房，但如果去了，她就得出力，而瓦莱丽不喜欢任何激烈的活动——那会出汗又受累。生活真艰难啊。他走出房间，留她独自一人对着微波炉门的倒影伸缩自己纤细的胳膊。她经常想象杰里米离开家的那天。他还有两年就毕业了。她无法想象房间里或者生活中没有他的样子。他是母亲和她之间的缓冲器。他能够哄好外婆，不发号施令的时候也是个很好的朋友。她希望他能够读大学，那么他就能继续生活在家里。说不定，她会先离开家。她无法独自一人和母亲外婆相处。她完成了素描，用它折了一架纸飞机，打开窗户，向高空投了出去。纸飞机滑翔到道路中间，落到瑞恩的车上。

今晚该杰里米做饭了：煎蛋和土豆片的晚餐。梅齐通常工作到很晚——牙医在周一到周四都会加班到很晚，以便于腾出周五去打高尔夫球。布蕾迪在一个月内差点两次烧掉房子，那之后，梅齐用一个周末花了很长时间教孩子们做煎蛋、意大利番茄牛肉面、鸡肉炖锅菜和鱼馅饼。这几个菜很简单，但从中学到的技术却可以拓展开来，番茄牛肉和鱼馅饼可以换成羊肉和土豆泥馅饼，煎蛋可以填上不同的馅料。瓦莱丽喜欢火腿和蘑菇，而杰里米则热爱菠菜和奶酪。

杰里米回家的时候，她问他想做什么菜。

"菠菜和奶酪。"

"啊，别这样，杰里米。"

"今晚是属于我的。"

"但我不喜欢菠菜和奶酪。"瓦莱丽打开抽屉拿出刀叉。

"总比火腿和蘑菇好吃吧。"

"萝卜青菜，各有所爱，翔包。"

他坏笑着，然后告诉她快点长大。

"如果我再说原始人是个笨蛋，妈妈就要我卷铺盖走人了。"她希望他能给点意见。

"听着，这是早晚的事儿。她还年轻——颇为年轻——小伙子们觉得她还挺漂亮。"

"我妈很好看？不可能。她的脑后那么多绒毛，看起来就像隔壁家的猫屁股。"

"雷夫说她是这一带最好看的妈妈了。"

"他知道什么，就他那傻样！"

"雷夫很酷。"他有点蛮横地说。

"雷夫很酷！"她学着他的语气说，"你说话像个娘们。"

杰里米不理她了，转头盯着他的煎蛋。

"瓦莱丽，你怎么总是这样惹人厌？"

她怔住了。"不知道。可能我像爸爸。"

"别说这个。"

"为什么不能说？"她继续刺激他。

"打住，瓦莱丽。"

但她不能停。没有父亲是一回事，让一位新人取代他又是一回事。她班上的孩子遇到过这种事，童话故事和电视里也有这样的，而结局没有一个是好的——至少对于她这样的孩子而言就是如此。她像父亲——每个人都这么说。用福克斯奶奶最好的朋友希尔达的话说，她就像是用父亲的模子刻出来的。第一次见希尔达时，她就说瓦莱丽的眼睛是从父亲身上抢下来的。她是笑着说的，并给了瓦莱丽五块钱，但这仍然很可怕。瓦莱丽记不起他的眼睛，但能记得他的笑声。他的笑声当然很好听。无论杰里米怎么说他的不好，她就是记得这件好事情。

"我觉得就是这样。我就是像他。"

"我叫你别说了。"

"怎么了？就因为他很邪恶吗？我觉得这是假话。我觉得他很可爱。我觉得是妈妈把他赶出了家门。诺林的爸爸说他是塔拉特最好的邮递员，而且他的牌技很好。他一定非常能干。"

杰里米在发抖。瓦莱丽从未说起过他们的父亲——家里从没人提起过。"住嘴！"

但是瓦莱丽停不下来，以前所有内心的想法和情感全部爆发出来。

"我要和福克斯奶奶谈一谈。我要求求她让我和爸爸联系上。如果妈妈可以交往新的朋友，我也可以。"毕竟，他是我爸爸！

　　瓦莱丽看到杰里米的目光停在自己身后。他看起来像是心提到了嗓子眼。她转过身，看到全身湿透且疲惫不堪的妈妈就站在门口。她脸色苍白，拿手抹脸的时候，全身都在颤抖。"你敢，瓦莱丽·比恩。"她的声音也在颤抖。

　　"我想怎样就怎样，妈齐。他是我的混蛋爹。"瓦莱丽在发抖。她没打算让妈妈听到的，但她的本能反应就是主动出击。她无法控制，此外，丹尼·福克斯就是她爹。她不了解他，这很让她伤心。

　　"回你屋去！"梅齐嘶吼。

　　"不。"

　　"别挑战我的耐心，瓦莱丽。"

　　"怎么了？就因为你能把我扔出门外？很好。我要去找爸爸。"

　　"小姑娘，你不知道自己在说什么。"梅齐平静地说。

　　"瓦莱丽，别说了。"杰里米警告。

　　瓦莱丽伤心的时候很愤怒。

　　"不。你要怎么冷静都可以，杰里米，但我不行。如果这里容不下我爸爸，那也容不下那个大胖子多毛老头！"

　　"回你的房间，瓦莱丽。"梅齐大声地嘘她，在杰里米挡在她们中间之前，他妈妈拉着妹妹的手把她拖出了厨房。

"我还没吃晚饭呢。"瓦莱丽反抗着妈妈。

"你没有晚饭吃。"

"我中午也没吃饭！"瓦莱丽从梅齐手上挣脱出来。她想后退，但梅齐没有放过她。

"真倒霉。"

瓦莱丽快要贴在墙上了。她累了。"我饿了，妈齐。"

"去睡觉，瓦莱丽！"梅齐大喊。

全身湿透，眼睛通红，她此刻的声音和外表就像一个疯女人。

"我就是开玩笑而已。"

"滚去睡觉，瓦莱丽。"

瓦莱丽看着杰里米。他摇摇头。她赢不了的。她不知如何是好，于是一狠心一跺脚，冲出了房间，重重地关上门。她故意发出走得很远的声音，却留在走廊里听妈妈怎么说她。

"你想吃煎蛋吗，妈妈？"杰里米问。

"不用了，谢谢，亲爱的。"她叹了口气。

"明天她就会忘记的。你知道她像谁的。"杰里米说。这一点刺痛了瓦莱丽。我像谁？像他？我像他吗？他说话的方式伤人很深，丝毫没有顾及她的感受。

"不错。"妈妈说。她的声音很平静。

"她不会找他的，妈齐。不过是说说而已。"

"我知道，亲爱的。"

"就算她想找也找不到。对吧，妈齐？福克斯奶奶也不知道他在哪儿。"

"不错。"她说。但是瓦莱丽觉得她妈妈在撒谎。如果福克斯奶奶不知道他在哪，为什么她不去找他呢？她可能讨厌我妈妈，她可能不喜欢我和杰里米，但她爱我爸爸啊。

"我要去准备一下。"梅齐说。瓦莱丽沿着走廊跑开了。她听到厨房门打开又关上，然后是妈妈的卧室门。她想回去找杰里米，和他交流自己的一点想法，然后躲着妈妈弄一点晚餐来吃。但她没有，而是躺在床上生气，听着肚子饿得咕咕叫。

一个小时过去了，瓦莱丽还躺在床上，脸朝下，用枕头盖着头。房间里异常安静，但她的内心还是很闹腾。她能感受到头脑中横冲直撞的声音。

她不知道这么生气是为了哪般。她当然知道自己不喜欢弗雷德·布伦南当自己的新爸爸，但她也太口不择言了。这不是我的错。妈妈做事毫无章法。她太自私了。没有人问过我的感受。所以有时候我还真挺想念他。那又怎么了？不能说我就错了。诺林的爸爸喜欢他，说他是个好人。可能就是。

也许我妈撒谎了。

但她知道妈妈没有撒谎：她差点死在丹尼·福克斯手上。她知道杰里米对爸爸的恐惧是建立在事实基础上的。她知道他是个坏人。她只是不想让他这样。就算他曾经是坏人，七年时间也足以让人发生改变。每个人都是可以拯救的，不是吗？这并不是说她梦想家庭团圆的那天。她知道这不可能，这样也好。她内心深处知道，没有他大家都好……但是弗雷德·布伦南怎么样？这件事情才可怕：超市过道走来一个熟悉的人，一瞬间就改变了一切。她妈妈答应了。她觉得很难受。一切都变了。我知道。在过去，变化意味着混乱、疼痛和折磨。对不起，妈齐。请别讨厌我。

泪水打湿了床垫，然而她毫不介意躺在潮湿之中——甚至还有点喜欢。泪水冰凉。不久她松开了双手，进入浅睡眠。她太累了。她需要为将来做好准备。

梅齐 | 梅齐坐在床上哭了至少十分钟，然后拍拍身上的灰尘打开衣柜。女儿吓到她了。丹尼再次出现的念头……

根本不可能发生的，梅齐。他走了。他再也不会回来了。放松好吧。

　　发现阔腿黑长裤的膝盖破了一个洞之后，她放弃了。再没别的衣服让她看起来不像服务员或者清洁工了。她坐在床上，暗自神伤，又过了伤心难受的四分钟。然后她站起来，擦干眼泪，走向洗手间，脱掉衣服开始洗澡。她把自己浸泡在热水中，洗刷每一块伤痕与痛苦。她的手臂受伤了，她的眼睛灼热。她的妈妈很恶毒，她的女儿也很恶毒。她叹一口气，吸入一点肥皂泡，又吐出来。她思索着如何让弗雷德死心。我和你在一起很开心，弗雷德，但你知道的，我很忙。或者，我和你在一起很开心，弗雷德，但我要考虑孩子们的感受。或者甚至可以说，我和你在一起很开心，弗雷德，但我做不到。

　　真实情况就是如此。这就是她的感受。她无法解释为什么，因为这样就会暴露她的真实窘境。我做不到。她期待今晚约会很糟糕，那样她就什么也不用说了。他就会送她回家，礼貌地感谢她，然后两人继续走各自的路。这是最好的情况。无可否认，尽管这幕戏剧刚刚展开，就有点让她眼花缭乱了。

　　她回到房间，吹干头发，拍上一些化妆品，回到选择衣服的问题上。试完自己衣橱的所有衣服之后都不满意，她又溜到母亲的房间。布蕾迪躺在床上，还穿着晨衣。她高兴地看着女儿穿上老旧的红色丝绸礼服。"啊，你真好看。"她甜蜜地说，"让我想起自己年轻苗条的时候，那时候还不是这把老骨头。仿佛就在昨天。漂亮，真是漂亮。"

梅齐不确定妈妈说的是谁，但没关系，至少她在安静地微笑。衣服很合身，她深褐色的波浪秀发很清新，有椰子的味道。眼妆有点模糊，但这是她能做到的极致了。看着镜中的自己，感觉还不错。这就可以了。

"我都忘了你可以这么漂亮。"布蕾迪说。

"谢谢妈妈。"梅齐笑了起来。

"你……"布蕾迪没有说下去，把她拉过来紧紧地拥抱了一下。

睡觉时间到了，布蕾迪脱掉晨衣，但不想穿上睡衣。洗完澡后很热。梅齐也没精力再打一架。她坚持在第一层羽绒被上再盖一层，布蕾迪对此倒没有意见。她在被窝里踢来踢去，高举瘦骨嶙峋的双臂。"我爱自由，梅齐，飞一般的自由。"她吃吃地傻笑。

梅齐不知道她妈妈半夜两点光着屁股跑出来散步是不是会很有趣，但她决定到时候再做打算。她关上布蕾迪的门，走到自己房间，安静地坐下来，摇摆不定地考虑着是取消约会——我做不到——还是与弗雷德彻夜长谈——我很抱歉，但……她努力不去想瓦莱丽在挨饿。梅齐想叫她出门，给她一个大大的拥抱，然后给她吃的，但梅齐也需要展示一点强硬手段——至少林恩是这样说的。

"这孩子需要知道谁说了算。"林恩会这样说。她就是硬撑到底。"你不能退缩，一旦这小混蛋嗅到你的弱点，你就完了。"

梅齐听到杰里米轻轻地敲门然后进来了。她也无暇提醒他应该等人同意才能进门。他匆匆忙忙地关上身后的门，再三确认已经关紧，然后看到她正在擦眼泪。他坐在她床边的地板上。"你还好吗，妈妈？"

"很好。"她撒谎。

"你不好。"杰里米说。

"不是这样。"

"你可以不去的。"

"我知道。"

"那就不去吧，如果你不想去。"

"我很害怕，杰里米。"她低声说。

"怎么了？"

"我怕生活有所变化的只有你，那该怎么办？"

"什么意思啊，妈妈？"

"两年之后，你就到我生下你的年龄了。"

"我不会让别人这么年轻就怀孕的，妈妈，我保证。"

她知道他是认真的。他曾说过，有这种想法就让他恶心，但他那时才十二岁。"你们都离开我那该怎么办？"

"没人会离开的，妈妈。"

"岁月如梭啊，儿子。"她说，"昨天你还在我的肚子里孕育，一眨眼你就要离开，去过自己的生活，而我又要一个人过。"

"所以原始人就是你的 B 计划，对吗，妈妈？"

"他叫弗雷德，而且我也不知道他算什么。"

"也未必就是他。你有很多机会，而且不管怎样，我都不会离开你。"他偷笑，"你已经把我缠住了。"

她笑了。"我不这样想，亲爱的。"她站起身，把手伸过去，拉他起来，面对面站着。

"我要继续十七年之后的第二次约会。"她说，不管步履蹒跚还是前途未卜，她的心意已决。我再也不会退缩。

"妈妈，首先你要补补妆——鸟儿在约会结束后哭泣当然不好，但开始之前哭会儿没有关系。"

她用纸巾轻轻拭泪。"你待在家里看着外婆和瓦莱丽好吗？"

"没问题。毕竟有大餐吃。"

"我一出门，你给瓦莱丽装一盘吃的。别告诉她我知道。"

他笑了一下。"我什么也不会说。"

梅齐给床上光着身子的母亲喂食。布蕾迪吃了八口就睡着了，这八口饭可真是来之不易。梅齐想起给小时候的杰里米喂食时的情景。那时候他不好好吃饭，不像瓦莱丽。她很随和，总是笑眯眯，在椅子上欢快地跳跃。她不怎么哭，就算哭了，得到想要的东西之后就会停。梅齐想念瓦莱丽的笑容，常想何时才能再次看到。

对于瓦莱丽突然爆发的情绪，梅齐最担心的是瓦莱丽一直是她爸爸的小棉袄，她从出生起就向着父亲。他是女儿眼中最珍贵的东西。女儿第一次微笑、咯咯地笑和大笑都是爸爸引起的。小瓦莱丽没有看到爸爸魔鬼的一面，她只看到迷人和有趣的爸爸。在梅齐变得如履薄冰之后，蹒跚学步的女儿更爱父亲了。小女孩怕他，但当他微笑时，瓦莱丽·比恩-福克斯会忍不住高兴起来。离婚之后，丹尼消失了，瓦莱丽的世界变得黯淡，直至黑暗。当然，梅齐要怪自己。对不起，*是我没做好，亲爱的。*

杰里米则绝对是亲近妈妈的那种孩子，而且从第一眼起就是相亲相爱的。她给他唱歌，他就会打拍子；她对他说话，他就会学着说，"哦哦呃呃"地回应。他很爱哭，直到有安全感和温暖的怀抱，能够躺在妈妈的臂弯里，听着她的呼吸，他才停止。蹒跚学步的时候，他总会在房间里找一个角落，通常是在家具后面，铺上一块毯子，把头顶在毯子上，像要倒立一般，然后把膝盖缩到胸口，团成一个球。梅齐就会来叫他："杰里米·比恩-福克斯，你到底在哪儿？"一个房间一个房间地找。"杰里米·比恩-福克斯，快出来，你在哪里？"

最终她会搬开家具然后找到他，拉着他站起来。"我在叫你，问你去哪了！"

"你知道我在哪里，妈妈。"

"那是哪里？"

"在幸福深处。"他会说，然后噗噗地跑开去玩，或者去揪橘黄色的大狗。

当梅齐想到孩子的童年时，她就能想起瓦莱丽对着爸爸咯咯地笑，还有杰里米躲在"幸福深处"团成一团。

瓦莱丽假装睡着了，杰里米在房间里听音乐，此时弗雷德敲门了。梅齐不想匆匆出门，所以穿戴整齐地站在大厅里等，手里握着伞。他还没敲多久，她就回应了。他穿着正装，撑起一把大大的黑色高尔夫伞站在外面。"女士。"他说。她把伞放回壁橱，走到他的伞下。他们看着外面灰霾小雨的夜空。这可不是今晚的好兆头。恐惧和希望交织，在她的胃里打结。

"我领你上车。"他说。然后他们一起小跑，躲过小水洼。当他们的手碰到一起时，仿佛有磁力一般，他们很快抓紧对方。她深呼一口气，然后胃里随之放松。天哪。

1995 年 1 月 1 日，晚上 8 点至 9 点

杰里米 │ 杰里米躺在自己床上，头枕着双手，盯着天花板思考约翰·特拉沃尔塔的《低俗小说》。*他太酷了。真希望我也能这么酷。*米奇爸爸的兄弟编导了一部电影，获得了一些国际大奖。亲戚家里有名人导演，会有很多好处，其中之一就是米奇的爸爸可以拿到电影院还未上映的带子。小伙子们昨天晚上在米奇爸爸的家里把《低俗小说》看完了。太精彩了，放完之后他们又从头看了一遍。米奇的父母对十八禁的放映标准倒不是很介怀。

"两年算什么？"米奇的爸爸弗兰克说，"我十五岁就开始工作抚养伦恩了。你们不会害怕那些枪和乳房吧，小伙子们？"

"不怕，卡百利先生。"

"你们不会去暴走、吸毒和诱骗小姑娘喝酒吧？是不是，小伙子？"

"耶稣啊，当然不会，卡百利先生。"

"好孩子。"这就让他们看电影了。

有时候杰里米嫉妒米奇的父母双全和大房子。他们有电影之夜和派对。他们不用担心付账，也不用把自己锁起来以防止家里失火或者半夜有人溜到大街上消失。米奇不会做爸爸杀了妈妈的噩梦。无论什么时候下雨，他的手臂都不疼，下多大都不疼。当杰里米看到弗兰克·卡百利时，他仿佛看到一个巨人。杰里米想变成他一样。十六岁的杰里米没什么雄心壮志，他最想要的就是成为弗兰克·卡百利那样的人。他幻想着能够照顾他妈妈和瓦莱丽，能住大房子，四周都是好东西，能请一个住家护士照顾外婆。弗兰克·卡百利非常酷，就像约翰·特拉沃尔塔。杰里米丝毫不介意哪怕跟其中任何一人有一点点相似，虽然约翰·特拉沃尔塔舞跳得有些太安逸了。

杰里米听到母亲把门从身后关上。只是一个约会而已，他告诉自己。不会带来什么改变。他心里没有表现出来那么轻松，但他希望对母亲公平一些，让她能够按自己的意愿生活。这些日子她几乎没怎么笑过，而自从逛超市回来之后，她就面色红润，喜气洋洋。此外，他还有更担心的事情。他的圣诞节考试比想象中难多了，不知道自己考好了没有，尤其是他最害怕的法语。老师拒绝说英语，老师都不翻译了，你还怎么学？她就站在教室上方自言自语，没人听得懂一个单词。压力巨大。

他想改学德语，但年级主任说太晚了。他应该选择德语的。我选法语是因为雷夫学了法语。傻，傻，傻。如果他想有更好的选择和人生，分数就必须好。妈妈就是这样说的，她说得没错。他深刻体会到没有选择的人生是怎么回事，非常不好。他担心圣诞节考试会拖他的后腿。迪尔德丽会拿全 A。如果再不上进，她就会把自己甩到尘埃里去。他还有一年半时间就毕业。他必须努力了。

雷夫总是叫他放松、淡定，但他还担心雷夫呢。他的朋友隐瞒着家里不好的事情。杰里米不断询问，但每次雷夫都闭口不言。他总是说他还好，但杰里米很清楚，他们关系这么好，雷夫还是隐瞒了许多事情。如果杰里米对他的秘密逼问得太紧，他就会生气，所以杰里米从不这样。杰里米不介意。他对雷夫也隐瞒了很多事情。事情本来就该如此。他不敢想象真相大白的时候会怎么样。我会失去这个朋友吗？他绝对相信如果他这样做了，一切就无可挽回，而真相总会水落石出——妈妈就是这样说的。这只是个时间问题，对此他非常恐惧。

一股忧伤弥漫他的全身，然后侵入骨髓。我太累了。杰里米总是思虑过度。他担心妈妈：她工作太辛苦，又吃得太少。他担心外婆：她的状态越来越差了。他总想象着她被装进棺材里，忍不住眼睛又刺痛起来。他担心瓦莱丽。他希望妈妈不会杀掉她。他担心外婆打妈妈。她假装这事不常发生，他也不点破，但如果情况恶化，如果外婆继续咬人、揪她的头发……这样不对。他妈妈不该过这样的日子。大多数情况下，他假装没听到妈妈的哭声，因为这种尴尬会逼死她的，可能也会逼死他。

他头疼了——压力大的时候总是这样——就在他左眼后面。先是一块一块地疼，最后连成一片地疼，压迫着他的眼球，简直要把眼球挤出去。有时候手淫可以暂时缓解压力。八分钟，能让他从自身和房间中抽离，全部思想被一张脸孔和一个身体所主导：它们属于一个遥不可及的人，是他又爱又怕的人。

一旦结束之后，罪恶感就上来了。你是不是有毛病啊？你就不能和其他人一样吗？你永远不能合群。你要下地狱。他太习惯于疼痛，以至于接近麻木，累得无力把恐惧和恶心抛诸脑后。他常常以痛哭来结束一场手淫，但今晚不是：他讨厌哭。他把自己泡在水池里，脱下短裤、运动长裤和快要结壳的袜子，扔进洗衣桶。他回到床上趴着，慢慢地呼吸，直到眼睑变得沉重。

几秒钟之后他听到响亮的敲击声。他弹身起床，看到雷夫的脸压着窗户。他的心跳停了一拍，他几乎要吓吐了。他可能看到我手淫了！不到两分钟之前！现在开始要拉上窗帘，杰里米！耶稣啊，你到底怎么了？

雷夫贴得更紧了，杰里米赶快打开窗户。

"耶稣啊，比尼，你刚才站在那里干什么呢？外面在下青蛙雨。"

"对不起。"杰里米说着，帮助他从窗户爬进来。

"你关窗子干什么？"雷夫问。

"因为在下青蛙雨！"

"你外婆睡着了吗？"

"睡了。"

"梅齐在客厅里吗？"

"她出去了。"

"真的吗？"雷夫兴奋起来，"棒极了，我们走。"

"去哪儿？"杰里米说，"下这么大的雨呢。"

"又不是下酸雨，傻子。"雷夫从口袋里掏出几小瓶酒：前裤袋两瓶，后裤袋两瓶，夹克衫四瓶。

"耶稣啊，你从哪里弄来的？"

"不要问。借你的书包一用，好不好？"

杰里米递过书包，雷夫把书本清空，但没有倒在床上，而是小心地放到橱柜里，整齐地码好。杰里米笑了。他喜欢雷夫这一点：他是个精细、利落而且很酷的人，不像他们交往的其他混蛋。

雷夫把书包装满后放下。"好多了。有吃的吗？"

"什么？"杰里米问。

"饼干、剩饭——你知道的，食物！"

"你爸又不给你饭吃吗？"杰里米问。

"嗯，我得自己照顾自己。来吧，给我找一些吃的，等别人都回家了，我给你看个好东西。"

"天啊，雷夫，我答应过我妈，要照看这些女孩子。"

"别把你外婆叫女孩。"

"为什么？"

"好诡异。"

"抱歉。"

"来吧，伙计？不要教我失望。"

杰里米陷入两难之间。他妈妈有正经事情交给他做，但是外婆和瓦莱丽在午夜之后就没事了。虽然雷夫永远不会承认，但是他更需要杰里米。这还能出什么差错？

"我可以用饼干来做几个三明治，我妈刚刚又去过了商场，所以我可以放上几块巧克力。"

"真棒。"雷夫笑了起来，"我简直爱死你了，你是个大明星，比尼。"

杰里米笑了起来。他突然间意识到，以前那些沉闷的夜晚似乎充满了可能性。

"快点！女孩们正在公园里等着。"

听到瓦莱丽叫他时，他正从厨房出来。哦。他小心翼翼地把书包放在门口，确保瓶子没有叮叮作响，别一打开看时全都碎了。"嘿，小矮子。"

瓦莱丽昏昏欲睡。"她走了吗？"

"是的。"

"她认为我就像他一样。这就是为什么她讨厌我，不是吗？"

他的心往下一沉。他走进她的房间，关上身后的门，坐在她床边的地板上。"你不像他，瓦莱丽。你永远不会像他一样，一百万年也不可能像他。"

"那为什么她讨厌我？"

"她没有，你个小疯子。她爱你。"

瓦莱丽说："你不可能丧心病狂地饿死你所爱的人。"杰里米笑了起来。

"如果你饿了，厨房里有各种吃的。"

"不用了，去他的吧，我正在绝食。"

"你知道你刚刚像谁？"

"谁？"

"妈妈。"

"苍天啊，难怪她讨厌我。"

"你不是真的要去找他吧，瓦莱丽？"

"不，当然不是。"

"果真？"

"真的。"

"我无法面对。"

"我知道。对不起。"

"没事了。"

他站起来，走到门口，正打算开门，突然听到妹妹在他身后轻轻地说话。"希望我能更像你一点，杰里米。那么我们所有人的生活都会更舒坦一些。"

"不要这样说。永远不要像我一样。"

"你怎么了？"

"没什么。"他咬紧牙关。

"我了解你。说出来。"

"别管它了！"他大喊道。

杰里米很少大喊，他没有瓦莱丽的坏脾气。泪水湿透她的双眼，他感觉很糟糕。你不知道自己在说什么，瓦莱丽，就是这样。"晚安，瓦莱丽。"他轻声说，然后离开了房间，关上门，不让妹妹多说一句话。

他抓起老旧的粗呢子外套，跟着雷夫从卧室的窗户里翻出去。

雷夫有一辆光亮的黑色罗利自行车，而杰里米则有曾经属于布蕾迪的古老的黄色凯旋二十。他经常被他的伙伴们甩在后面，所以拒绝再次骑它。这一次，他坐上了雷夫的自行车后座，双臂交叉在胸前。即使路上坎坷不平，一般都会遇到沟沟坎坎，他也不去扶住雷夫的坐垫或腰部来稳定自己。那是女孩才做的事情。杰里米宁愿他和雷夫摔下来，也不愿意被人看到他抱着自己最好的朋友。

朱诺和米奇在公园外面赶了上来，像骑手一样骑着自行车。朱诺的妈妈坚持要他戴头盔，这让他看起来真像个怪胎，朱诺每次穿戴头盔时米奇和戴夫都会这样说。他还继续戴头盔的唯一原因，是因为她威胁说，如果她或任何其他人看到他在自行车上没戴头盔，他就永远别骑自行车了。朱诺的妈妈在议会工作，就像个间谍。这使他沦为大家的笑柄，但他尽可能地当耳边风。杰里米真的很佩服他。

"我来啦，小伙子们。"朱诺对杰里米和雷夫说。

"还在骑着黛西小姐车呢？"米奇说，指着雷夫，扶着杰里米的后背。

"家伙什还是老的顺手，对吧？"雷夫说。开始加速。即使杰里米坐在后面，他也比其他人骑得快。快到公园时，他们慢了下来。当杰里米跳下来的时候，小伙子们也都跟着骑到了。戴夫悠闲地走上前，一件黑色的大衣裹到脚踝，对他来说它明显太大了。他袖子也卷了起来，从薄雾中走出来时，看起来颇像微型的范海辛。他把自行车停在树下，把热气吹进冰冷的手心中。"我觉得刚好。"他把车停在朱诺和米奇之间，从朱诺手里接过酒瓶——朱诺也是刚刚从杰里米手里接过来的酒瓶——打开瓶盖喝了一口。"什么破烂日子，新年快乐，混蛋。"

"你穿的什么？"雷夫说。

"我爷爷的大衣。"他把袖子卷起来，"很酷，不是吗？"

"如果看起来像个弱智也能算酷的话。"米奇哼了一声。

"我喜欢。"雷夫说。

"嗯，好吧，我奶奶要让他穿着这件大衣下葬。还好被我及时制止了。"

"你把大衣从尸体上剥下来？"杰里米被震住。

"别傻了，比尼。我让我妈去脱的。谁穿着大衣下葬？太可笑了。"

"不错。"雷夫说。

戴夫拿起另一杯伏特加。"而且，他还穿着一件顶级的正装……所以如果我需要正装，我就知道该去哪里找。"他开玩笑说。戴夫总是开玩笑，就算对刚刚去世的爷爷也不例外。

雷夫笑了，大家也笑了。

三个女孩正在上吊树下等待他们，这是雨中唯一的遮挡。梅尔正抽着一支香烟，目光满不在乎地穿过男孩子们，好像对远方的东西更感兴趣；凯西看上去气鼓鼓的；迪尔德丽似乎很高兴能看到杰里米。她对他笑的时候，杰里米的肚子里有点儿难受，但他还是回笑着。

"我们站在这里等了一个小时。"凯西发飙了。

"对不起，我们来晚了。"雷夫拉着她的手把她抱了过来。当他吻她脖子时，她咯咯笑着把他推开了，但是又被他拉了回来，仍然抱在怀里。她放松地正对着他胸口。他们是一对金童玉女：她是金发女郎，他的头发是乌黑色的；她的眼睛是绿色的，他的眼睛是灰色的。他们都很苍白，但这是冬天。他们像海报宣传画一样美丽。杰里米激动地向迪尔德丽走去。她不如凯西那样漂亮，而他也没有雷夫那么帅。然而她有最美好的微笑，就算他不喜欢这种笑容，也能让他微笑起来。"那是一种天赋。"他曾经告诉她。

"闭嘴吧。"她脸红了，但仍然在回应那个微笑。

"真的，这是一种天赋。"

当他围绕着她时，有时他的脸会因为微笑而受伤。她并没有像往常那样频繁地微笑。他希望这只是因为冬天的缘故。

他们围坐在树荫庇护的潮湿地面上，雷夫坐在中心。杰里米经常想知道他是如何做到这一点的，但人们都愿意靠近他。当雷夫说话的时候，大家都在仔细听。他是凝聚团队的灵魂人物。从四岁开始，杰里米和雷夫就一直是最好的朋友。杰里米不记得哪个时段是没有雷夫的。

戴夫从小学六年级开始加入他们。他刚刚搬家时，没有人真的想跟他说话，因为一旦和他说话，他就会忘了闭嘴。他喜欢开玩笑，恶作剧。有时候他妈妈会被叫来学校。他有一次被停课，因为他用玻璃纸盖住男厕所的马桶。有些小伙子溅了自己一身，一笑了之，但是斯伯茨·法雷利回到班上时，眼里含着热泪，身上沾着粪便。戴夫被勒令停课一周。雷夫喜欢他。大多数时候，雷夫会笑话他，但是如果戴夫太过分了，他总是第一个指出来。戴夫很听雷夫的话，他尊重雷夫。杰里米最初能容忍戴夫，只是因为雷夫让他这么做。

"但是为什么？"杰里米抱怨。

"因为他有趣。"

"他是个蠢材。"

"只因为他觉得必须这样。他会成功的。"

杰里米不知道雷夫是什么意思。

"这意味着他很酷，杰里米。"

杰里米不同意，但他再也不提。

读中学时，雷夫和杰里米加入了足球队，他们在那里遇到了朱诺和米奇。朱诺非常瘦，米奇很高，像砖砌的屎房子一样高。他们都是很棒的球员。雷夫也很好。杰里米也还可以，但他很喜欢这个游戏。从第一天开始，米奇就觉悟了，他想和雷夫成为朋友。他很直截了当。和米奇一起来的还有朱诺。

米奇接受这个条件，如果他和雷夫成为朋友，杰里米和戴夫
也必须加入，但他拿不准戴夫。雷夫不在乎。要么戴夫加入，
要么雷夫退出，所以戴夫进来了。很好。那时，杰里米已经
习惯了他。

　　杰里米坐在雷夫的一边，凯西坐在另一边。迪尔德丽在
杰里米的另一边，握着他的手。即使是在寒冬，她的手也是
如此之热……出汗了。烦。

　　雷夫从杰里米的袋子里拿出伏特加，把一瓶伏特加扔给
米奇，他轻松地接住了。"和梅尔一起喝。"雷夫说，米奇
点了点头。

　　雷夫给朱诺扔了另一瓶伏特加。杰里米慢慢地喝了一点
饮料。他担心离家太久。我应该在家里。大家起初并没有留意。
他让大伙全都喝酒，和女孩们分享圣诞节的故事。

　　"我妈妈差点烧了房子，绝对是真事。我们被呛了出来。
那只猫还因此得了个黑脸——她看起来像是被玛丽·波普斯
里天杀的烟囱扫过脸。"戴夫开玩笑说。

　　"我很喜欢这个故事。"朱诺说。

　　"你当然喜欢了，你个老玻璃[1]。"戴夫用手肘蹭他的

_____

[1] 同性恋的另一种叫法。

肋骨。

"明年圣诞节我爸要去太阳上过。"米奇说。

朱诺摇摇头。"狗屎运。"

"我最恨夏天的太阳了，圣诞节倒不介意。"

"我的心在为你滴血。"戴夫抬起眼睛望着天空，"谁试试连续三年吃火灾过后的火鸡。这真是一个奇迹，我他妈的还有牙齿留下。"

梅尔笑了起来。

"好吧，胖妹，想借我的手指用用吗？"

"你是一只猪，戴夫。"梅尔对他说，"你让我想吐。"

"是啊，你妈昨晚可不是这样说的。"戴夫自顾自地笑了起来。

"这不好笑。"雷夫低声警告。戴夫立即不笑了。"他不是这个意思，梅尔。他小时候跌了一跤，跌破了后脑勺。"

"雷夫所说的跌跤，其实是他妈妈踩到了他的后脑勺。"杰里米觉得有必要打破尴尬局面——梅尔很不高兴。他喜欢梅尔。

梅尔笑了。"我不怪他。"

"他们说他跌跤以前的脑袋更肥……"雷夫用手指比画着给"跌跤"加引号。

米奇和朱诺笑了起来。"这么一说就通了。"朱诺说。

"是啊，是啊，哈哈。"戴夫沦为他们的笑柄后开始脸红。该打住了。

"我是胡说八道的。对不起，梅尔。"

"没关系，你一定会变得越来越肥。"

"确实如此。"戴夫说。他做了个鬼脸，慢慢地把他的头挤到另一边。大家都笑了，杰里米如释重负——这样才正常。

雷夫显然已经打趣够了：他抱住凯西，转向杰里米和迪尔德丽。"你们一起来吗？"

迪尔德丽紧紧抓住杰里米汗津津的手。杰里米点了点头。是时候了。

雷夫打了个响指。"我们走吧。"

他们留下朱诺、米奇、戴夫和梅尔坐在树底下平分伏特加，而梅尔则四下递烟。米奇是唯一没有吸烟的人：他的爷爷在肺气肿几个月后就死了。

"他真是在我妈的起居室里被自己的痰呛死的。"他说，小伙子们开始点烟。"唉，你们疯了。如果你们经历过我的所见，你们肯定宁可把小鸡鸡伸到搅拌机里搅得粉碎。"

爱情鸟在灌木丛中找到了栖身之地，在那里他们多喝了一点点雷夫的伏特加，然后各自离去。凯西喝了几口酒之后总是傻笑。迪尔德丽喝了一点点，但是雷夫把伏特加当成水一样灌了下去。

"你还喝吗，比尼？"他把瓶子递给他。

"我已经够了。"杰里米说，只喝了两口。

"真的够了？"雷夫问。

杰里米看了酒瓶一眼，然后抓起来又多喝了一些。这让他感到恶心，但是却让他从焦头烂额中有所解脱。

雷夫拿回伏特加，一口气喝完了，还有一个火腿和奶酪三明治，被他从背包里捞了出来。

杰里米特别在意手心的汗水。他试图松开迪尔德丽紧握的手，但她并没有放开。

"梅齐怎么了？"雷夫问杰里米。做正事之前，他总是喜欢聊一些其他的事情。

"她在约会。"杰里米说。

"不会吧！"

"是的。"杰里米叹了口气，散发着一点绝望。

"耶稣啊。"凯西说，"我希望她不会怀孕。"

雷夫和迪尔德丽笑了起来。杰里米的脸上像镶嵌着石头。

"那么她和什么人在约会？"雷夫问。

"警察。"

"哪个警察？"

"原始人。"

雷夫坐了起来。"精彩！真的假的！他在追她。"他看着女孩们说，"他很酷……"

"是的，他很棒。"杰里米打断了他。他不想讨论这些。对于妈妈约会这件事情，他早先的冷静已经远去，而现在只有担心，担心她外出时他不在家，担心他们相处得不好，担心他们相处得太好……

"耶稣啊！梅齐和原始人，这是书本里才有的故事。"

等雷夫吃完三明治以后，凯西向后靠在了他的胸前。"我妈说，如果我爸死了，她永远不会再爱别人了。"

"那很浪漫。"迪尔德丽颇有感触地拿起一束头发轻轻地玩着。

"我知道。"凯西说，"也很安慰。我的意思是，谁想遇到这种事呢？"她看着杰里米，"对不起，比尼。"

他耸耸肩膀。反正木已成舟。迪尔德丽紧握他汗湿的手。

当雷夫吃饱喝足后，他给杰里米发出信号。只是简单地向左歪歪头，但这意味着"清场：该做正事了"。

杰里米和迪尔德丽看懂了，站了起来。

"那边有一个地方。"当雷夫抱住凯西脖子的时候，顺便打了一个手势。她抓住他的手，吻了吻。杰里米的胃打结了，他可以感觉到伏特加从他的喉咙里爬了上来。他和迪尔德丽走到够远的地方，找到掩护以保留一些隐私。她躺下，他则坐在她旁边，挤在大丛林下的狭窄空间里。躺下来其实更方便，但他坚持坐着，即使每隔几分钟都要把散乱的树叶从头发中拨出来。

　　迪尔德丽似乎很愿意独处。"我曾想念过你。"

　　"嗯。对不起，我得走了。"

　　"你总是要去什么地方。"

　　"我很忙。"

　　"你应该放慢速度，太过匆忙只会伤害你。"

　　"也许有一天。"

　　"你要和我一起躺下吗？"她问。

　　他的胃搅翻起来。他躺下来，用手肘支撑着自己。他正打算谈论《低俗小说》，约翰·特拉沃尔塔有多酷，她就靠过来亲吻他。好吧。节目时间到了。他回吻了她。一，二，三，四，伸出你的舌头，杰里米；五，六，七，收回来；八，九，十，吻她的嘴唇；十一，十二。好的，她的舌头又来了。放手去做。下一步，是胸罩时间。他把她上半身托起，努力解开她胸罩的带扣。他听到啪的一声，然后给她的后背揉了一两分钟，同时给自己加油打气。然后，他轻轻地将双手移到了前方，感觉到她胸前的温暖。它们软软的、腻腻的，又有点潮湿。揉起来，只要揉起来……拨弄右边，然后左边，挠下痒痒，按摩，然后握住，然后……

迪尔德丽停住亲吻，她试图看着他的眼睛，但他觉得难以面对。这气氛有点尴尬。

"有什么不妥吗？"她问。

"没关系。"

"嗯，你揉我的乳房就好像你要烤面包似的，当你亲吻我时，你知道你在哼哼吗？"

"抱歉。我会注意的。"

"放松一些吧。"很显然，迪尔德丽比杰里米经验丰富。她从八岁开始，每年夏天都要去乡下表妹家的农场，所以她一定懂的。大家都知道，乡村女孩的欲望是很强烈的。

杰里米打破尴尬。"迪，对不起，我只是……"

"你很好！"突然间，她很慌张，看起来好像要哭了。杰里米不知道该怎么办，所以他亲吻了她，用尽他身上所有的激情，就像布奇在《低俗小说》中亲吻法比安。像男人一样，杰里米，像布奇一样……似乎起作用了。

她再次吻了他，然后抬起上身，杰里米不知道发生了什么，直到他们的嘴唇分开，他的头部感受到轻轻的压力。她要我舔她的乳房。啊不，啊不，啊不……我正舔着乳房。不能吐——不能吐。镇定，放松。这很好，没什么大不了的。她的手摸到他的裤子，他感到拉链被拉开了。他真的很遗憾之前打了手枪——如果他满载子弹，也许会有一些希望。

她停下了，上身躺了下来。"怎么了？"

"没什么。"

"你真的很紧张。"

"不知道你在说什么。"他竭尽全力故作镇定。

"我要拉开你的裤子，你却打我的手。"

杰里米觉得脸变红了。"对不起。"他说，"我在足球练习中被球踢中过。"

"哦，可怜的比尼。"她说。

这是一个笑话，他知道，但杰里米几乎开始哭泣。"真的很痛，就是这样。"

"如果你不喜欢我，你会告诉我的，不是吗？"

"你知道我喜欢你。"他犹豫了一下，"我只是……"

"什么？"

"我……"

"怎么了？"她着急地说。

"只是不擅长这种事情。"

"你不是。"她对他微笑，一个温暖的笑容让她看起来很漂亮，不可思议般迷人。然后，他们再次亲吻，他继续在头脑中计数。如果，迪尔德丽……你就是我想要的那个人。

他们首先从灌木丛中出来，但无论是和哪个女孩，雷夫总是最后一个出来。雨已经停了，夜空点缀着小星星。梅尔和戴夫分享最后一支香烟，一瓶伏特加推来换去。米奇从树上倒挂下来，朱诺喂给他最后一点伏特加。

梅尔给迪尔德丽一口威士忌。

"我爸爸在一公里之外就能闻到我身上的酒味。"

"酒可以御寒。"梅尔说。

"算了，我要回家了。"迪尔德丽耸耸肩，"一起走吗？"

梅尔思索了一下。"我还要再待一会儿，我爸爸的兄弟还待在我家——他是个怪胎。"

迪尔德丽点了点头。"好的，你自便吧。"她转向杰里米，"你会送我回家吗？"

"会的。"他说，"当然。"妈妈教育他永远不能让女孩独自回家。那不是绅士所为。

"再见。"迪尔德丽说。梅尔挥挥手，两个小伙子哼了一声。牵手之前，杰里米在牛仔裤上用力擦了擦手。

"告诉雷夫，我很快就回来。"他回头说。

"会带些土豆片回来吗？"朱诺说。树下的他正在做一个看起来像是插着小木棍的雏菊花环。

"加点盐和醋！"戴夫大喊。

杰里米点了点头。"好吧。"

当他和迪尔德丽手牵着手一起离开公园时，他抬起头看着天空。天空黑黑的，似乎要变得更糟。有一瞬间，他考虑过把她扔下，回到他温暖的房间，回到他野蛮的妹妹和疯狂又可亲的外婆身边。他很痛苦。但他已经作出了承诺，而他不能让最好的朋友失望。

星期一

1995 年 1 月 2 日

第三章 / 094
你就是全世界
Live 乐队，1991

第四章 / 142
欢迎来到天堂镇
绿日乐队，1994

第三章

你
就
是
全
世
界

——

Live 乐队’1991

梅齐 | 　梅齐凌晨三点醒来，屋顶上在大声喧哗——布蕾迪沿着走廊来回踱步，自说自唱："她来时会从山上下来……"她停了下来，继续来回踱步。布蕾迪的许多想法、感情、理念和句子只是脱缰野马般毫无规律的习惯用语。一开始梅齐非常生气，但她现在习惯了。她静静地躺着，听着母亲的拖鞋拖过地板的声音，重温她刚刚与弗雷德·布伦南度过的夜晚。

　　这是个完美的约会。他是一个绅士，把她像一位淑女一样对待，更重要的是，这是几年来她头一回感觉自己是一个真正的女人，也许是这辈子的头一回。他们去了一个高档的牛排馆，但即使穿着她母亲最好的衣服，梅齐仍感到不安。一位穿黑色西装打白色领带的年轻男子在角落里弹奏黑色的袖珍三角钢琴。当他们坐下的时候，服务员给两人各递上一本比砖块还重的皮革封皮的大菜单。她当天忘记了吃东西，所以非常饿。她担心肚子会咕咕作响——餐馆里很安静，如果咕咕作响他肯定听得很清楚。

　　愚蠢的女人，你至少可以给自己做一片烤面包。 她扫视菜单，目光盯在价格上不动。*一块牛排 20 英镑！还好他点了最便宜的红葡萄酒。感谢上帝。*

　　弗雷德说："这是镇上最好的牛排，梅齐。"

　　"太好了。"*它们天杀的当然想做最好的牛排了。*

　　她点了菜单上最便宜、最小的牛排和一个配菜沙拉。

　　"这些就够了吗，梅齐？"

　　"啊，对。谢谢你，弗雷德。"

　　"天啊，这也太少了。"

　　"我没什么胃口。"*如果肚子现在咕咕叫，我会想去死。*

　　"随你高兴。"

我可以用这块肉的价钱喂养孩子一个星期。这里的人都是一群穿着好衣服的土匪。她微笑着把菜单交给了服务员，而服务员的注意力明显在其他地方。他的眼睛一直瞟向弹钢琴的人，即使在回答弗雷德关于土豆酪和蔬菜拼条是什么的时候也是如此。

"大蒜土豆泥和蔬菜切成条？"弗雷德重申。

服务员点点头，还在看着钢琴师，他正和另外一个年轻的服务员一起笑。"是的。"他说，"这个土豆好，大蒜味儿也不重，非常淡。厨师做蔬菜拼条也是一绝，切得很细，它会融化在你的嘴里。"

"听起来不错。"弗雷德把菜单还给服务员，但是这个小伙子仿佛呆住了，根本没注意到。"嘿？"弗雷德说，"地球呼叫奥森，听到没，奥森？"

梅齐笑了。她这些日子也在追剧《默克和明蒂》。我们之间也有共同爱好，对吧？

"对不起。"服务员说。弗雷德跟随着他的目光。钢琴师抬起头。服务员避开了他的眼睛。"我能为您点些什么呢？"他说，好像弗雷德还没有决定。

"我刚刚点的熟牛排、大蒜土豆泥和蔬菜条，两秒钟前。"

"绝佳的选择。您点的牛排要几分熟？"

"就听厨师的建议。"

"好。"他把菜单放在胳膊下，从钢琴师身边走过，眼睛望着空气。钢琴师眼看着他去了厨房。

弗雷德凑过来说："看起来这两口子在闹别扭啊。"

梅齐笑了起来："不光有晚餐，还有好戏看。"

"我的直觉是，钢琴师小伙是被脱裤子的那个。"

"哦，不要说了！我可不愿想象那画面！"

他笑了："是的，这真是太尴尬了。还真是生动活泼啊，继续看好戏吧。"

最初他们的谈话很生硬。不知道该说什么。梅齐一直在找话题，只要不讲同性恋的事都行，然而一两分钟之后他们就把《默克和明蒂》讨论完了。他们意识到其实他们真正记住的只有"默克呼叫奥森，接线进来，奥森"，只要你不觉得有些过于简单无聊，你可以不断重复这个笑点。聊聊园艺吧？不，他看起来不像园丁。此外，我一朵野花也不认识。音乐？我不懂。书？呵呵，我倒是得有时间来读书。哦，天啊，我没有什么可说的。为什么我要在这里？不要惊慌，梅齐。这只是一顿晚餐而已。很快就会结束的，然后你可以告诉他……我做不到。

弗雷德似乎没有注意到这种无声的沉默，也许意识到了，但他并没有像梅齐那样在意。他很快就开始忙着吃饭。"他没说错——蔬菜拼条真的入口即化。你确定沙拉够你吃吗？那只是一块很小的肉。"

"够了。"她想多讲些，所以她补充道，"调味料也是入口即化。"

话一出口她就后悔了。调味料如何入口即化？上帝啊，我傻了。她没有胃口，嘴巴很干燥，甚至无法品尝自己挑选的肉，尽管它看起来很美味。我想把食物打包带走，这样会不会显得不太礼貌？里面抹上一些番茄酱，杰里米会爱死它的。

他看着她把食物拨到盘子边上。"那块肉还合你的胃口吗？"

"很好吃。"

"你确定？"

"它很棒。"

"真的？"

"我说真的。"

"只是我看你不过是动了几下下巴。"

这些话横亘在他们之间，显得笨拙而沉重。我真不敢相信他会这样说。我不该来这里。我想回家。梅齐放下刀叉，噘起了嘴。

弗雷德吓得脸色苍白。“我很抱歉。我只是嘴巴没有个把门的。我不知道该说什么。我不是很擅长来这种场合。花哨的食物和风流搞笑的服务员，钢琴演奏和外国菜单——这让我如履薄冰，而我一紧张就会说傻话。”

他看起来像是要哭了。他举起手来：“你好，我叫弗雷德·布伦南，我是个白痴。”

他一脸笨拙的样子，让她放松了下来，长出一口气。他刚刚坦白的一切，也是她的感受。“我和你一样。”

“你可不是白痴。”

“不，但我也是如履薄冰。对我来说，沙拉调味料可没有入口即化过。”

他笑了起来，然后向她伸出手。他的手抚摸着她的手，唤醒了梅齐。她多年来毫无感觉的地方立刻感到警惕、光明、嗡嗡作响，并开始颤抖。哦，耶稣，我不能这样做……她逃到厕所里冷静下来。

当她回来时，弗雷德已经要了第二瓶红酒，并倒了一杯给她。因为头天晚上喝酒的缘故，她的肚子仍然很不舒服，但她像喝药一样把酒喝了。

“说一件关于你的，我所不知道的事情。”他说。

　　她想了一会儿。她知道他不是在探寻什么隐私——关于她的一切隐私，该知道的他都知道，包括所有秘密。*我不知道。*她想跑，但是他把手放在她手上，眼睛盯着她的眼睛，对着她微笑，眼睛的两角眯了起来。"任何事情都可以。"

　　梅齐呼出一口气。"我接受过理发师培训。我没有学完，但我很喜欢这件工作。"

　　"我知道。"

　　"哦。"

　　"有天晚上我和你在一起的时候，你告诉过我。"

　　他没有展开说明。他不需要展开。他们都知道，那是他们多次一起等待救护车的其中一次，他帮她按住流血的新伤口。她再次感到有点恶心。

　　"对。"她说。*这可不行。*

　　"你应该回去完成培训，如果这是你喜欢的工作。"

　　她笑了起来。"因为我曾有那样的时间。"

　　"很快你就会有的。你还是一个很年轻的女子。"

　　"我不觉得自己年轻。"

　　他凝视着她的眼睛。这并不浪漫——他没有靠过去亲吻的机会。他只是看着她，或者说凝视，她不知道怎么形容。这本来应该感到尴尬的，但是整个晚上她第一次如此镇静。

她保持着凝视。

"告诉我一些别的事情，全世界没有人知道的你的事情。"

"哇，耶稣啊，这个要求很高啊。"她想了一会儿。梅齐只有一件事情，是世界上没有其他人知道的。我是不是该说出来？如果我想让他离开我，我就应该说出来。这会让他更容易失望，反正不管怎样，这是事实，而且他又问了。

"我曾经想杀了丹尼。"她等待着弗雷德面露恐惧之情，然后迅速地向风流搞笑的服务员打手势买单走人。

然而他笑了起来。"哦？你想怎样杀掉他？"他靠过来，仍然笑着说。

她释怀了——很放心地笑了起来，摇摇头地承认："我想在他的晚餐里面放老鼠药。"

"可以。"他点了点头，"但不如你所想的那样有效。"

"没有用？"

"没用。"他摇了摇头，"此外，像他那样的人应该死得更痛苦一些。"

"我曾想过开车从后面撞他，把他钉在车库门口，也许在他最后一口气之前再扔几把飞镖。"

"这样就好多了。"

她笑了起来，然后又沉默了。但这并不好笑。我想杀了他。

她耸了耸肩。"我连毒药都准备好了。"

"你做了什么？"

"一回到家，我就把它倒在厕所里。你可能觉得我疯了。"
我知道我就是疯子。

"梅齐，如果你没有想过杀死那个畜生，我反倒会觉得
你是个疯子。思维与现实不一样。"他移开了目光，"完全
不一样。"他的心情变了，有那么短暂的一瞬间，他很忧郁。
有些事情让他感到困扰，但是梅齐很聪明地注意到了，而且
更明智的还是不去强迫他说出来。好消息是，他并不认为她
是精神病患者，而且作为警察，他是能够认出精神病患者的。
这令人很放心。

"那你的事情呢？我对你一无所知，除了你妈死后你从
哥哥手里买了妈妈的房子，你喜欢在茶里放两块糖和奇怪的
蛋糕，但你不喜欢饼干。"

他笑了。"我做过最糟糕的事情莫过于买了那个房子。
该死的，光是电器就花了一大笔钱，还有管道——耶稣啊，
不要跟我提管道的事情。"他放下餐具。她等待着。

"我曾经订过婚。"

梅齐张大了嘴巴，就像瓦莱丽那天早些时候一样。"后
来怎么了？"

"她过去在警队里，是步行巡逻警察。商店街的一家商店发生火灾，一个女人和两个孩子被困在更衣室。乔伊广播通知大家，然后她就违抗命令冲了进去。等消防队到达的时候已经太晚了。

"耶稣啊，弗雷德，我很抱歉。你在现场吗？"

"我接到电话后，立即赶到那里，但那时屋顶已经坍塌了。她走了。"

"什么时候的事？"

"今年三月是十周年纪念。"

"你一定还想念她吧？"

"不，我不想她，如果要我说实话的话。"

梅齐没想到会是这样。

"那是很久以前的事情了。"他笑了起来，"现在我只是怀念想她的时候。"

"哦。"她说。上帝啊，他真可爱。梅齐曾经长时间想念着爸爸的灵魂，所以很能理解这种心情。现在他只是一堆幸福的回忆，没有什么切实的东西。"对不起。"

他对她微笑，拍拍她的手。"梅齐，万事都有自己的时间。"他平静地说。尽管她并不是十分肯定他的意思，但是她知道，他正把心灵中最黑暗的角落剥给她看。

"你应该过得更好。"她真心地说。

"该你了，女士。"

之后，他们再也停不下来。他大谈警察的工作，如何晋升警衔，他对工作有什么看法以及必须面对的困难。虽如此，他仍热爱这份工作。当他谈到工作以及和他一起工作的人时，他的话里就充满了激情。"那里有很多令人心痛的事情，很多混蛋，但也有美好和伟大，就像你一样。"他边说边递过来甜点。

她脸红得像番茄。她希望能知道在他眼里自己是个什么样子。

约会那一晚的前半个小时感觉像是过了一辈子，但接下来的三个半小时却如同飞逝。当他们从夜色中出门后，梅齐根本就没觉得冷。她酒酣耳热，大谈成人话题和吸引力。

弗雷德 | "注意脚下，我的女士。小心路滑。"离开餐厅时他握住了她的手。这一晚结束得太快了。

他们从他的工作谈到了教育孩子、钓鱼、牙科卫生和政治等一切。只要是瓦莱丽的故事，弗雷德都特别喜欢。对这孩子他内心总有一些柔软的地方：她坚强且有态度，有不可忽视的力量。每当遇到他时，她都会和他比大小，甚至在很小的时候就是如此。她总是拿眼睛盯着他。这样很好，亲爱的。当她年幼的时候，她更开放，更容易亲近，这是很好的：她长大了，学习，发现生活，作为一个在城市长大的年轻人，有人监护是很好的。

杰里米更随和，但这并没有使他软弱。他是一个有着强大心脏的勇敢男孩。他对弗雷德总是很有礼貌，但他比他的妹妹更加封闭。半数时间里很难知道这个男孩在想什么。与瓦莱丽在一起时人们还知道自己在哪，但即使杰里米还是一个小男孩的时候，他就已经是个猜不透的谜了。弗雷德没有多少时间留给孩子，他有很多事情并不知道。他唯一的兄弟在十五年前就定居澳大利亚了。他有两个孩子，但弗雷德只见过他们两次。他在工作中遇到的大多数孩子要么是受害者，要么深陷困境，而梅齐的孩子，这两种情况都不是——尽管她的环境也很糟糕。他们只是孩子，而且尽力做到最好。他钦佩她，特别是在他目睹他们的全部经历之后。

他喜欢瓦莱丽的这个故事：她发现邻居的猫——"鹅卵石"死在路上。乔伊斯一家正在度假，所以她从晾衣绳上取下布蕾迪的一件美利奴羊毛衫，将死猫包起来，仔细地放在冰箱里，放在一袋冰棒和一包羊排之间。她没有与人分享这可怕的发现，所以当杰里米想拿冰棍时，把手伸进冰箱，却拿出双眼大睁、身体僵硬的"鹅卵石"。他出现了正常的小孩都会有的反应：他把胆汁都快吐了出来，然后哭着找妈妈。事实上，他已经十四岁了，而他最好的朋友雷夫和妹妹在旁边一起笑翻了天。

"他花了好长一段时间才放下这件事情。他甚至有一个月没有靠近冰箱。"梅齐说。

"啊，她只是想为乔伊斯家尽尽力而已。"弗雷德偷偷笑了起来。

"是的。"梅齐同意，"如果你认为收他们五块钱仓储费就是尽力的话。"

虽然他已经对她朝思暮想了好几年，但超市里的场景完全是一时冲动，他马上就担心自己是否做了正确的事情。他知道她所受过的伤害，但是关于梅齐的某些事情，让他觉得很值得冒险。他认为，如果给彼此一个机会，他们就会像两块拼图一样配合默契，尽管傍晚开始确实有些尴尬。

"我想叫你梅。"他在回家的路上宣布说。

"你想怎么叫就怎么叫，布伦南警官。"她说。她试图调情，却立即感到不舒服。"对不起，听起来很奇怪。"她醉了，而弗雷德只喝了两杯酒。不好。

他笑了。"从现在开始，你叫我弗雷德，我叫你梅，如何？"

梅齐咬着嘴唇不说话，但她的笑容溢于言表。"成交了，弗雷德。"

弗雷德喜欢"梅"的发音：它不用舌头发音。她看起来更像是他的梅。若给她戴上金色假发，她会像《谋杀案》中的梅·布雷特一样。这是弗雷德最喜欢的电影之一，因为这是他和爸爸一起在电影院看过的唯一一部电影。他的父亲一直是个爱户外活动的人——按顺序来排，他喜欢钓鱼、高尔夫和做园艺。除此之外，他还上门推销保险，然后就没多少时间剩下了。很难说动他去看电影，但弗雷德已经下定决心了。那天是父亲生日，陪他一天是弗雷德送他的礼物。

"简直是奇迹，儿子。"他喃喃自语。因为他从黑暗的剧院徘徊到晚上的昏暗的灯光下，虽然晕头转向但却兴高采烈。"奇迹。"

两天后他死了。在一位女士门口卖人寿保险时，他心脏病发作死去。几年后，家人开玩笑说，为了卖保险他什么事情都做得出来。这仍然让弗雷德觉得好笑。他的爸爸若在世也会喜欢这个笑话。

每当弗雷德看着梅齐时，他就仿佛看见了梅·布雷特，头脑中便会响起父亲的话。奇迹，儿子。真是奇迹。不是他不喜欢"梅齐"这个名字，而是他仍然可以听到从丹尼嘴里吐出这样的毒液。它能勾起太多的回忆，要么是她流着血，惊恐万状地爬到门口，要么是躲在一个上锁的房间里，要么是昏厥在木地板上。弗雷德·布伦南在两年的时间里处理了比恩-福克斯家人打的十四次电话。他的同事处理了另外八次电话。丹尼·福克斯没有杀死他的妻子，这可真是一个奇迹，他也不是没有尝试过。不，"梅"很悦耳，能让他们拥有一个清白的底子和一个全新的开始。是时候让我俩放下一切。只要你愿意。

弗雷德能体会到，梅齐来这里是出于一种义务。他知道她很可能酝酿着委婉地拒绝他，但自己又希望能改变她的想法。第二次机会，我们都该有重来的机会，不是吗？弗雷德带着自身的内疚——带给丹尼·福克斯的耻辱和伤疤，但他不想纠结于此。他想知道布蕾迪会如何看待他追求她女儿的事情。同意或不同意都可以。他与布蕾迪之间有一个秘密，这个秘密会破坏与梅齐蓬勃发展的关系，更会破坏他生活中唯一的稳定因素：他的职业生涯。他利用作为强力部门一员的权力，超越法律许可，确保丹尼·福克斯消失在他们的视线范围内。如果要弗雷德·布伦南坦诚，那么这就是唯一让他与梅齐长久保持距离的原因。

陷入思考之后，他的目光变得呆滞。弗兰克·西纳特拉在收音机里唱歌，仪表板变得生动起来。

"你在想什么？"梅齐问。

弗雷德与她四目相对。"想着下雨呢。"是的，他在想下雨的事情。他正在想那个特殊的、湿冷的夜晚，他越过了底线。再也不会发生了，梅。我保证，再也不会发生。

他们正在一个温暖的泡泡里，雨水从覆盖天空的沉重云彩中涌出。这是一个悲惨的夜晚，但弗雷德并没有感到凄凉。他们以前都是独自面对千辛万苦和重重困难。现在这种状态已经很令人满意了。"我可能从此要为下雨而庆祝了。"

"那以后有很多可以庆祝的机会。"她再次笑了起来，脸色变得如此明亮，使她的脖子和脸色与她的衣服相得益彰。

"你点亮了这个地方，梅。千真万确。"

她看起来好像在吞咽眼泪。她转过身去，盯着窗外。他曾见过她在恶劣环境下的斗争情绪，远非现在这样接受赞美。他还看过这个女人崩溃的时候。"这是第一次约会，我是不是说得太多了？"他问。

她用空闲的手遮住了自己的脸，摇了摇头。"不。"然后她给了他一个真正的微笑。他放松了。

她喜欢我。她当然喜欢我，像我这样的老恶魔。还好，布伦南，还好。"很好。我太老了，扮不了酷了。"他放慢了车速，直至停在房子前面。

他把伞放在餐厅的台座上了，所以他下车，打开车门，脱下夹克，用一只手撑开夹克盖住他们的头，另一只手抱住她的腰，然后一起跑过车道。在门口，他们彼此面对，脸近在咫尺。他们之前已经有过这样多次了，当时他正在和她说话，看着她的双眼，低声地安慰她："坚持住，亲爱的，你会没事的。"现在，他伸出手来触摸她的脸，但这次不是擦掉血液或者消除肿胀。她的皮肤很柔软。他用手指摸索她眼睛上方的疤痕，她用手按住他。他可以看出她很尴尬，但其实没有什么可尴尬的。他记得她有了这条疤痕的那个夜晚，仿佛就在昨天。

她在门口见到他，头上顶着一块茶巾。一听到警报声，丹尼就跑了。"还不坏。"她放下茶壶说。他很高兴，她仍然站立着，但没有评估伤害之前，他不会离开。

他从她头上取下茶巾，血液开始从她的太阳穴涌出。"还不坏，呃？洛奇都没受过这么重的伤，还流血了。"

"公平地说，这是一场决裂。"她说。他笑了起来。不仅因为她是一个洛奇迷，更因为她在被打之后仍然保留了幽默感——这是一种勇气。那天晚上，她还没有严重到需要救护车，所以他把孩子们带到车里，自己开车把她带到医院。伤口缝了十六针。虽然很糟糕，但已经愈合良好，最后只有一条微弱的线条。十六针，当她去厕所时，她居然抽空从自动售货机上给我买了一个三明治。现在，他甚至还未意识到之前，就已经靠在她的眼睛上方，亲吻了她。"梅·比恩，这里没有人能像你一样。"他用大手遮住她的脸，而她用如水的双眸望着他。他又低头，轻轻地吻了吻她。她的嘴巴分开了，他品尝了她的甜蜜，她又回吻过来。他的心奔腾、跳跃起来，脑海中开始跳舞。自从乔伊走后，他很长时间里没有这种感觉了。他紧紧抱住她，亲吻她的脸颊，然后放开。

"晚安，梅。"

"晚安，弗雷德。"

"我很想明天见到你，这会不会太快了？"他说。她笑了起来。

"你过来喝茶吧。"她告诉他。他走了，以免她又改变心意。

"期待已久。"他进了车。她似乎更明媚、更令人头晕目眩了。这是美丽的见证。当她把钥匙插入门锁时，她向他挥手告别。他等着她走进门，把门安全地关在身后，然后思考一旦她发现自己做过的事情，他会失去什么。

梅齐 | 梅齐躺在自己床上，此时母亲正在大厅里磨地板。她重温了弗雷德温柔的吻，然后又想了两遍，才想起母亲很可能没穿衣服。耶稣啊，这真要了她的命了。她跳了起来，领着她的母亲走回房间。布蕾迪只穿着一双黑色的袜子和拖鞋。黑袜子是哪里来的？有时候布蕾迪和梅齐会打架，但那天晚上没有。布蕾迪有点儿心不在焉，好像是机器人一般，不能休息或安静下来。她被困在人生半途之中，无处可去，然后又回来。梅齐把她重新安置到床上后，她从昏迷中醒来。

"要么不下雨，一下就是倾盆大雨。"她对女儿说。

"然后太阳出来了，如果幸运的话，还会出现一条彩虹。"梅齐还沉浸在晚上的浪漫之中。

布蕾迪哼了一声。"天杀的彩虹，我从来没有看过这种大惊小怪的东西。晚上给我一个红色的天空，梅齐。这还能靠谱点。"

梅齐躺在她母亲旁边，轻轻地摩擦着母亲的头。"你说得对，妈妈。"

"虽然我确实在你爸爸的坟墓旁看到过可爱的彩虹。当然没有黄金水罐，那个墓碑上还有错误的拼写。亚瑟·比姆！谁是亚瑟·比姆？他们改动过，是不是，亲爱的？"

梅齐醒了过来，因为收音机喇叭开始响了。她的母亲不在身边。她从被窝里爬出来，进了厨房。当她打开门时，瓦莱丽正在吃一大碗玉米片，指着两片烤面包。"我今天可以吃饭吧，或者你想让我饿死？"

"喜欢吃什么就吃什么，亲爱的。"梅齐说。有过完美约会之后的她情绪高涨，她不想用担心和怀疑来摧毁它。她太开心了。布蕾迪也坐在一碗玉米片的前面。梅齐俯下身，亲吻母亲的额头。"你没事吧，妈？"她说。

"我想要一碗玉米片。"布蕾迪说。

"你已经喝了一碗，外婆。"瓦莱丽说。

布蕾迪低头看看。"哦。"她开始吃饭。

梅齐把烤面包给瓦莱丽，再给自己烤了两片面包，并重新煮了壶茶，虽然水还很热。

"你听到了吧，梅齐？那个凶手弗雷德·布伦南昨晚上吊了。"布蕾迪说。

梅齐倒吸一口气："什么？"

瓦莱丽笑了起来："是弗雷德·韦斯特，外婆！"

我的神经快崩溃了！

"留声机里一遍遍地播放。他是在自己的牢房里上吊的，如果你愿意相信的话。"

"我很高兴他死了。"瓦莱丽说。

布蕾迪说："没有弗雷德·布伦南，世界更美好。"

"是弗雷德·韦斯特，妈。"梅齐说。

瓦莱丽又笑了起来。"我同意，外婆。谁要弗雷德·布伦南啊？"

布蕾迪点点头。"没人需要他，亲爱的。"

"你现在很恶毒，瓦莱丽。你的外婆已经很糊涂了。"

"对不起。"瓦莱丽说。

"你不能相信一个危险的人。"布蕾迪摇摇头说。

"弗雷德·韦斯特是一个天杀的恶棍。"瓦莱丽试图补偿。

"请停止诅咒，瓦莱丽·比恩。"

"抱歉。"

"我再也无颜面对那个校长了。"

"我知道，妈齐。我会尽力改掉。"

"好的。"至少她在努力。也许我应该经常饿饿她。"去把你的制服穿上，叫上你哥。我给外婆洗澡之前，他要洗澡。"

"我可以自己洗，谢谢。"布蕾迪说。

"我知道，妈。只是我不想让你淹死自己或者淹了浴室。"
梅齐边说边给面包涂黄油。她咬了一口面包，坐到了母亲的
对面，布蕾迪正满腹狐疑地盯着玉米片。"在这里。"她说。
她掰下几块烤面包，把它塞到母亲的嘴里。"很好。"

她听到瓦莱丽在撞哥哥的门。"起来，杰里米，贪睡的
人容易失败。"

布蕾迪笑了起来。"贪睡的人容易失败。"

梅齐和母亲分享了面包，在喝咖啡的同时给她喂点吃的，
同时收听犯罪心理学专家与电台主持人的对话，讨论弗雷
德·韦斯特的精神状态。瓦莱丽出现了，穿着校服。

"你哥呢？"梅齐说。

"可能还在洗澡。"她耸耸肩。

梅齐很想知道为什么瓦莱丽没有审问她和弗雷德的约会。
也许她在等待杰里米一起出手。两个对一个。我不敢相信自
己居然邀请他来家里吃饭。我已经失去控制力了。1995 年，
梅齐·比恩要疯了。

"杰里米，你来不来？快点！"梅齐在走廊上大喊。她
看着时钟。八点三十分了，迟到可不像杰里米的作风。他讨
厌匆匆忙忙的。他的头发是天然卷，从来不会让它长过一寸，
而且必须涂抹摩丝或发胶。他总是在刚起床时，把凌乱的自

己好好修整一番。他那松散的沙质鬈发造型，看起来不像刻意修饰的。他照镜子的时间要比他妹妹更久，原因有两个：一是她遗传了爸爸的直发，只要洗一下就可以离开，不需要造型；而且，她太小了，无须打理化妆，衣服存在的意义就是为了保温。杰里米并不自负——事实上，梅齐担心他对自己的评价不够高。她会对他说："你很漂亮，儿子，内心和外表都很美。"但杰里米一直是完美主义者。一切都必须是正确的，因为如果不是正确的，那就是错误的。对与错之间的区别对杰里米·比恩而言意义非凡。

"我们要走了，杰里米。十分钟倒计时。"梅齐叫他，又把两片面包放进烤面包机，可以留给他在路上吃。她觉得没有必要敲他的门：他肯定已经醒了，正在完成每天早晨的必修课呢。他住着家里唯一有水槽的那间房间——水槽是鳄梨绿色的，稍微离墙壁有点远。他不喜欢受到打扰，特别是当他正在刮胡子的时候——最近在他嘴唇左侧刚刚出现一小绺绒毛。梅齐曾经从他身边走过，然后他就割破了嘴唇。

梅齐把午餐钱交给瓦莱丽，然后去敲杰里米的门，想把他的午餐钱也给他。布蕾迪跟着她从走廊下来。"我要用洗手间。"布蕾迪说。

"我马上就可以陪你一起去。"

"我完全可以自己去上厕所，梅齐。我会在走之前快速地解决一下。"

梅齐敲了敲杰里米的门。"杰里米，是我。我可以进来吗？"没有听到回应后，她把门打开，发现房间空着，床已经铺好了。

"杰里米在哪里？"布蕾迪说。

"杰里米？"梅齐呼唤着，走出房间，进了客厅。浴室门是开着的，瓦莱丽独自一人在厨房里。梅齐把钱放在柜台上，打开后门。"杰里米？"愚蠢，他为什么会在花园里？她回到布蕾迪身边，后者正瞪着眼睛看她。

"杰里米在哪里？"布蕾迪再次问道。

"我不知道，妈，也许他在瓦莱丽的房间。"

她检查了一下，然后还有她自己的房间和布蕾迪的房间。没找到他。

"杰里米？我是你的外婆，亲爱的。你在哪里，杰里米？"布蕾迪四处走动，使劲儿推开门，扭着双手。

"冷静一下，妈。我们会找到他的。"梅齐说。她并没有像母亲那样恐慌，只是好奇。她没有明白出了什么问题。

布蕾迪 | 布蕾迪跟着梅齐去了瓦莱丽坐的地方，在厨房柜台那里。瓦莱丽正在听收音机里一个女人哭诉，讲韦斯特对她做过些什么。瓦莱丽说："露丝·韦斯特也应该上吊自杀。"

"关掉收音机，瓦莱丽。这样说不合适。"梅齐说。

"收音机里就是这么说的！怎么不合适了？"瓦莱丽喘着粗气说。

"杰里米告诉你他会很早离开吗？"梅齐说。

"没有。"

杰里米，杰里米，杰里米。他在哪里？你在哪里，亲爱的？哦，你可能在我的房间里，等我来找你。我会找到你的。布蕾迪转过身去，再次搜寻。瓦莱丽站起来阻止了她。

"他们说他很抑郁。我不认为变态杀手抑郁。我以为他们什么感觉都没有，是不是这样，外婆？"

但是布蕾迪一门心思想找杰里米。"你见过杰里米吗，亲爱的？"

"没见到，外婆。"

他上天了，离开我们了。他走了。不好了。

"你确定吗？"梅齐关了收音机，"他有说什么吗？"

"我肯定他没说。"

"那么他在哪儿呢？"布蕾迪感到害怕。突然之间，她的皮肤滚烫。

我要去哪里？我在做什么？关于杰里米的事情……你为什么要站在那里，孩子？

"有一个简单的解释，妈。"梅齐把她扶到厨房的一把椅子上对她说。

哦，没错，他在活动中失踪了！

"我不喜欢这个解释，梅齐。他不会不和外婆打招呼就走。"

"好吧，他带上了午餐盒和天杀的半个柜子。"梅齐说。

这些用品维持不了太久。

"也许他不需要那五块钱。"瓦莱丽抓住她的包，把它甩在肩上，离开了。

我们需要派出部队！布蕾迪站起来，精神抖擞。她有一个使命。找到杰里米。

"杰里米！"布蕾迪喊道，走下大厅。"你在哪里，亲爱的？"她感到有些东西在她的腿上流下。"哦，不。"傻女人。肮脏的老太太。亚瑟会怎么说？杰里米会怎么说？杰里米呢？有些事……她看着地板上的水坑。

"妈，让我帮你清理一下。"她女儿出现在她的身边。

他失踪了！

"不，梅齐，我们需要找杰里米。"布蕾迪说着走出她自己造出来的水坑，并走向杰里米的房间。

她需要集中精力记住她的使命，她正在遗忘细节，她可以感受得到。"杰里米，亲爱的。"

梅齐跟着她。"妈，他的书包不见了。杰里米一大早就走了，就是这样。"

"他不会不跟我说再见就走。"泪水弥漫了她的双眼，看不清楚。她看不见。

"嗯，也许他说了。也许是你忘了。"

"我不会忘记的。"我知道我忘了很多事情，但这件事没忘。有什么地方不对劲。

"妈……"

"我不会忘记，梅齐。"眼泪淌过她的脸颊。怎么了？一切都错了。没有任何意义。我在哪里？

"妈，他不是小孩子。他不过是早起出发了。"

谁早起出发了？不管她怎么努力坚持，杰里米和所有让她关心失踪的东西都消失了。

"来吧。"梅齐说，布蕾迪觉得自己被带到了浴室里。

　　"全能的上帝，让我走吧。"布蕾迪从女儿手中挣脱。*她以为自己是谁?!*

　　"你湿透了，妈!"梅齐半拖半推把她弄进浴室。

　　"让我走，你这个婊子。"她抬起手要扇梅齐耳光，被及时挡住。*没人敢对我耍横。我是护士——我去过战场，小姐。就凭你可欺负不了我!* 她勇敢地战斗着。*你打不过我!*

　　"住手，妈。"她的衣服被粗暴地拉开了，所以她抓住女儿的手臂，用尽全力地捏了一下。

　　梅齐哀号起来。"哎哟!耶稣啊，妈妈!"

　　当梅齐扶她起来去洗澡时，她挣扎着反抗。她胡乱打人，"砰"的一声把肩膀撞到喷头上，然后尖叫起来。"你为什么要这样对我?"

　　"哦，妈，妈，妈，我很抱歉……"

　　一旦布蕾迪赤身裸体地站在淋浴间，她的精力就消耗殆尽了。她低头看着自己，所看到的不是一个年轻强壮的女人，而是一个瘦小的皮包骨的老太太时，就会弯腰缩成一团，双臂搂住自己，默默地哭泣。*我怎么变成这样了?*

　　"让我一个人待一会儿。"她乞求着，试图掩饰自己，"我一个人待着就好。"

　　梅齐退后。

布蕾迪静静地啜泣着，直到她的头脑彻底放空，然后任由女儿给她洗澡。之后，等她的思绪慢慢恢复条理，梅齐就在她身上裹了一条蓬松的毛巾，然后紧紧抱着她。啊，原来你在这里啊，梅齐。我可爱的女儿。"我想吃玉米片，亲爱的。"

"好吧，妈。"梅齐说，"吃完后，再给你买点儿处方药，然后去晶石喝咖啡。"

"还有小圆蛋糕。"布蕾迪笑着说。她女儿拿毛巾用力给她擦了擦。

"可以。我明天要回去上班了，之后就没有时间买小圆蛋糕了。"

布蕾迪满足地叹了口气。"他们喜欢我在晶石喝咖啡。"女儿的照顾让她感到温暖和安全。

梅齐想让她穿上紧身裤。这可怕的扎人玩意儿，结果布蕾迪用手指弄破了这些薄薄的织物，毁掉了。试了三件裤子后，梅齐放弃了。"妈，今天不穿紧身裤，我们想点儿别的好吗？"

那个像弗雷德·布伦南的上吊自杀的人是谁？他用他妈妈的紧身裤上吊了。她是一个大个子女人，玛丽，还是玛格丽特？他是一个小个子男人，但他足有一吨重，我记得很清楚。他们做的紧身裤不像以前了……她摇摆不定地坐着，一边来回晃动一边思考。

梅齐 | 她们在药店停车，梅齐把处方递给母亲。芭芭拉·克莱因是一位友善的女人，总是很友好地对布蕾迪说话。

"你在这里啊，琼。"布蕾迪高兴地说，"一切都好吗，亲爱的？"

琼已经退休五年了。芭芭拉笑了。"一切都好，布蕾迪，祝你新年快乐。"

"新年快乐，芭芭拉。对不起。"梅齐低声说，"我们遭遇了一个不好的开端。"

"你们过得怎么样？"芭芭拉问。

"挺好的。"梅齐说，这一回她是认真说的。

"保持微笑，1995 年是你的好运年。"芭芭拉眨眨眼睛。

"你的圣诞节怎么样？"梅齐问。

"很高兴我们都平安度过。天杀的猫得了膀胱炎，它毁了我家。我婆婆发誓，她再也不会去开门了，所以我觉得会越来越好的。"她笑了起来。

"带它去看兽医——这就行了。"梅齐同情地说。

"你帮我评评理。如果我患有膀胱炎，那么看家庭医生要花费我三十五英镑，另外还有十二英镑的抗生素费用。兽医却要收我八十英镑——我几乎要晕倒在地了。"

"我肯定要和他吵一架。"布蕾迪说。

芭芭拉笑了起来："下次我会记住这一点。"

当芭芭拉配药的时候，梅齐坐在母亲身边。

"我有过膀胱炎，可怕的剂量。可怜的猫。"布蕾迪说。

"那时候你是不是感觉都尿到破玻璃罐子里了？"梅齐很想知道。

"就是这样。它是一个杀手。"布蕾迪正在给裙子打结，好卷在膝盖之上，露出一双杰里米的长足球袜。

"这很时髦，布蕾迪。"芭芭拉指着袜子说。

"她想给我穿紧身裤，琼，热、闷、紧的紧身裤。我想用铅笔在我的双腿后面画两条裤腿，这就够了，但是她不听。"布蕾迪不说话了，继续拨弄着裙子，卷得更高了。

梅齐把它拉下来。"我不能让你只穿着一条裙子和底裤出门，妈。"她说。为了让芭芭拉好理解。

"她是对的，布蕾迪。你会成为全镇的话题的。"

"也不是第一次了，亲爱的。"布蕾迪笑着回忆。无论是什么让她这么开心，梅齐都祈祷她能控制自己。

芭芭拉将处方交给了梅齐。"哦，当然不是第一次了。"

在晶石咖啡厅，林恩正在等着她们，还有咖啡和小圆蛋糕。

"新年快乐。你有没有想我，布蕾迪？"林恩问。她个子比梅齐要高得多。尽管心脏不太好，她也可以毫不费力地控制布蕾迪。和布蕾迪一样，她也是一名护士，但心绞痛已经结束了她的职业生涯。她们是战友。布蕾迪尊重她的权威，她的经历与众不同。

"我当然想你了。"布蕾迪指着梅齐说，"我期待她回去工作，然后我们就可以像过去一样了。"

从星期一到星期四的白天，林恩在自己的家里照顾布蕾迪，而梅齐则在牙科手术室工作。杰里米在周末晚上接手，这样梅齐就可以去工厂打扫卫生。他起初不太愿意。"你知道我有自己的生活，妈！"但她总是在九点钟之前回家，并且同意他可以在星期五和星期六在外面待到午夜，以此作为补偿。梅齐尽可能多地给林恩支付薪水，但林恩并不是为钱而做这件事。她的丈夫在工作，两个孩子上大学。由于心脏问题，她不喜欢冒险出门太远，所以照顾布蕾迪让她有了生活目标，并帮助她填补了日子。

三个女人坐在窗前，看着繁忙的街道。

"我讨厌一月。"林恩说。

"一年中最糟糕的一个月。"梅齐正和她妈妈较劲，把一整块小圆蛋糕从她嘴里抢出来。"不能一口吞下，妈。"

布蕾迪铁了心要把它塞进去。

林恩抬起眼睛。"布蕾迪，把蛋糕拿出来，就现在。"

布蕾迪放弃了。"她很严格。"她对梅齐说，"但这也是为了我好。"

林恩笑着说："就得这样做。"

"如果我能这么容易搞定就好了。"她把蛋糕弄成几小块，拿起一块递给她的母亲。

"我不是小孩子，梅齐。"布蕾迪嗤笑。

"你想和我说些什么？"林恩问道。她已经肯定布蕾迪正迷失在自己的世界里——轻声唱歌，从裙子上捡起面包碎屑，盯着窗外。

"我和弗雷德约会了。"

"那个警察！"

"什么警察？"布蕾迪四处打量着她们。

"妈，没什么。"梅齐用力地点头。

"嗯，迟早的事。"林恩把杯子放在了碟子里，"啊，不奇怪——他已经喜欢你很多年了。"

"谁在追你？"布蕾迪关心地说。

"没人追我，妈。"

"没事了，布蕾迪，我在和她开玩笑。"林恩笑了起来，然后用手捂住她的嘴巴。"有好消息吗？"

"好像还行。"梅齐低声说，"你觉得我是什么样的女人？"

"自从一个叫耶稣的男孩造了一座受诅咒的沙堡，这个女人就再也没有和男人睡过。梅齐，看看我吧——人生苦短。"

"你有心绞痛而已。你不会死。"

"说得倒容易。你什么时候再和他见面？"

"说悄悄话很不礼貌。"布蕾迪冒了出来，"我可不是这样教你的，梅齐·比恩。"

"对不起，妈妈。"她抬高了声音，"他过会儿来喝茶。"

"是谁？"布蕾迪问。

"弗雷德·布伦南，妈。"

"那个上吊自杀的人？"她看起来很困惑地说。

"不，妈妈，是布伦南警官。还记得吗？"

"哦。"布蕾迪歪了一下脸，"我不喜欢那个男人。"

"你喜欢他的。"梅齐说，"你一直喜欢他。"

"我不喜欢，小姐。"布蕾迪说。

"她以为他会蜇她呢。"梅齐告诉林恩。

"这只是因为疾病。就是这样。她不是这个意思。"林恩拍了拍布蕾迪的手。

"不是。"布蕾迪说，抓住林恩的手指，"他很麻烦。一定要离他远点儿。"

"也许这样不好。太快了。我有点失去理智了。"梅齐说。我在想什么呢，居然邀请他来我家？

林恩把手从布蕾迪手中换到了梅齐手中。"听我说。弗雷德•布伦南是一个善良的人，多年来一直照顾你。你喜欢他，我知道你喜欢，如果这就是你认为的太快了，那么我讨厌听到你说的慢版本。"

"那孩子呢？"

"他们会很高兴的，因为他们的妈妈会快乐。不要做流血的殉道者，梅齐。这不适合你。"

林恩总能拨开云雾、一针见血地指出是怎么一回事。梅齐感到心头一暖。"人生苦短。"

"确实如此。生活就是要好好地活着。"

"对。那么我带妈妈回去睡午觉了。"

"明天见。"林恩吻了布蕾迪的脸颊。

她对梅齐补充说："今晚晚些时候你最好打电话给我。我想知道每一个细节。"

“让我们拭目以待。”

“真高兴。这才是生活。最后，还要有一点行动！”

梅齐真的非常高兴，就在离开之前，她靠着林恩，低声说：“最好的吻。”

当梅齐给弗雷德开门时，他正拿着花。他把花送给她，亲吻了她的脸颊。“你好，美女。”

“你不该买花。”梅齐感觉有点儿尴尬。她不习惯接受礼物。

“花是加油站给的。我得加油不是？”弗雷德跟着她走进大厅。

“很可爱。”

布蕾迪坐在厨房里，小心翼翼地看着弗雷德，他宽阔的身躯填满了房间。

“你好，布蕾迪。”他有点紧张地说。

“我告诉过你不要回到这里。”她把弗雷德从头到脚打量一番，一脸鄙视。“我不会和他待在同一个房间里。”她站起来走进起居室。

梅齐感到很震惊。“我很抱歉，弗雷德，我不知道她怎么回事。”

"没事的，真的。"弗雷德说。但他似乎有点震惊了。

"请给我一分钟和她谈谈。"

"梅，算了吧。"

"不行。"她跟着妈妈进了起居室。"你在做什么呢，妈？"

"我正在看……"她指着电视，"……盒子的事情。"

"你为什么跟弗雷德这样说话？"

"因为有些不好的事情。"

"妈，你一定要说清楚具体一点。"

"我不能说。"她说，"但有事情。"

"啊，妈。"梅齐叹了口气，"为了我，对他好一点。"她留下布蕾迪一个人胡思乱想，到厨房回到弗雷德身边，关上了身后的门。"她糊涂了。"

"我理解。"他四处打量着厨房。梅齐看到他在看橱柜上的所有标志："杯子""眼镜""板子""罐子"。烤箱上方有大字："烤箱，热，不要触摸！"通过弗雷德的眼睛来看她的厨房，这感觉很奇怪，因为她和孩子们早已对此熟视无睹了。

"你很不容易。"他说。

"有时候还好。"

她来到热水壶边，上面用修正液涂写着"不要触摸"。

她装满水，然后打开开关。

他在长桌边坐下，从夹克衫里面的口袋掏手机，放在面前。

"好新奇啊。"梅齐身边的朋友没有用手机的。

"很烦人。梅，有了手机后你一分钟都闲不下来。它们要为该死的世界末日负责，记住我这句话。"

"不知道休息是什么。"她说。

他笑了："就是这样。"

她在他面前放了一杯咖啡，坐在他旁边。他拉住她的手，紧握了一下，然后放开。

"孩子们很快就会回家。杰里米有足球练习，瓦莱丽在当地的戏剧团里。"她很紧张。

"只要有时间与你在一起就够了。"

她脸红了。天哪，梅齐，成熟一些吧。"烤箱里有一个炖菜。"她很为难，并不是每个人都喜欢炖菜，"你喜欢吃吗？"

"非常喜欢。"

梅齐放松地长吁一口气。

"就算我不喜欢，为了你我吃什么都行，梅。"突然，他把她拉到身边，吻了她，而她母亲离这儿只有一墙之隔。房间似乎在旋转。这一切都发生得太快，但感觉真的很好，太好了，好得不正常。她抽离了。她咬到了自己的嘴唇，捂上嘴巴，有些慌张。她想继续亲吻他，但是……

"我吻得太重了吗，梅？"他轻轻地问道。

"没有。一点也不。我只是觉得愚蠢。"

"为什么？"

"这一切都太意外了，而且……"

"感觉好吗？"他满怀希望地说。

"很好。"她点了点头，"也很奇怪。"

他把她拉近，用胡子摩挲她的脸颊。

这是我唯一要改变的事情。胡须是不卫生的，要离它远一点。

"我永远不会让你出任何事情。你永远不必害怕我。"

"我知道，弗雷德。"

他把她的脸捧在手里，她双手搂着他，陶醉在亲吻之中。是的，胡子必须刮掉。

"你就是这样怀孕的，小姐。"布蕾迪在门口说。然后，她指着弗雷德："在我和你吵架之前，快滚出去。"她转身对着梅齐，双手推着她的腰，"到你的房间里去，梅齐•比恩。"

"妈，弗雷德是我的客人。"她的声音带着警告。

"这是我的房子。"布蕾迪说。此时，瓦莱丽恰好背着包走了进来，脸色阴沉。

瓦莱丽 | 瓦莱丽把她的包丢在地板上，踢到角落里。"他来这里做什么？"她皱着眉头问道。

"我邀请弗雷德过来喝茶。"

瓦莱丽眼睛看着仍然插在水槽里的鲜花。"天啊，妈，你需要冷静一下。"

"瓦莱丽，不要放肆。"

"你好，瓦莱丽？"弗雷德抿抿咖啡，正视布蕾迪的目光。

"我本来很好。"她狐疑地望着他，然后转向外婆，她正满怀恨意地盯着弗雷德。"你没事吧，外婆？"

"说心里话，我有点儿不舒服。"布蕾迪说着走出房间。

瓦莱丽的母亲迎上前来。"你哥哥在哪里？"

"不知道。"

"你在学校看到他了吗？"

"要看他，我还得去找。我为什么要这样做？"

她母亲看着手表。"他可能在米奇·卡百利家。最近他们都在那个地方。"梅齐瞥了一眼烤箱，然后看看桌子，够五个人坐。"我们该吃饭了。"她去喊布蕾迪。

整个吃饭过程中，瓦莱丽看着外婆一直盯着弗雷德，她则全程沉默。他对她说话的时候，她置若罔闻。瓦莱丽从没见过外婆像今天这样。这非常有趣。"出什么事了，外婆？"

"我不知道，亲爱的。也许他把坏运气带来了。"外婆指着弗雷德。她妈妈用双手托着头。

"像老泰德•达菲的黑猫一样。"瓦莱丽说。

"就是。看到那只猫你最好小心一点。"布蕾迪严厉地摇着一根手指。

"当我还是个小孩时，我有过一只猫——一只猫，两只狗，一只鹦鹉和我在嘉年华会上赢得的几条鱼。虽然并非在同一时间拥有。"弗雷德说。

"我敢打赌，他们没有一只幸存下来。"布蕾迪说。

"妈！"

瓦莱丽笑了起来——妈妈的脸像一幅画。

"好吧，没有。动物不会活这么长的时间，布蕾迪。"

瓦莱丽可以看出弗雷德很尴尬，但是他很快就掩饰过去。

"妈，向弗雷德道歉。"

"不可能。"

"好。以后不去晶石咖啡厅了，也没有小圆蛋糕给你吃。"

"你不能这样做！"布蕾迪说。

"道歉。"

布蕾迪好像挨了揍一般。她难以置信地转向瓦莱丽。"我爱晶石咖啡厅。"

瓦莱丽说："这样不好，妈。"

"道歉。"

"我道歉。"布蕾迪对着弗雷德头上的墙壁说。

"不要紧，布蕾迪。"弗雷德爽快地说。

他是一个很难打倒的人，瓦莱丽不得不承认。外婆和她一直不说话，而弗雷德和梅齐交谈了一会儿，直到弗雷德再次与布蕾迪交流。"所以，布蕾迪，你曾经说过在战场上担任护士。"

布蕾迪打起嗝来。瓦莱丽笑了起来，拍打着桌子。

"我受够了。弗雷德，穿上外套。"梅齐说。

"我们要去哪里？"他问。

"离这两个人远点。"她又转过身对她女儿说，"告诉你哥在烤箱里有炖肉，看住你的外婆。"她拿起了她和弗雷德吃了一半的晚饭，把盘子丢进水槽里，然后在弗雷德穿上大衣时消失在走廊里。

"哦，太好了。"瓦莱丽转过身去看她的外婆，"昨晚她想饿死我，今晚她想抛弃我。他可真有天杀的影响力。"

布蕾迪握着外孙女的手。"他是个麻烦。"

"再见，布蕾迪。"弗雷德说。但当布蕾迪拒绝看他时，他转向瓦莱丽。"晚安，孩子。"他对她笑了笑，然后离开了房间。

"我不想让他来这里。"布蕾迪说。

"我们俩想法一样。"瓦莱丽同意道。

布蕾迪把食物放在桌子上，走进了起居室。瓦莱丽拿起她的盘子跟着她。她走到窗前，看着妈妈和弗雷德走下去，双手紧握，直到上车才分开。

"暴风雨要来了。"布蕾迪喃喃道，"封舱，梅齐。狗进来了吗？"

"我是瓦莱丽，两年前那只狗就死了。"她看着弗雷德的车开走。

"我想起来了。鲍勃，请给我一个 W。"

"好的。"瓦莱丽说，她打开《鸿篇巨制》录像带。外婆马上沉浸在电视节目之中。

瓦莱丽坐在她旁边，吃着炖菜。你到底在哪里，杰里米？你最好在妈妈回家之前回来。杰里米和雷夫都没有在学校出现，她知道，因为戴夫和米奇在午饭时间找到了她，他们也在寻找这两个人。起初，她很高兴，杰里米这样一个乖孩子，终于做了件不好的事情。但那是几个小时以前。六点过后，瓦莱丽开始担心了。

弗雷德　｜　弗雷德打开车载电台。R.E.M. 的《Let me in》正在播放。他把声音调小一点。警车内部的皮革很干净，一棵绿色的闻起来像松木的硬纸板树从镜子上垂下来。"我刚刚把它洗过了。"他说。

"你说什么？"

"车。"

"哦，很好。我的车里一团糟。"

"有孩子就是这样。"

"其实是我和瓦莱丽，说实话。它让杰里米抓狂——还有，事实上我不知道如何开出环岛。"

他自顾自地笑了笑。

下起雨了，她向窗外望出去。他可以看出来，她被布蕾迪和瓦莱丽的行为伤着了，因为她的手一直在发抖。他很高兴能离开那里。

"那么，去哪里呢，我的女士？"

"嗯，我们还没喝过茶呢，去吃薯条怎么样？"

"深得我心的女人。我知道有个地方。"

他把她带到了邓·莱格海尔，去可以看海的小薯条店。他们坐在一起，在窗口边共同享用一条大鳕鱼和薯条。

"我替母亲和瓦莱丽道歉。"

"别再道歉了。没关系。"

"我不知道杰里米怎么样了。他从未像这样离开我。"

"他是个十几岁的男孩。他正在做自己的事情。"

"我知道你是对的。只是这不像他所为，就是这样。"

喝完茶之后，他们一起在码头散步。天很冷，又在下雨，但是他们手挽着手，都不介意。事实上，这让他们更加亲近——让他们有理由相互抱得更紧。

"你曾经有没有想过要孩子？"她问。

"哦，有啊。"他说，"我想要一个足球队。"

"现在呢？"她有些惊慌。

"现在我不计划了。"他挤了她一下，"但是你永远不知道明天会带来什么。"

"你是在对我说？"她笑了起来，但是似乎分心了，出神地盯着大海。

"我可以带你回家，如果你喜欢的话，梅。"

"我只是想知道杰里米是不是回来了。瓦莱丽不是很适合与外婆相处。"

"我肯定他回家了。我知道我在他那个年纪时，一顿饭都不会忘了吃。"

"的确，他从来没有。"

"是吧。"

他们继续散步。

"你曾经对妈妈做过什么最糟糕的事情？"她毫无理由地发此一问。

他想了一会儿。"太多了，不知从何说起。"

她笑了起来。"我相信你可以选出一个。"

"当我在杰里米这个年纪的时候，我和一个女孩私奔了。"

"你不会吧。"

"露辛达·欧布莱恩。她十八岁。"

"啊，不。"

"我留下了一张纸条，'再见，妈妈，我恋爱了'。 然后我们乘火车去了戈尔韦。"

"你就只说了这句话？"

"只有这句。"

"我会杀了你的。"

"如果她能杀的话,估计她也会杀的。"

"你在外面待了多久?"

"大约两个星期,然后打电话回家,让我爸来接我。可能是露辛达·欧布莱恩有一些古怪,开始的那种新鲜感和异国情调很快就变得黑暗起来。"

她咬着嘴唇。

弗雷德知道,梅齐知道这一切。虽然丹尼从来没有什么异国情调,但他绝对是黑暗的。

"你有没有再见过她?"她问。

"没有。当一个女人威胁说要给她自己一刀,因为她认为你爱上了她的妈妈,那么还是独自离去比较好。"

"你爱上了她的妈妈吗?"她问。

"我从来没有见过她妈妈。"

她笑了。

雨不断下来,等他们到了车上时,全身已经湿透了。他打开了加热器,将暖风吹向潮湿的脸。

"我很抱歉,是我把你拖到雨中。"她说。

他对她笑了笑。"我和你去哪儿都愿意,梅。"他抓住机会,凑过去吻她。突然间，他们就像暴风雨中荒凉路上的一对青年男女互相挑逗起来。最后弗雷德提出来。"我有一个主张。"

"嗯？"

"拐角处有一家酒店。别有压力，一点都不要。我只是提一下。你自己选择，梅。"

她微笑以对，眼睛流露出适当的笑容。"你还在等什么？"

他全力吻了她的嘴巴。"记住这个日子，因为从现在开始，梅·比恩，这是我的新生日。"他挂上挡，像在银石赛道上的一级方程式车手一样把车开出拐角。

第四章

欢迎来到
天堂镇

——

绿日乐队，1994

梅齐 | 在一个酒店的三楼，一间干净而又简朴的房间里，有一张宽大的双人床，弗雷德和梅齐正躺在彼此的怀里，赤裸身体，温暖惬意。她甚至没有注意到酒店的名字。荡妇。她心里傻笑着。"我真不敢相信自己刚刚居然做了这种事。"

"你不会后悔吧，梅？"

"不。"她摇了摇头，"感觉很好。"她突然间哭了起来。这是从哪里来的？停下来，梅齐，现在就停下来。她以前从来没有在弗雷德面前哭过，无论她多么想哭。

"我很抱歉，弗雷德。"她啜泣着。楚楚动人。"我不知道自己怎么了。"

他吻了她的额头。"你只是哭了，亲爱的。"然后她偎依在他怀里，放声大哭。

他们进入电梯时站在一起，皮肤浸泡着水，双手几乎无法动弹，皮肤发麻。现在已经过去四十分钟了。梅齐曾经认为这扇门永远不会打开，而一旦打开之后，他们牵着手，跑到卧室，像愚蠢的浪漫小说中的两个孩子。

把门关上之后，梅齐和弗雷德在几秒钟内就把对方衣服脱掉了。弗雷德很疯狂，但同时也很小心，不像丹尼那样粗暴——丹尼拽下胸罩时，她几乎失去了一个乳头。弗雷德坚强而温柔。梅齐很害怕，但她也很激动。这一次，她没有想到孩子们或她不得不做的工作。她不想让时间快点过，或者在脑海中唱歌，滚蛋，请滚蛋，在一个燃烧的残骸上死去，只是为了克制自己不拿头的另一侧去撞他。她没有默默地尖叫，我不喜欢这件事情！与弗雷德在一起时，她沉醉在那一刻，没有幻想去其他的地方。相反，她感觉很好。耶稣啊，他们没有撒谎。性爱真的很美好！梅齐·比恩终于释放了自我。

当她终于停止哭泣时，他从床边储物柜的免费盒子里递给她一块纸巾。她擤了擤鼻涕。"我哭完了。"

"感觉好些了？"

"你不会知道。"她笑了。躺在弗雷德的怀里，她感到温暖和激动，光明而充实。她甚至觉得很性感。

"这就像我的第一次。"梅齐坦诚地说。

弗雷德无法隐瞒他心里乐开花的事实，他高兴地抚摸着胡子。"啊，他们叫我种马布伦南不是没有原因的。"

"他们没这样叫你，不是吗？"

"没有。但是，如果你想传播任何谣言，我都可以接受。"

她笑了起来，傻瓜。她意识到她在过去的二十四小时内，笑得比几年来加在一起都要多。耶稣啊。

"我第一眼就爱上你了，梅。"弗雷德轻声说，"我不应该承认，但我的确如此。"

"为什么？怎么会，在那种情况下？"她记得那个可怕的夜晚。隔壁的纽金特太太在墙上敲了十次，警告丹尼该住手了，但她敲得越久，他咆哮的声音就越大。争吵是从炖菜开始的。她花了半天时间做的炖菜，他说味道像猪粪一样。他以前踢过她，也扇过她，但那是他第一次用拳头揍她。门铃响起时，她躺在地板上的血泊里。她听到他开门，与某人争吵，然后被推倒在地板上。她无法移动，所以躺在地上试图弄清楚发生了什么。一瞬间，她以为自己被抢劫了，但后来她看到了弗雷德亲切的脸和他的制服。他跪下，低头看着她。"别动了。我们保护你，亲爱的。救护车在路上吗，邓普西？"他向另一名警察喊道，他正控制着丹尼。

"他妈的放开我。"丹尼喊道，"你们他妈的废物。"

弗雷德已经给梅齐盖上了一条毯子，用干净的纸巾堵住她流血的鼻子、嘴巴和眼睛。"把他带进车里。"他喊着。梅齐听到另一个警察在外面和他扭打起来。

"对不起。"她说。

"为什么？"

"我知道你很忙。"随着震惊和麻木的消退，她意识到他握着她的手。

他用另一只手把她的黑色鬈发从出血的额头上推开。"没那么忙。"

"我是梅齐。"

"弗雷德。"

"我犯了一个很大的错误，弗雷德。"他还没来得及回应，医护人员已经到达并接管过去。当他们把她送进救护车时，她向他挥手。他也挥了挥手。

"你怎么会爱上那样的我？"她问道。

"你很好。"他说，"但是我觉得还是你挥手道别的那个瞬间让我爱上你的。你有自己的尊严，梅，即使在最糟糕的情况下也是如此。这就如同无论周围的世界如何疯狂，你永远不会让它改变你一样。"

哦，我变了。"我变得更艰难了。"

"你变得更坚强了。这不一样。"

"那是我第一次离开我的孩子。纽金特太太替我带他们，你还记得吗？"

"能忘吗？我自己口袋里的二十块钱掏给她了。"

"不会吧！"

"她是个很难搞的老女人。"他笑了起来。

"是的，但没有她我就死了。"她说，"没有你我也会死。"

弗雷德抚摸着她的手臂。"当然，我本来是不会参加这次行动的，那时候我自己也有点混乱，我仍沉浸在乔伊的悲伤中。但我要你知道，对我而言，这就是一见钟情。"

梅齐花了一点时间才接受这件事情。"七年才约我出来，真是太长久了。"

"是的。只要你能安定生活，我就不会打扰你。这样才对。此后，我一直在附近关注你，你看起来快乐而美丽，然后我就认真考虑了这件事，特别是在我晋升之后。只是你已经经历这么多磨难了。"

"有什么改变？"她很感兴趣。

"我很孤独。"他看不见她的眼睛。她猜到弗雷德难以承认自身的弱点——她可以理解——但她知道他是一个重视诚实的人。

"我也是。"她承认。

"你也会孤独，梅？"他好像很惊讶。

她点点头。"我不知道我有多孤独。"她转过身看着窗外。他环抱住她，拥吻在一起。

"我担心自己没有机会了。昨天我约你的时候，你那样看着我……"

"那是因为我惊呆了。"

"我没有提前准备。这是新年的第一天，而你就这样出现在那家超市，我就想，就今天了，弗雷德。机不可失，时不再来。"

梅齐微笑着咬了咬嘴唇。既然他这么坦诚，那我也不瞒着了。"我从昏迷中醒来后的第一个星期。"她说。

"怎么？"

"那是我第一次对你有这种想法。你走进我病房时，我想，上帝，我真希望他是我的。"一滴眼泪滑落她的脸庞。

他轻轻地把她抱在怀中。"如果我当时表白，你肯定已经和吉卜赛人的驴一起逃跑了。"

"这倒是真的。"

"我们终于在一起了，梅。"他吻了她脖子。

"跟你说，弗雷德，如果这只是做梦，我会很郁闷。"

他笑了起来，把她抱得更紧。

她心里想，让这个世界见鬼去吧。然后，他们再次做爱。

八点钟刚过，她打电话回家。

瓦莱丽接电话。"什么事？"

"不要这样接听电话。"梅齐叹了口气。

"哦，请原谅，妈妈。您好，这是比恩家。有什么天杀的能为您效劳吗？"

"瓦莱丽，又说脏话了！"

"我忘了，对不起。"

"让你哥哥接电话。"

有一阵很短暂的沉默。"他又出去了，妈。"

"你在开玩笑么！他又去哪里了？"

"我没有问他。"

"他到底在干什么？他吃晚饭了吗？"

"吃过了，妈。他说这是他吃过的最美味的炖菜。"瓦莱丽讽刺地说。

"你外婆怎样呢？"

"疯了。"

"她没事吧？"

"还好，她还活着。你回不回家呢？"

"我会在半小时内到家。"梅齐挂了电话，转身对弗雷德说话。"杰里米回家喝过茶，然后又开溜了。我得回家看看。"

"他十六岁了，梅齐。这个年龄的孩子就是这样的。"他想让她宽心一些。

"我知道。他哪天开溜都可以，只要是我还在家的那天。"她起床找自己的裤子。

"再待一个小时。"

"我已经推迟了，弗雷德。"

"就一小会儿。"他恳求。

不能答应。坚持自己的立场。雨水拍打着窗户，房间很冷，床温暖宜人。她从未想过去这么依赖一个男人。我应该走了。

"不走的话，天会塌下来吗？"他问。

一百万种想法在她脑海里呼啸而过，包括但不限于火灾、洪水、饥荒和瘟疫，但瓦莱丽可以应付一切。

她点点头。"再留一个小时。"

他狡黠地笑了。"也许是两个小时。"

先生，别得寸进尺啊。她溜回床上，用手搂住他，把头贴在他胸前，耳朵里听着他心跳的声音。

瓦莱丽 | 瓦莱丽挂掉母亲的电话，咬着她最后剩下的一片指甲。你在干什么呢，杰里米？她有点儿担心，如果妈妈在杰里米回来之前回到家，她就无法提醒他给自己圆谎。她已经认定他逃学了，却还没有回家。但是看到平时那么听话的杰里米也惹上了麻烦，她心里的天平就不自觉地向说谎偏移。妈妈肯定会吓坏的，拔腿就往家里跑，然后开始四处打电话。她会像罪犯一样受到质疑，最终——一如往常，妈妈会把一切归咎于瓦莱丽，然后和她大吵一架。一切都是我的错。换个角度来想，瓦莱丽也不傻：她知道，如果她给他打好掩护了，他就欠她一笔，将来她需要什么的时候就可以向他索取。

她沿着走廊下去，敲了敲洗手间的门。"你还好吧，外婆？"这是几个小时的考验。外婆不断地起身坐下，走进走出，要这要那。她很疲惫，瓦莱丽也厌倦了在她身后跑来跑去。这是她在一小时内第三次上厕所，瓦莱丽和杰里米可以帮外婆做其他任何事情，但不包括上厕所。有些事情你永远无法做到视而不见，两个孩子都对母亲非常清楚地表示，外婆赤身裸体的时候，他们不管。

瓦莱丽说："我会吐到呛死我自己，妈。"

"我会再也活不下去的，妈。"杰里米是这样想的。

他们的母亲也不需要聆听过多解释。她承认这对他们来说很难，她作为成年人，很理解这种恐惧。

瓦莱丽再次敲门。"里面怎么了？等一下！耶稣啊，别跟我说那么详细，只要说结束了没有。"

"结束了。"

"很好。你现在方便吗？"

"嗯，方便。"外婆说。

"很好。我打开门了。"

外婆站在那里，裙子围在胸部，短裤脱到杰里米足球袜的脚踝处。

瓦莱丽立刻遮住了眼睛，转身大喊："你这人怎么回事？"

"我在风干自己，亲爱的。洗手间没有卷纸。"布蕾迪说，

"所以……"

"什么？"

"我头晕，亲爱的。"

"啊，要死了。"瓦莱丽叹了口气，"站着别动，我来处理。"她的外婆已经脱下了裙子。她冲上去，抓住她的短裤，猛拉到她的膝盖上。"从这里穿上去，外婆。快点，穿上，穿上，穿上。"

她照做了。"简单。"

"做得好，外婆。"

当瓦莱丽冲洗厕所时，她在桶里看到一卷全新的厕纸。她想戴上手套把它捞出来。算了，我妈会搞定它的。如果杰里米在家，他这会儿已经把布蕾迪哄去睡觉了，但是她不会听瓦莱丽的话去睡觉，尽管她很累。

当她们回到起居室，坐在电视机前时，布蕾迪变得有些激动，瓦莱丽感觉到有些事情正在酝酿。不好了。

"杰里米在哪里？"她问。

"他在练习足球。"最好继续说谎——瓦莱丽决定了。

"那也太晚了。"布蕾迪看着漆黑的窗外说。

"他们在室内玩，外婆。那里真的很雅致。"

"但他在哪里？"

"他正在路上，外婆。"

"我现在就要他回家。"布蕾迪的眼里充满了泪水。

"你并不孤单。"瓦莱丽望着黑暗的窗外，好像杰里米可能会突然出现，然后一切恢复正常，"我会给你沏一杯茶，还有一些饼干，你可以泡上半个小时，不用停。"

"好吧，亲爱的。"她语气还好，但眼泪却不断地流出来。然后，突然间，她又出现了古怪的野蛮表情——瓦莱丽知道，她又糊涂了。"我正在找我的家人。"布蕾迪喃喃道，"你见过他们吗？可以帮帮我吗？"

该死的，她又疯了。 布蕾迪抓住瓦莱丽的手，但瓦莱丽甩脱了，跑到厨房，留下她独自啜泣。"饼干来了，外婆。"她喊道，好像她外婆知道发生了什么，"随时可以吃了。"

她坐在原地，听着外婆的哭声，直到平安无事。这是最好的处理方式。每当外婆沉浸在过去或者犯糊涂、激动或悲伤时，瓦莱丽就会闭嘴，假装什么事也没发生。*我的意思是，我该怎么做？没有人可以帮助她，她疯了。我的外婆疯了。*

瓦莱丽就这样等着，直到外婆打起瞌睡，然后用毯子裹住她，把她带到卧室。

梅齐 | 梅齐在午夜后抵达家中。她不敢相信自己居然睡着了。她非常想回家,想回到屋子里面看看孩子们怎样了。当汽车开上车道时,她几乎可以透过汽车挡风玻璃想象布蕾迪躺在沙发上睡着的样子。这是不对的。她把手放在汽车的门把手上。她真的很想回到家中。内疚压得她喘不过气来。落日余晖早已变暗,事实已经形成。我放着母亲和孩子不管,去和一个只约会过一次的男人做爱。我怎么是这样的人呢?

一停车,她就打开车门。"我得走了。"

他握住她的手,让她平静下来。她无法面对他,尤其是在她母亲家的车道上。

"我不会强行介入你的生活,梅。我知道你有孩子和妈妈要照顾。我们按照你的节奏来,但你不能把我推开。好吗?"

她深吸一口气,看着他说:"到午夜了,弗雷德。我现在需要和我家人在一起。"

"好的。"他递过一张卡片,"这是我的新手机号码。有事情就给我打电话。"

她接过来。"我再也不能像今晚这样了。"

"我明白,梅。"他很温柔,也很抱歉,因为她在十一点三十分醒来了。他用尽全力飞快地把她送回家。

"谢谢你。"她下车的时候微笑着，然后跑上车道，头也不回地走进房屋。进入屋内，她就听到车子离开的声音。她沿着走廊走向瓦莱丽的房间，封闭的门内透出音乐的声响。她打开门，发现女儿穿着衣服在床上睡着了，一只脚搭在地板上。她关掉音乐，脱掉瓦莱丽的鞋子，拿毯子给她盖住，然后快速地走到起居室。布蕾迪躺在椅子上熟睡着，一条毯子扔在她身上。杰里米怎么没能哄她上床睡觉呢？梅齐开始轻轻地唤醒母亲，熟练地带她去床上睡。梅齐给她脱衣服，把一件睡衣套到她的头上。布蕾迪疲惫不堪，筋疲力尽，无法反抗，更帮不上忙。她很重，眼睛半开半合，湿湿的。

"你去哪里了，梅齐？"她打着瞌睡问道。

"工作去了，妈。"

"你是个好女孩。不要忘了出门遛狗。"

"妈，我会的。现在睡觉吧。"

她最后检查杰里米的房间。她打开门，往里面看，是一张空床。她本来已经下意识地关门了，然后才真正意识到她一直在看着一张空床。她停下来，再次把门打开。她的眼睛扫向房间每个角落。杰里米不在？

"杰里米？"她打开灯。他当然不在家。他不在这儿？

他今天早上不在，他现在还不在？都过了午夜，他还不在床上。我要杀了他。她走进走廊，在黑暗中穿过房子，检查她的卧室、浴室，然后去厨房里找他。

她坐在厨房的桌子边，等着他开门的钥匙声音，想知道该怎么办。不能打电话给他的朋友——太迟了。我要叫醒瓦莱丽吗？不，等一下再叫。他可能会回家。她极力克制内心汹涌澎湃的恐惧。此刻，她才感觉到真的出事了；接下来，她相信他正在惩罚她与弗雷德约会。也许他是留在米奇家过夜了，也许还留了一张纸条。

她把厨房翻了个底朝天。没有纸条。已经过了深夜两点。她的头嗡嗡的，肚子里翻江倒海，膝盖快瘫软了。我应该待在家里不出门。如果我一直都在这里，我就能知道儿子在哪里。那天晚上，在走廊来回磨地板的人换成了梅齐，而不是布蕾迪。直到凌晨五点，她才头枕着手在厨房的桌子上睡着了。

1995年1月1日晚上9点至10点

杰里米 | 杰里米和迪尔德丽手握着手走路回家，这是

他与迪尔德丽一起度过的最美好的时光。可怕的事情已经做
完了，所以他很放松，只要她不像皮疹一样黏着他，迪尔德
丽就是极好的玩伴。她知道自己是谁，对此他很羡慕。除了
雷夫，迪尔德丽就是杰里米最好的朋友。他害怕失去她的那
一天，但他也知道这一天是迟早的事。她有一天会讨厌我。
这是不可避免的。一想到这个，他的胃就抽筋。

小伙子们嫉妒他和雷夫都有女朋友。戴夫假装满不在乎，
但他烦恼的样子出卖了自己。

"迪尔德丽怎么会看上你这样一个卷毛废物，比尼？"
他不止一次地问道。"我的意思是，雷夫很酷，可你呢？你
不过是一个脸上多毛的妈宝男孩。"戴夫说得对。杰里米不
知道迪尔德丽为什么要和他在一起：每次他们在一起时，他
都让她失望。

朱诺害怕女孩，他仍然认为女孩是敌人。

米奇·卡百利则相反，他渴望勾搭别人，任何人都可以。
然而，令他懊恼的是，对方的回应总是各种拒绝。"我怎么了？"
他哀叹，"我以为女人喜欢钱。我有钱。"

像米奇的困境一样有趣，没有一个人真的知道米奇为什
么没有女朋友。如果能和迪尔德丽在一起，他甚至可以拿右
睾丸来做交易。杰里米感到内疚，但这不足以使他与她分手。

他这么卖力地和她交往，并不想放弃这段关系。他问过迪尔德丽为什么女孩子都不愿意和米奇交往。"他太让人绝望了。还有比绝望更糟糕的吗？你知道吗？他给珍·福利十块钱，让他把舌头塞到她喉咙里去。"

"他没这么干吧？"杰里米完全震惊了。他的恐惧让她咯咯一笑。

"他做了，我不会告诉你，他花多少钱让珍给他口交。"

"耶稣啊。"

"他说他只是问问，因为她一直打电话到他家，要提供服务。"

"啊，别说了。"杰里米惊呆了。

"事实是，珍·福利不是妓女。"

"我不认为他们会那样。"

"可能不会。我得说耶和华不会考虑任何这种破事。"

"有点儿像上帝。"杰里米经常利用宗教和对上帝报复的恐惧，避免参与最低程度的性行为，但他的恐惧是真实的。只是这与他和迪尔德丽做过的任何事情无关。

她想了一下说："也许，但上帝不像耶和华那么严格，至少他没有让我们敲门。"

做夫妇是不错的。这是正常的，也是人们所期望的。杰里米的生活已经在这么长的时间里不正常了。他渴望平凡。所有杰里米·比恩曾经想要的，只是适应并过上轻松的生活。他决心为实现这一目标付出一切。只要我努力。只要我相信。只要全力以赴，我就会像其他小伙子一样。这只需要时间和耐心。我可以改变。还不算太晚。当他们离开他爸爸之后，他妈妈坚持要他去接受心理咨询，而他却发现隐藏在谎言之后是多么容易。他那时只有九岁，然而却学会了戴上幸福的面具，把坏东西统统埋葬。这是他经常锻炼的一种肌肉，一种习得的行为，一种很难改掉的习惯，因为埋葬坏事对他而言已经变得非常自然了。拿出铲子，把麻烦挖掘出来，这是完全不自然的，而专门从事创伤儿童研究的临床心理学家德瑞克·邦德先生就期待他做这种事情。杰里米很早就学会保持眼神接触。不知道为什么，他越专心地盯着像邦德先生这样爱管闲事的人，他们就越发避开他的目光。这让他有一种控制感。

　　"你想念父亲吗？"邦德先生在第一场咨询时问道。

　　"不想。"

　　"为什么不想？"

　　"因为他是一个可怕的人。"杰里米不容置疑地说。当有人打电话来对妈妈的婚姻结束表示同情时，他曾经听到外婆对邻居和朋友们这样说起过。

"他为什么可怕？"

"他就是可怕。他也不想这样。他生下来就这样了。我妈说的。外婆说过，有些人生下来就是烂人。如果你生下来就是烂人，你可以选择尽可能地做到最好，或者屈服于它。"他的声音有点动摇。当邦德先生匆匆写下这些话的时候，他还是有点儿不安的。

"你爸爸屈服了吗？"

杰里米点了点头。

"这会让你感到烦恼吗？"

"没有。他走了我很开心。他走了以后，我、妈妈、外婆和瓦莱丽都很好，很开心。"他笑了起来，后来，无论那个男人问了几个问题，他都保持这种笑容——持续了三场咨询。杰里米的口头禅很简单。我不怕。我可以。一切都很好。

现在，他偶尔醒来，回想起那段时间，想知道自己为什么要撒谎，为什么没有告诉邦德他会做父亲来抓他的噩梦，为什么没说他的手臂很痛，他一直觉得不舒服。他猜测这可能是因为他非常绝望以至于不正常了，因为即使在九岁时，他也知道自己永远不会正常了。那是什么意思？为什么他如此成功地撒谎，隐藏着痛苦和恐惧，这些都不重要。最重要的是他可以撒谎。每当杰里米怀疑自己时，他就想起那段经历，因为这让他明白，他可以假装成任何人。他当然不用展示真正的自我。

不过，要成为一个值得信赖的好男孩变得越来越难，取悦每个人更是难上加难：他妈妈，外婆，雷夫，小伙伴们和迪尔德丽，尤其是迪尔德丽。他正努力与她相处，但他的小鸡鸡和他的呕吐反射让他很失望。

"雷夫看起来很瘦。"当他们走路时，迪尔德丽靠在他身上说。

他用手搂住她，把她紧紧抱起来，就像雷夫对凯西一样。"他很好。"

"是吗？"

"是的，他非常好——你知道雷夫的。"

"我妈说她有一天见到他爸爸。他正在街上展示自己。"

"有什么新鲜的？"杰里米说。

"非常可怕。他曾经是一个好男人。"

"那可不，再也不是了。"他话里有一丝苦涩。雷夫的尴尬处境困扰着他最好的朋友——杰里米一直担心他。

"不要说出去。"她说，"你能保证吗？"

"继续说吧,我保证。"

"我知道你不喜欢谈论这个,但我妈说,雷夫的妈妈一直都关在疯人院里。"

"四年了!那条老恶龙连四分钟都关不住。"杰里米说。杰里米讨厌的人不多,但他讨厌那个女人,程度仅次于他讨厌自己的爸爸。她从来没有像自己的母亲一样温暖、关爱或亲切。她从来也没有这种打算。她冷酷、严格并且严守规矩——具有讽刺意味的是,她看起来似乎没有遵循最基本的自然法则。善待你们的青春!

"那她在哪呢?"

"我告诉你,迪尔德丽,我不知道。她跑了,就是这样。"

"这很奇怪。谁会做这种事?"

"好吧,我爸会。"

"那不一样。"

"是吗?"

"是啊。无论如何,是你妈妈离开了他,而妈妈们是不同于爸爸的。"

"我想他们是一样的。"

　　他们走了一会儿。迪尔德丽在哼唱珍珠果酱乐队[1]的《杰里米》——她喜欢为他唱这首歌，主要是因为这首歌令他烦恼，而她说他烦恼的时候很可爱。

　　"说到邪教，戴夫一直觉得雷夫的妈妈加入了统一教会[2]。"他说。

　　"哦，那肯定是真的。"她笑了起来。

　　"他不是唯一一个这样说的人。我妈在牙医那边也听到了。"

　　"耶稣啊。"她说，"统一教会！可怜的雷夫。"

　　杰里米吸了下鼻子。"我想他们有点像耶和华见证人。"

　　"是的，但更加混乱。至少耶和华见证人住在自己的房子里，不是天杀的群居，像动物一样。"

　　"那太严酷了吧。我觉得他们没有那么糟糕。"

　　"严酷？他们被洗脑了。"她用绝对的权威语气说道。她曾被警告过，不要惹统一教会。她告诉过杰里米，她妈妈看过英国广播公司（BBC）的纪录片之后，就对这个问题纠结不已。"如果有统一教徒接近你，你会做什么？"她母亲问她。

―――――――――――――――――

[1] Pearl Jam，美国摇滚乐队，1990 年成立。

[2] 由韩国人文鲜明于 1954 年创立的根源于基督教的国际性新兴宗教。

"跑。"

"就像你以前从来没跑过那样跑。跑步的时候该做什么呢?"

"在脑海中向耶稣祈祷。"

"没错,你为什么要这样做?"

"因为耶稣会救我。"

"好姑娘。"

十到十二岁之间,迪尔德丽花了很多时间逃离友好的陌生人,甚至有些孩子(因为他们也可能是统一教徒)。杰里米知道,她不会冒险。

"一个统一教徒。"她重复,"可怜的雷夫。"

"我觉得他的爸爸更坏,但是雷夫现在想自力更生。"

"跟他聊聊。"

"不能。他会生气的。我希望他能得到我妈妈的帮助。他知道她会帮忙的。"

"你妈说什么?"

"每当看到他时,她都会告诉他:'我们随时都在你身边,雷夫,我的儿子。'他只是点点头说'谢了,梅齐',就这样。"

"至少他知道。"

"是啊。不过,他不让我对她说任何关于他爸爸的事情。

她如果知道了，会发疯的。"

"也许他没有那么糟糕。"

"自从去年六月以来，他一直没有让我进过房子。"

"耶稣啊。"

"但是，尽管如此，他还是很好的。我们会照顾他的。"

"当然。可悲的是，他总是看起来很孤单。"

"他不孤单，他很酷。"杰里米说。

"很酷？你几岁了？"她笑了起来，"你个大傻子。"

"他不孤单，他很酷。"他抽身而去。

"好的，对不起。"

他讨厌有人说他最好的朋友很孤单或感觉不好。但他怎么好得起来呢？他的妈妈离他而去。他的爸爸焦头烂额。他想告诉妈妈事情变得有多糟糕，但是雷夫警告过他不要插手。"他们会带我离开，比尼。"他说。他眼里的恐惧使得杰里米答应他不再多嘴。他爱妈妈，但在这件事上他不能相信她，所以他尽全力喂饱他的朋友，关心他，并在需要他的时候出现。你还有我，雷夫。我永远在你身边。

当他们回到迪尔德丽的家时，门廊的灯光亮着。"爸爸在望着窗外。"她说。

他一向如此。好爸爸。杰里米向他挥手。他没有挥手，只是把手抬了抬，好像他想拍什么东西。

"我要回去了。"杰里米说。

"好。"迪尔德丽说着转过身去。他开始走了，但她转身又回来。"你真的很喜欢我，杰里米，不是吗？"

杰里米说："我觉得你很棒，迪尔德丽。"他是认真的——但这还不够。

"晚安。"她说。

他飞吻给她。

"酷。"她走开了——但他听见了她的声音，她很激动。

在回去的路上，他停下来买土豆条。他用外婆前天给他的十块钱买了三包。"什么都别说，孩子。新年快乐。这是你和我之间的秘密。"他很高兴地接受了：给迪尔德丽买圣诞礼物和一条笑脸围巾，雷夫每隔几天就要抽走几块钱，杰里米几乎快破产了。他告诉德拉把土豆条包两层，然后裹在衣服里，一路跑到公园。没什么比冷土豆条更糟糕的了。

当他到达时，小伙伴们正围坐在上吊树下，比他刚刚离去时醉意更深了。雨已经停了，但是树很稠密，地面反正很难被弄湿。雷夫靠着树干坐在地面上。杰里米伸进外套，为他掏出一袋薯条，把另外两个袋子交给米奇，让他分给戴夫和朱诺。"女孩们呢？"他问。

"回家了。"朱诺笑了起来。

"他为什么能吃一整包？"戴夫指着雷夫说。

"闭嘴，戴夫。我和杰里米分一包。"雷夫听起来有点
过于警惕了。

杰里米坐在雷夫旁边，但他没有碰吃的。雷夫比他更需
要吃东西。

米奇给他一瓶还剩一些的伏特加。"不用，我很好。"他说。

戴夫说："来吧，妈宝男，喝一杯。"

"我说了不喝，戴夫。"杰里米总是小心地喝一些酒，
看起来不那么像一个老古板就行，但从来没有喝得过多。他
不能失控。

"谢谢你的土豆条，比尼。"朱诺说。他的嘴巴塞满了。

"真不能相信就到1995年了。"雷夫说。戴夫正递给他
瓶子，他在喝酒之前先检查了一下。"一九他妈的九五。"

"来玩个游戏。1994年做过什么好事……"米奇说。

"什么？ 1994年好像是我把我的小鸡鸡架在梅丽莎·格
兰杰的奶子上的那一年呢。"戴夫说。

"好的，戴夫，就像这样。"米奇说。戴夫身边从来没
有缺过女孩。他的问题在于如何与她们保持五分钟以上的交

往。如果你了解戴夫，那么你总会发现自己很容易就成了他的嘲笑对象，而这样是没法和女孩子相处的。

朱诺说："1994年是我大腿断了三次的一年。"

"无聊。"

"去你的，戴夫——我绑着铁棍挺了好几个礼拜。我就像个机械战警。妈妈说，如果我没戴头盔，我脑袋肯定开瓢了。"

"你脑袋确实开过瓢。这就是你的个性。"戴夫嘲笑道。

米奇笑了起来，从雷夫手里抓过酒瓶，喝了下去。"再来一个，朱诺。"

"好。1994年，我这一年戴上了自行车头盔，看起来就像一个傻子。"

"仍然无聊，但好一些。"米奇把瓶子递给朱诺。

"1994年是科特·柯本[1]逝世的那一年。"杰里米说。

"是啊。他妈的！"雷夫说。有一会儿，他看起来像是要哭了。他从朱诺手中拿起瓶子。"1994年是我爸开始注射海洛因的一年。"他喝了酒，然后把瓶子高高举起。"这口酒敬科特和我爸，两个自私的混蛋，一个死了，一个快要死

---

[1] 科特·唐纳德·柯本（Kurt Donald Cobain，1967年2月20日—1994年4月5日），美国歌手，涅槃乐队的主唱兼吉他手，词曲创作人。

去见他了。"他径自大笑起来，然后喝干了酒瓶。每个人都沉默了，没有人知道该说什么。戴夫和朱诺看着杰里米，但他也不知道如何是好。不要说话了。只要让他好好待着。他会好起来的。加油，雷夫。雷夫呜咽着，杰里米很想知道他是在笑还是在哭。他等着。雷夫咧嘴笑了起来，杰里米长出一口气。"是我和凯西一起做爱的那一年。"

哎，真拿他没办法。

瞬间气氛开始热烈起来。

"你他妈的不会吧！"戴夫说，"你真的做了？像这样做吗？"他把手指塞进他用拇指和食指围成的圈子里。

雷夫笑了。

"说细节。现在就要，雷夫。"米奇要求。

"有什么可说的？"

"一切细节。"戴夫说。

"什么时候？"米奇怀疑地说。

"圣诞节前。"

"在哪里？"戴夫问。

"她父母离开的时候，在她房间里。"

"你知道吗？"米奇对杰里米说。

他摇摇头。当然不知道。他为什么会告诉我那么重要的事情呢？我只是每天和他一起瞎混罢了。我只是照顾他、担心他而已。当没有别人可以说话的时候，我只是他的倾诉对象。他为什么要跟我说？他的脸和脖子开始发烫，虽然身体的其他部位依旧很冷。他双手握住手臂，眼睛盯着面前的土地，虽然他可以感觉到雷夫在盯着他。他知道自己的反应很奇怪，他应该加入提问的队伍中去的，但是这次他无法掩饰自己。

"我有个问题。"戴夫说，"它比手淫感觉好吗？"

"耶稣啊，戴夫。"杰里米说。拜托，拜托，别说了。

"不，不，不。"米奇说，"这个问题很好。"

雷夫笑了。他从外套的内口袋里又掏出一瓶酒，打开喝了一口。所有的眼睛都盯在他身上。

"嗯？"戴夫说。

"大概美妙一百万倍。"

"胡说。"米奇说，"如果是一百万倍，你那天杀的头会爆掉。"

"你会明白的。"雷夫得意地说。

杰里米抓过雷夫的瓶子，深深地喝了几口。

"你没事吧？"雷夫问。

"没事，很好。坐久了有些冷。"杰里米说。他根本不好。耶稣啊，难怪迪尔德丽如此施加压力。他觉得要哭了。无论你做什么，别哭了。这种事总是会发生的。它不会改变任何东西。一起行动起来。你为什么这么痛苦？如果凯西做到了，迪尔德丽肯定也想这么做。所以我的胸口才会感觉要爆炸了。

"继续，雷夫。"朱诺似乎意犹未尽，也有点害怕，"那是什么样的感觉？"

雷夫想了想。"就像把你的小鸡鸡放在最柔软而又最紧致的东西里。"

"像一根塞满布丁的管子？"米奇帮忙解释说。

"有点接近了。"

米奇若有所思地点点头。

"我喜欢布丁。"朱诺说，小伙伴们都笑了，但杰里米没有心情加入。他很冷，很累，还有点情绪化。我只想回家。求你了，雷夫，让我回家吧。

朱诺看着手表，站了起来。"快十点了。我最好在妈妈放猎犬出来之前回家。"他戴上头盔并系好皮带。

米奇笑了起来。"挺适合你啊。"

"再见。"朱诺骑上自行车。他起初有些摇晃，但一上路就好了。

"如果他还没清醒过来，他妈妈会杀了他的。"米奇哼了一声。

"他不会有事的。"雷夫说。

杰里米保持沉默，放松，现在已经有人回家，其他人可能很快就会跟上的。米奇拿起另一瓶伏特加，然后交给闷闷不乐的戴夫。"如果我现在回家，我爸肯定还在椅子上打盹。我妈闻不到酒味，但是我爸在天杀的马路上就能闻出来。"他站起来拎起自行车。"再见。"

两个人走了，还有一个要走。

他放开双臂蹬着自行车。"晚安，都柏林，我爱你。"他喊道。

"再大点声，米奇。"戴夫喊道。然后看着杰里米和雷夫。"现在怎么办？"

"你回家吧。"雷夫说。

"是的，我们还有事要做，戴夫。"杰里米很想离开公园，看看雷夫到底想要给他看什么东西，然后回家。如果他们快一点，还能赶在妈妈回来之前到家。

"哦，没错，比尼！你这个废柴骑手，想和雷夫共度良宵吗？他不会爱上你的，你知道的。"戴夫说。杰里米的心脏几乎被吓得要掉到胃里了。他说不出话，无法动弹，无力做任何事情。然后，他听到雷夫发怒了。

"你说什么？"雷夫起身时脚尖有点儿不稳，但是他一起身，就直接和戴夫对峙上了。

"没什么。"

"来吧，你想说什么？"

"我就是瞎说。"戴夫紧张地说。

"雷夫，没关系的。"杰里米拉住他的手臂，试图拉他回来。

"怎么没关系了。"雷夫甩开他，往戴夫的肩膀一推，"你开谁的玩笑都可以，戴夫，但你他妈的永远不能叫他的名字。懂了吗？"

"好的。对不起，雷夫。对不起。"

杰里米挡在他们之间。"走吧，戴夫。没事了。"

戴夫扶起自行车，骑走了。雷夫看着他离开。

杰里米再次坐下来，等着雷夫消气。几分钟后，雷夫才看着他。最终他在最好的朋友身旁重重地坐了下去。

"对不起，兄弟。我过分了，我知道。"

"他只是胡说八道而已。"

"是啊，听起来他好像是认真的，像沾了屎一样，杰里米。"雷夫又喝了一口。

"你吓到他了。"杰里米说。

"我从来没有打过他。你知道的，不是吗？"

"是的。"

"好吧。是时候给你展示一下……"雷夫起身捡起散落在树下的空瓶子，放进杰里米的背包里。

"展示什么？"杰里米站了起来，自言自语。

"是一个地方。"

"哪里？"

"过水库，入山。"

"耶稣啊，雷夫，都半夜了。"

"跟我走一遭吧。"雷夫说，"你妈妈几年都不会回家了。"

杰里米想了想：外婆和瓦莱丽可能很孤单，如果妈妈发现了肯定会生气。

"快来吧。"

"我不知道。"

"我需要你去看看。"

该死。"好吧，管他呢，我去。快走吧，别又让我改主意了。"

"我就知道可以指望你，比尼。"他骑上自行车，等着杰里米，"走吧？"

杰里米跳上后座。"别杀了我。"

"但愿。"

他们走了一条可以离开莬丝子公园的泥泞路。又开始下雨了，就像从天上倒下来一般。

星期二

1995 年 1 月 3 日

第五章 / 178
保持本色
涅槃乐队，1992

第六章 / 225
每个人都会受伤
快转眼球乐队，1992

第五章

保持本色——

涅槃乐队，1992

梅齐 | 第一次参加受虐妇女支持小组时，梅齐还不知道为什么而参加。她周围的每个人都告诉她，这对她而言是最好的事情，所以她就去了。她不确定，但当时的她对任何事情都不确定。她面临着一个不确定的未来，开始以一位单身母亲的身份生活，过一种点缀着希望的新的恐怖生活。是弗雷德鼓励她去的。在她出院后的下午，他就往她母亲的家中打电话，确认她和孩子们是否安顿好了。她还在伤病恢复

过程中，所以布蕾迪热情地接待了他。

"你来了。"她说，"我要给你一个拥抱。"

梅齐只能听到他们的声音轻轻地飘在走廊上。

"我也很高兴见到您，比恩太太。"

"叫我布蕾迪。"

"好的，布蕾迪。"

"好人，快进来，她在客厅。"

梅齐太弱了，身体虚弱，又受到殴打，根本无法站立起来。她坐在扶手椅上喝了一杯茶。她母亲在她身上裹了一条毯子。当看到她时，弗雷德的眼睛瞪大了。

她把恶毒的丈夫和她的旧生活抛到了身后，虽然她很脆弱，但她从未被他击垮。她的身体状态则完全是另一回事——她知道自己现在很吸引眼球，即使是像弗雷德这样经验丰富的老手，所以她对他笑了笑。

"终于看到你了。"他说。

"她似乎暖和不起来。我整日整夜都开着加热器，但她还是好冷。我觉得这是他们给她用的血液稀释剂在起作用。来杯茶吗？"布蕾迪问。

"谢谢，如果有咖啡就给我一杯。放牛奶，两颗糖。"他说。

她在厨房给他做了。

"我希望你不介意我打电话过来。"他说。

"不介意。"

他坐下来。"你现在感觉怎么样？"

"自由。"她试图保持微笑，但她的下巴受伤太重。

"好。"他点了点头，"这样很好。"

她不太了解他，但是她可以看出他心里有些事情。"你有话要说吗？"她问。

他叹了口气。"你说对了。"

"说出来吧。"

"他会让你独自去疗伤，然后又开始骚扰你。"

"我知道。"

"他是不会轻易放弃的那种人，但你不能让他再回来。"

"我不会的。"

"如果他接近你，我们会帮你的。"

"我会打电话。"

"这就是我想听到的。"

布蕾迪端上咖啡和一些蛋糕。"这是我自己做的。今天早上做的，很新鲜。"她等着他品尝。

"美味。"很明显，他是发自真心的。

"这是我的独家配方。"

"是爱吗？"他轻轻地笑了起来。

"嘘，"她眨眨眼，"我让你们俩独处一会儿。"

"她很好。"当她走出门口时，他说。

"我很幸运。"无论如何，梅齐觉得这是真的。

"看，我想给你这个。"他递给她一张传单——受虐待妻子互助团体。

"谢谢。"

"不要只是感谢。我希望你去参加。"

"你和其他人都这样说。"她正在淌口水，然后用餐巾纸压住了嘴唇。

"和其他女人聊聊会很好。"

"不只是为了聊天。"

"所以听好，它很重要。"

"我不会回头的。"她说，"他打断了我儿子的胳膊。"

弗雷德点了点头。"她们有蛋糕。"他举了举布蕾迪的蛋糕，"也许不能和这个蛋糕相比，但它是免费的。"

她拉出一些表格并交给他。"我让妈妈拿来的。"

他看着上面的字。"单务契约。"

"我把福克斯从我们的名字上去掉。"她试着换一种扭曲的笑容，"我不会回头的。"

弗雷德把传单放在她手里，让她拿好。"更应该了。"

最后，经过许多不眠之夜和林恩的一番劝解，她按照别人说的那样做了。

对于大多数受虐待的妇女而言，她们都爱自己的丈夫，这是她第一个晚上知道的事情。这是一个奇怪的启示。怎么会这样？该团队由五名成员组成，还有一名咨询师。梅齐没有说话，但每个人都可以看得出来，她还在恢复期间。一个叫比阿特丽斯的女人谈到她的丈夫保罗。她身材矮小，有些胖，头顶上高高的马尾辫戴着红色假发。尽管她只有四十七岁，在梅齐看来，有点老了，不适合这么打扮。*又来了，我凭什么对别人指指点点？我的头发从后面看起来倒像是翻越了一座丛林。*比阿特丽斯谈到他们的求爱过程，以及他过去如何给她带来微笑。他很帅，事业有成，是银行经理，拥有许多梅齐从未听说过的学位。她谈到他，就像谈一件值得骄傲的事情，而不是打破她鼻子、眼窝和打掉她三颗牙齿的人。

比阿特丽斯说："我想念的是他脾气好时带给我的温暖。"她没有谈论虐待，尽管这是一个遭受虐待的妻子们的会谈——她宁愿谈论他是多么伟大。梅齐感到有点恶心。*对不起，弗雷德，这不适合我。*她起身要离开。

"先不要走。"咨询师朱莉娅说。

"我的孩子和我妈妈在一起。"

"结束再走吧。"

梅齐不喜欢引起骚动,所以依然坐下了,所有的眼睛现在都盯在她身上。

"告诉我们你最想念的是什么,梅齐。"朱莉娅说。

"没有。"

"什么都没有?"朱莉娅问。但是,那天晚上梅齐想说的只有这些。另外一个女人说自己终于受够了,用一个煎锅将丈夫的头骨砸了(他幸存了下来,但是产生了严重的脑震荡和耳鸣)。梅齐对这群人感觉好了一点,并断断续续地参加了一年。当她承认自己第一眼就恨她丈夫时,她已经认识了里面所有人。她甚至提到她阅读过的有关约会强奸的文章,并承认这就是丹尼干过的事情。

房间里沉默了,直到比阿特丽斯喃喃自语:"可怜受苦的耶稣。"

"啊,不。"有人说。她不知道是谁说的,因为她当时正盯着自己的鞋子。她立即担心她说得太多了,但感觉很好。她不能和她妈妈谈性关系。当时,除了林恩,她还没有真正的朋友。丹尼看到了这一点。她从来没有告诉林恩有关强奸的事情——不是因为她不相信林恩,而是因为担心林恩不会明白梅齐如何会与强奸犯步入婚姻。她自己都不明白。

朱莉娅和整个团队在帮助梅齐恢复信心方面发挥了重要作用。第一天晚上，朱莉娅握住梅齐的手，祝贺她。

"为什么？"梅齐说。

"有勇气走出去。"

"我应该很久以前就这样做。"

"你现在已经完成了，你永远不会再经历这种恐惧。"

梅齐对她笑了笑。"那很好。"她知道朱莉娅所指的恐惧意味着什么：她丈夫每次把钥匙插进门锁时她都能感觉到。即使她逃脱了，她仍然能感觉到——当她在街上看到他，或者当他走过母亲家的车道敲门时，她觉得他会破门而入把他们全部打死。然后，有一天不知何故，他处理了工作，离开了。三个月后，她才停止了屏住呼吸、提心吊胆地过日子的方式。几年以来，她几乎忘记了曾经的激烈冲突和寸步难行。

那天早上，梅齐在六点零五分从断断续续的睡眠中醒来。她的脖子僵硬，背部很疼，甚至在迷迷糊糊中，她也感觉到一丝头痛。当她睁开眼睛，意识到自己正坐在厨房的桌子旁时，她站了起来。杰里米。她无力地冲到自己房间，抚慰自己，并且每一步都小心翼翼。房间里仍然是空的。她站在那里，看着他丝毫未动过的床，就像半夜里一样。一切都错了。她的心脏狂跳，双手颤抖。她站起来，虽然她觉得自己正走在黏稠的糖浆之中。她走下大厅，直到瓦莱丽的房间。她打开门，靠在门框上，以稳定她僵硬的腿。

瓦莱丽在温暖的阳光下像猫一样伸展。我儿子也应该躺在他的床上。梅齐的胸部收缩，她不得不很努力才能正常呼吸。她的老朋友恐惧又回来了，在她走过的每一个脚步里面。她沉重地坐到瓦莱丽的床上，但瓦莱丽只是呻吟着转过头，让梅齐面对她的背部。"瓦莱丽。"她低声说，把手放在女儿的肩上。"瓦莱丽。"她轻轻地摇着她。很不对劲。她在心里知道。她的灵魂知道。"瓦莱丽！"她喊道，哭了起来。

瓦莱丽睁开眼睛。"怎么了？"

"瓦莱丽，告诉我真相，好吗？"

通常，瓦莱丽会指出如何令人难以置信的不公平和给她造成的精神上的伤痕，她母亲居然觉得有必要让她赌咒发誓，然后再向她问一个愚蠢的问题。她母亲永远都不会这样对杰里米。但今天早上却不一样。有可怕的事情发生了：她不知道是什么，但是令她非常害怕。

"杰里米昨晚过来吃饭了吗？"

瓦莱丽摇了摇头。

梅齐几乎害怕问她下一个问题，因为她知道答案。"他昨天在学校吗？"

瓦莱丽顿了一下，摇了摇头。

梅齐发出一种介于呻吟和嘶吼之间的声音。

"你最后看到他是什么时候？"她的声音在颤抖。

"星期天晚上。"瓦莱丽说，泪水涌上她的眼睛。

梅齐的心脏冻结了。她深吸一口气，然后不顺畅地呼了出来。

"妈齐？"

从前一天晚上开始就没人见过他。天啊。梅齐起身走过瓦莱丽的房间。她的手撑在门口，瓦莱丽嘶哑的声音阻止了她。"杰里米在哪里？"

梅齐停下了，但她还是背对着她的女儿，因为她不想让女儿看到她还在哭泣。"我不知道，亲爱的，但是我们会找到他的。"她走到厨房，自言自语地说道。麻烦来时她总是这样。

没关系，一切都很好。他应该在和小伙伴们一起玩，或者跟迪尔德丽一起玩。他想让我和弗雷德的约会付出代价。他和母亲之间有很大的麻烦，但他很安全。她试图相信自己，但她的直觉正在尖叫，求助，求助，求助。她关上了厨房的门，把袋子翻个底朝天，搜寻弗雷德的手机号码。她拿起家里的电话拨打起来。他在第五声响起时接了电话。

"侦探布伦南。"

"我是梅齐。"她的声音听起来陌生而遥远。

"梅？"她的声音让他警觉起来，"怎么了？"

她可以听到他挣扎着从床上坐起来。"杰里米。他失踪了。"这些词在她耳朵边响了起来。

"多久了？"

"他昨晚没回家，也没有人在学校看到他，昨天早上也不在那里。是星期天晚上不见的！"她匆匆忙忙地说话，好像她无法相信自己说的话，每一个字都透着内疚。

"不会有事的，你能听到我吗？会没事的。"

"我不这样认为。有些事情真的不对劲，弗雷德。"她不会让自己变得歇斯底里。呼吸，静静呼吸，你这头傻牛。歇斯底里从来没用。

"我在路上。"

"谢谢你。"

"烧一壶水。"

"好的。"

"而且，梅……"

"怎么了？"

"我们会找到他的。"

她放下手机，机械地打开了水壶，就像在过去的坏日子里，所有的感觉都是恐惧和痛苦。

弗雷德 | 弗雷德在布蕾迪醒来之前抵达了。瓦莱丽让他进来，把他带到厨房。她全身穿着校服，很克制，不吃摆放在她面前的麦片。她只是盯着它，好像早餐的概念已经失去了所有的意义。他拥抱梅齐。"我来处理。"他轻声说，"你已经做得很好了。"

她脸色苍白，疲惫不堪，与头天晚上和他睡在一起的那个女人完全不同。他用手搂住她的肩，让她坐在瓦莱丽旁边，然后坐在她们对面的座位上。她没有给他提供咖啡或茶，显然来不及了，所以他直奔主题，拿出他的记事本和笔。

"那么星期天是你们最后一次见到杰里米？"他说。

她们点头。

"几点？"

"可能是我们约会之前的半小时……"她喘着粗气说。

"那么大约在七点半？"

她又点了点头。听起来是这样。

"瓦莱丽呢？"

"也许是八点十分，或者八点一刻。"

弗雷德在他的记事本上写着。"他没有说他去了什么地方？"弗雷德把他的问题交给了瓦莱丽。

"没有。"

"他常常离开你和外婆吗？"

"没有，从来没有。"

"他不会离开她们。"梅齐说。

弗雷德回头看着她的眼睛。"一切事情都有第一次，梅。他十六岁了。从他上一次露面起，我就应该提高警惕。那是一月一日星期天，大约八点十五分。对吗？"

梅齐很羞愧。"星期天，弗雷德。今天都星期二了！我是个什么样的母亲啊?!"

"雷夫也不在学校。"瓦莱丽打断他们，好像如梦初醒一般。"小伙伴们都在找他们俩。戴夫真的很生气，说他们逃学居然没有带上他。"

"无论如何，这是一个好兆头。你哥哥经常逃学吗？"

弗雷德见瓦莱丽看着她的母亲。"这不是给杰里米惹麻烦。"他向她保证。

"他从不逃学。这就是为什么小伙伴们都在找他。雷夫有时候逃学，但杰里米不会。"

"很好，瓦莱丽。我要去学校跟这些小伙子聊聊——看看他们说什么。"他很冷静，对弗雷德而言，这件事很重要，但也不是特别罕见。失踪人员单位经常遇到这种事情。十分之九的青少年会回家。他想知道杰里米是否在用行动惩罚他母亲跟自己约会，也许是自己做得不好。他希望不是这样，不然生活会变得尴尬。男孩子可能是在追逐一些年轻人，也许在某个地方有个音乐会或什么庆祝活动，虽然在一月份的第一个星期里这是不太可能的。他默默地在心里盘算起来。他看着手表。学校还没开始上课。

"吃饭吧。"他对瓦莱丽说。她把碗推开了。他没理会这小小的违抗行为。你们会没事的，亲爱的。

"你呢，梅，烤面包吃吗？"

"它会呛到我的，但还是谢谢你。"然后她想了起来，"对不起，弗雷德，你一定饿了。"

她想站起来，但是他先站起来了，把双手放在她肩上，把她送回椅子上。"我很好。我会在车站吃点东西。"

"真的吗？"

"真的。此外，我身上肉多，一两天不吃饭都没问题。"
他拍了拍肚子。

瓦莱丽转动眼球，然后给自己找了个借口。"我要拿书包。"

"你可以和我一起走。"弗雷德说。她的表情暗示，她
宁愿与一名武装强盗上另一辆汽车。"然后我们可以谈谈。"

"我没什么可说的。"

"我敢打赌你仍然是个很好的同行者。"她奇怪地看着他。
他对她笑了笑。"会好起来的，亲爱的。"

她的眼睛湿润了，走了出去，留下弗雷德和茫然而慌乱
的梅齐，在一个充满惶惑和焦虑的房间里。

梅齐 ┃ 梅齐很安静，迷失在脑海中翻滚的恐惧里。他
被变态绑架了。他掉进了河里。因为我和弗雷德约会，所以
他跑了。他受伤了，不能回家。哦，耶稣啊，他爸爸抓住了他！

弗雷德拉过瓦莱丽的椅子，面对梅齐坐下。"你还能想
到有什么地方是他和朋友们可能会去的？"

"他们喜欢海滩和布雷角。"在他们小时候,她常常带
他们到布里蒂斯湾和布雷角。他们会在沙丘上玩耍或在水面
嬉戏,他们的皮肤起着鸡皮疙瘩,头发里藏满了厚重的沙子。
即使瓦莱丽也没有在海边抱怨过。在布雷角,男孩们喜欢碰
碰车和鬼火车。他们会吃黏黏的蓝色棉花糖,玩电子游戏,
直到把布蕾迪给他们的几块钱花光。瓦莱丽不喜欢碰碰车、
棉花糖和电子游戏,所以她会用布蕾迪的钱买一袋土豆条,
然后爬上车,边吃边看着海边,然后躺在后座,睡一觉。梅
齐和布蕾迪在这里度过了许多快乐时光,坐在长凳上喝着外
卖咖啡,看着睡着的孩子。

留在梅齐心中的夏天是丹尼失踪后的第二个夏天,布蕾
迪的痴呆症已经悄悄发作,他们在柏树路上快乐地生活。杰
里米和雷夫十一岁,瓦莱丽七岁。布蕾迪爱海,她的父亲是
一名渔夫,她在布雷海边长大。一名士兵的爱情将她带到了
内陆塔拉格特。"这是生活中最美好的一刻,梅齐。"她注
视着蓝天变成粉红,"就在此时此刻。"

这是真的:记录在梅齐记忆中的宝贵日子绝对是最美好
的时光。梅齐很想知道她的母亲是否记得那个夏季的那一天。

"梅。"弗雷德轻轻地说,把她从回忆中带回来。

她尽力微笑,握住他的手。"我在这里。"

"还有其他地方吗？"

"重点是杰里米不会不辞而别。"眼泪灼伤了她的眼睛，"他根本不会这样。"

弗雷德叹了口气。"我正在打电话，梅，我需要你给我找一下这两个男孩的清晰照片，以防万一有需要。"

"好的。"梅齐说。泪水落在她的脸颊上。就是这样，这就是生活中的崩溃点。在一切急转直下的时刻，崩溃点就是再也回不去的地方。曾经的崩溃点，是她丈夫的眼神、他高喊的嗓门，还有他闯过来殴打她时发出的声音。崩溃点之后发生的事情并不重要——无法停止、倒退或从头再来，唯一的方式就是沉下去。现在她体会到熟悉的溺水感觉。坚持住，梅齐。让它来吧。活下去。不要放手。

瓦莱丽 | 瓦莱丽把书包拖在她身后的地板上，弗雷德正从走廊上走过，从口袋里拿出手机，轻轻地对她点了点头。她刚刚在打开的厨房门口停了一会儿，被母亲的样子给吓呆了。她没有动，只是看着梅齐：她正坐在桌边，盯着空气，

就像她外婆迷失时那样。

"汤姆，我要报告一名十六岁男孩失踪，最近一次被家人看到是在星期日（一月一日）晚上八点十五分。杰里米·比恩，家住柏树路34号。没有逃跑的记录，与家人无争吵。我现在和她们在一起，所以我会在拿到必要的信息后开始调查，如果你那边没有问题……好。哦，汤姆，我需要你的全力关注……是啊。会好起来的。谢谢。"

这都是我的错。

他挂断电话，她听到他走过来，然后按住她的肩膀，把她扶回厨房的椅子上。"小姑娘，现在我要拿一些烤面包和茶，然后我们一起坐下来，你要告诉我你所了解的一切，并给我提供杰里米认识的每个人的名字。好吗，瓦莱丽？"

瓦莱丽点了点头。我不应该撒谎。我们昨天一直在找他。为什么我要说谎？

"梅齐，你去找那张照片，两个男孩之一，以防万一他和朋友到什么地方去了。"

她立起身体，离开了房间。

在厨房那些标牌的帮助下，他不用问人就找到了需要的东西。"耶稣啊，我应该在我自己的房子里也这样做。这非常方便。"

"不，不方便，这很奇怪。"瓦莱丽喃喃道。你不知道自己在说什么。

他在她面前放了一块黄油烤面包，然后坐在对面。她没有碰。

"所以，最后一次看到你哥哥是晚上八点刚过。"他再次拿出他的记事本。

瓦莱丽点了点头。

"他很激动吗？他有暗示要去某个地方，或者有什么不对劲的地方吗？"

"没有。"瓦莱丽说，"他只是告诉我，如果我饿了就去吃东西。"

"为什么？"

"妈妈发神经，不让我吃饭，就赶我上床睡觉，因为我称你是笨蛋，然后我说我像爸爸。"

"哦。"他微笑着对着她，"你要拿金牌了。然后呢？"

她耸耸肩。"我们谈过。"

"谈过什么？"

"我不知道，愚蠢的东西。只有一分钟。"

"他没说什么不同寻常的事情吗？"

"没有。"好吧……不，他只是脾气暴躁。每个人都会脾气暴躁，就算是杰里米。

"好。现在，我们把他所有的朋友都列出来吧。"

"我们不能在汽车里做这件事情吗？"瓦莱丽想离开。外婆很快会醒来，她要是发现这事肯定会发疯。我要离开这里。

弗雷德看着墙上的钟。"现在还为时过早，而且，除非你至少吃下一片烤面包，否则我们哪儿也不去。"

"你吃一个。"

"如果你不介意的话。"他把它塞到嘴里，一口气吃掉了。"好吃。"他擦掉胡须上沾着的一些黄油，然后把盘子推向她。她拿起烤面包，咬了一口。他嘴里塞满东西，还笑得出来。这看起来很恶心，虽然她强行忍住，但还是无法隐藏一丝想笑的打算。他是个傻瓜。

"他和四个小伙子一起出去，包括雷夫，还有一些女孩。"

"你说得很好。"

梅齐出现了，提着盒子和老相簿。她把它们放在桌子上。

"你能找到他的护照吗？"弗雷德对梅齐说。

"护照？"

"以防万一他决定去旅行了。"

"天啊。"

"没有必要恐慌，这只是例行程序。好吗？"

"它一直在我储物柜的抽屉里。"她一脸茫然地离开了房间。

弗雷德记下杰里米所有朋友的名字，迪尔德丽的名字也包括在内。瓦莱丽拿出妈妈的电话本找出同学父母的电话号码，并给他念出来。梅齐拿着护照出现了。瓦莱丽念完所有与杰里米关系密切的同学的家庭住址和电话号码之后，梅齐开始看着微笑的家庭合影。瓦莱丽注意到，弗雷德在工作时不时看她母亲一眼，看她一张一张丢弃在桌子上的照片。我爸不在任何一张照片上，如果这是你想看的。

梅齐很快发现杰里米最近的一张学校照片。他直立，肩膀靠后，在蓝色的背景下穿着海军制服，头发抹着发胶，不超过一寸。他脸上带着不确定的微笑，焦点集中在摄像机镜头的左边。她把它掸了掸灰，仔细地放在桌子的一边。然后，她又摆了一堆杰里米和雷夫的照片。这是他们上中学的第一天，两个男孩抱着彼此的脖子，好像他们打算在拍摄照片后立即摔跤。然后是夏天拍摄的照片——他们不超过十三岁，两人都穿着游泳短裤，杰里米很激动，脸红成草莓色，雷夫从他的眼睛上拨开刘海，两人都神采奕奕地拿着钓鱼竿。

瓦莱丽记得那天。她还很小，但她可以想起一起坐在岩壁上的两个男孩，在浅水河里钓了几个小时的鱼。这是在哪？

梅齐把它放在了旁边，瓦莱丽拿了起来，照片上雷夫侧着脸，坐在窗户下弹着一把破吉他，他的眉头微微皱着。他大约十二岁，比他现在胖一点点，他的头发长出来了。他看起来只是依稀有点现在的模样。他现在长得很不一样了。

弗雷德拾起几张精心挑选的照片，看着她们。"没有现在的照片？"他问。

"最近没有。"

"嗯，今天就谈到这里。准备好了，瓦莱丽？"在他还没说完之前，她就站起来把包背上了。她几乎听到外婆起床的声音。快点，我们走吧。

他把钥匙扔给她。"小心。"

她轻松地抓住了。

"我在车里等你。"

她没办法跟母亲说再见，但这没问题，因为她母亲似乎没有注意到她正离开。母亲仍然盯着旧照片发呆，好像她的生活离不开它。对不起，妈。我真的很抱歉。

布蕾迪 | 布蕾迪听着鸟儿的叫声醒来。至少，她以为是鸟叫声，但很快意识到这喋喋不休的原来是人。谁在那？她认出了一个男声。亚瑟？啊，亚瑟，你回来了。她跳下床，拼尽她的老骨头，匆匆走进走廊，却看到一个毛茸茸的男人在打电话。你不是亚瑟·比恩！令人失望，她都想打人了。你是谁？

"我得走了。"他打电话说。他转过眼睛，举起手来，仿佛要阻止她靠近。

"布蕾迪。"他转过头。

他看起来很熟悉，但想不起来。为什么他不看着我的眼睛？不要相信一个不看你眼睛的男人。"你在干什么？"她大声说道，"这里没有你的事。"她的睡衣在身后摆动。暖气还没有升温，走廊上的空气很好，在她裸露的皮肤上有些凉爽。

"对不起，布蕾迪。"他对着墙说道，"呃，梅齐，你能出来吗？"

当他说出女儿名字的时候，她的头就"咯噔"一下。弗雷德·布伦南，他做错了。他做了一件事。他做了什么？我知道他做了一些事情……她几乎快想起来了。他害怕我，但为什么？"你甚至不能面对我，你知道为什么吗？我知道你做了什么。我知道！"她吓唬他。弗雷德靠在墙上，艰难地吞咽着。他是一个有罪的人，就是这样。他做了什么，他做了什么，他做了什么？记忆好像是一个膨胀的气球，飘浮在天空中；她拼命想抓住它，却遥不可及。

"布蕾迪，拜托。"

她听到梅齐走向门口。

"如果我做错了，布蕾迪，那是因为你要求我做的。"他说，声音低到只有她能听到他的话。

我？我做了什么？她退后了。

"全能的上帝啊，妈。"梅齐伸手扯住她睡衣的纽带。布蕾迪任由梅齐来替她遮挡。我不明白。

"我很抱歉，弗雷德。她太热了。"

"没事。"弗雷德对墙说道。

"你现在应该走了。"梅齐说。这是命令，而不是请求。

"梅齐？"他转过身去摸她，但是她推开了。

"快走吧，弗雷德。"她的声音透着陌生的锋利。

她也不想要你待在这里，弗雷德·布伦南。

"好。我们保持联系。"他说。布蕾迪能觉察到他的伤心和忧虑。她保持沉默，忙着思考，深思熟虑。发生什么了？到底隐藏着什么？我可以看到它的影子。我做了什么？他做了什么？

弗雷德 | 弗雷德怀着沉重的心情离开了房子。我失去了她。她正在离我远去。杰里米，不要这样对我，小伙子。瓦莱丽坐在车前座。大多数孩子会坐在后面，但瓦莱丽不是这样的孩子，她是一个喜欢前座的孩子。你很不错，亲爱的。

在她再次说话之前，他们都沉默着，思绪万千，离开了房子。

"妈妈看起来很奇怪。"

"她只是吓到了，就是这样。"

"杰里米太乖巧了，不会做出什么出格的事情来。"她说，好像不知道这是好事还是坏事。

"你呢？"弗雷德说。

"我外婆说我最终会进监狱。她希望最好是在异国他乡的监狱，这样即使食物像屎一样难吃，但天气应该还好。妈齐说不要理会她，我可以做任何想做的事情。"

"你妈妈是对的。"

"我想我会是个好犯人。"

弗雷德的嘴唇卷曲出一个微笑。"那么,她们都是对的。"他回答说。滴水不漏。

他们开车到学校。孩子们四处嗡嗡嬉闹,说话,大笑,彼此大喊。瓦莱丽坐下,看着大家过各自的生活。

"如果你不愿意,你不必留在这里。我可以带你回家。"他说。

"我妈妈不想我留在那里。"

"不是这样的。"

"我不怪她。"

"瓦莱丽,告诉我,你为什么说谎?"

"因为我是个白痴。"她说着下了车,"诺林!"

她的朋友转身看了过来,然后看看车内。"那个男人是谁?"她问。

在瓦莱丽关上门之前,弗雷德刚好听到回答说 "谁也不是"。她们一起走了,留下他一个人。他等到所有的孩子都进了教室,上课铃声响起,然后把他的记事本和笔收起来,走出车门,开始工作。

梅齐 | 梅齐坐在楼梯上，打电话给工作的地方。

"你好，村牙科手术诊所，有什么我可以帮你的吗？"

是洛林。她想挂电话，但她不能让他们失望。她需要保住她的工作。"你好，洛林。对不起，今天我不能去上班了。"

"啊，梅齐，今天这里全满了。年轻人坏牙齿的真多，比你能想到的还要多。"

"对不起，洛林，我不能去了。"

"你怎么了？"

"是杰里米。他不见了。"梅齐说。这是一场战斗，但她得保持冷静，并且要成功地让人听起来毫无情绪变化。洛林是一个可怕的长舌妇，梅齐不会把更多事情告诉她。

"啊，不，那太可怕了。当然，我们可以安排过来。我会让佩里知道。我不知道该说些什么。真是绝望啊。"

"谢谢。"梅齐说。

"好吧，上帝爱你，梅齐。有消息就告诉我们，好吗？"

梅齐挂了电话。她想象着洛林走出接待室，上楼去告诉任何想听的人。把"可怜的梅齐"像"新年快乐"一样重复给每个人。

　　布蕾迪从房间里出来，穿着一件清爽的白衬衫、一件灰色开衫和一条黑色休闲裤。她没有纠结于鞋子或袜子的搭配，衬衫上的纽扣一个也没扣好，除此之外，她看起来完美。

　　"我应该给你洗澡了。"梅齐说。

　　"胡说。我很干净。现在的人洗太多澡了，这对皮肤有害。"

　　她张开双臂抱在布蕾迪身上，布蕾迪急切地把她挤回来。她身上闻起来很好，混合了新鲜的亚麻布、洗衣液和玫瑰的香味。

　　"但你可以给我做头发，林恩。"布蕾迪说。这让梅齐想起了她的朋友。她几乎忘了。她要求她母亲把头发梳理成一条马尾辫，然后把它固定在紧密的发髻上。

　　电话响起时，梅齐跑起来像是着火了一般，拿起电话时几乎弄伤手指。"杰里米？"

　　"什么？你在哪儿？"林恩说。

　　"哦，林恩，对不起。"梅齐把她的母亲带到卧室。"妈，我马上回来。"她把门关上了。

　　"昨晚没给我打电话，现在你才想起我了。一个吻就把你变成这样了，梅齐·比恩。"

　　梅齐滑落到地板上，靠着门口。这是如此超越现实：她最后一次和林恩说话时，生活令人兴奋不已，事情正在往好的方向发展。但即便如此，正当她在晶石咖啡馆闲聊时，她的儿子已经失踪了。我怎么不知道？我放弃了我的家人和弗雷德做爱。我没有注意到自己的儿子失踪了三十个小时。她怎么能告诉林恩？她怎么面对她或其他人？她不配成为一位母亲。

"哦，林恩。"她用另一只手按着头顶。我的脑袋要爆炸了。如果爆了也好——任何事情都比这更好。内疚感觉就像金属一样。她和弗雷德所做的事情，沉重地压在她胸前，令她恶心。她想要呕吐，但肚子是空的。她想伤害自己，但她麻木了。

"发生了什么事？"林恩说，她的语气已经改变了。她很紧张。

"杰里米失踪了。"梅齐低声说。

她可以在房间里听到母亲的声音，冲破层层重压。"我知道就在这里。"布蕾迪说。

"从什么时候开始的？"林恩问道。

"星期日晚上。"

"星期日！"

"我以为他很早去了学校——他把书包带走了，他带了足够的午餐，可以养活一支军队。他昨晚没回家。瓦莱丽说……

我一直和弗雷德在一起……我……"

"不不不。你怎么敢！我不允许这样。"林恩说着停了停，"他十六岁了，梅齐。听我说，十六岁的孩子在每一个机会面前都会采取行动。"

"杰里米不是这样的。"

"听着，请帮我一个忙，放弃那个老圣人杰里米的想法。它让我偏头痛。十几岁的男孩什么都会做，甚至是他们中最好的孩子也一样。"

"这很难安慰我。"梅齐嘟囔道。

"嗯，他长大了，也足够勇敢，能照顾自己。你没有做错任何事情。你听到我说了吗？"

"他不会一言不发就离开。"

"哦，但他就是这样做了——因为我可以向你保证，不管这里有多么疯狂，柏树路上还没有坏人可以在晚上把十几岁的男孩从他们的床上抬走。"

"雷夫也失踪了。"梅齐说。

"好。这就是证明。他们已经离开，去某个地方冒险了。记住我说的话。"

这当然是可能的，但仍然有一些东西缠住她，低声说有些事情出了大错。

"你有没有告诉警察？"

"弗雷德在处理。"

"他很好。"林恩说。

梅齐哼了一声。很好？他留了我半夜，而我的孩子失踪了。

"杰里米很快就会回来，当他回家的时候，你需要对他禁足。"林恩坚信这只是犯傻的事情。

"好的。"梅齐希望她朋友一切都说对了。

"布蕾迪呢？"

"我留在家里，在电话旁边。"

"你当然在家。我会来找她——希望她不会为此而烦恼。"

"那太好了。"

"我很快就到。"林恩挂了电话。

梅齐站起来，打开母亲的门。布蕾迪站在卧室中间，迷惑不解。梅齐牵着她的手，走进了客厅。布蕾迪走到窗前，凝视着雨点落下。"似乎它永远不会停止。"她说，然后发现邮递员肯尼，试图从维拉·马龙的狗杰克身边穿过。梅齐让母亲喝了一杯茶，并和她一起观察人与狗之间的对峙。

"当肯尼向左移动时，杰克也往左。当肯尼向右移动时，杰克也往右。很好笑。"布蕾迪笑了起来。杰克保持低头，即使窗户关闭，也可以听到它低沉、令人畏惧的咆哮声。"那狗真的讨厌那个男人。"

肯尼双手放到嘴边，做喇叭状，喊道："维拉，你好！维拉，是我，肯尼。我有一些邮件要送到这里，天杀的杂种狗不让我通过。"

"我想你应该帮他摆脱苦难。"布蕾迪对女儿说。

"是的。"梅齐去了前门，及时把门打开，看到肯尼小心翼翼地靠了过来。

"它越来越差了，梅齐，我告诉你。如果它咬我，它就死定了，我告诉你。有没有想过这些年来我打过多少破伤风针？"他递给梅齐几封维拉的信。"这些是给你的。"他递给她两张印有红色"逾期"的单据，"抱歉。他妈的我真恨一月份，最蹩脚的月份。"

"是的。"她叹了口气。

"谢谢。"他开始走回他的面包车。杰克仍然咆哮着，躲在隔开布蕾迪家与维拉家车道的灌木丛背后。

"肯尼，你送件的时候有没有看到杰里米？"梅齐说。

肯尼停下来转身面对她。"没有。一切都好吧，梅齐？"

"是的，很好。但是如果你看到他……我可以给你我的电话号码吗？"

他点了点头，马上不安地找了起来。"当然。我在货车上有一些纸。"她跟着他走了过去，开了门，翻了翻，然后递给梅齐笔和纸。"这些孩子啊！"

她把电话号码写下来，交给他。"如果你看到他……"

"我会发内线广播，然后仓库的玛丽就会通知你。"

她点点头。"如果你能遇到他，告诉他妈妈想要他回家。"她尽量不哭。

"如果我遇到他，相信我，我会亲自把他带回家。"

"谢谢，肯尼。"

"肯尼想要什么？"梅齐回家后，布蕾迪问。

梅齐感觉到，布蕾迪这几天似乎更敏锐了。"没什么。"

"那你跟他说什么呢？"布蕾迪说。

梅齐说："我让他不要杀死杰克。"

布蕾迪咯咯笑起来。"我从来不知道，狗对邮递员而言就像你的丹尼。耶稣啊，它们讨厌他，但我们不也是吗？"

自从布蕾迪上次提到丹尼已经过去很久了。医生说她正在尝试一个新的药物，但是由于梅齐在前一天才填写了处方，她觉得在不到二十四小时内不可能有如此深刻的影响。不过，布蕾迪似乎更像她以前的样子了。

"今天早上在这里的是弗雷德·布伦南。"布蕾迪说。

梅齐感到很震惊，她居然记得。"是的，妈妈。"

"我不喜欢他在这里，梅齐。"

"别担心，妈，他不会来很久。"梅齐说，她的心有一点点疼痛。我再也不能把视线从孩子们身上移开。我是他们的一切。

"我又错过杰里米了吗，梅齐？"

"是的，妈，他在学校很忙。"

"不像他的风格啊，不跟外婆说再见。"

"我不想让他叫醒你。"

"我想念他。"她说，"你要告诉他，好不好，梅齐？"

"好的，妈。我会告诉他的。"

"为了防止我忘记。我要去林恩家吗，亲爱的？"

"妈，她马上就来接你了。"

"好。你看起来像需要平静一下，亲爱的。"布蕾迪说。

梅齐感觉像摔了一跤。她把布蕾迪带到椅子上坐下，然后找借口离开房间，到厨房去等林恩。她试图理解这个全新的疯狂世界，一个她母亲恢复理智而她儿子无处可寻的世界。

戴夫 │ 　戴夫第一次认识雷夫时，他正躲在雷夫背后，远离布什·法雷利和她最好的伙伴乔茜的拳打脚踢。他刚刚十一岁。布什十四岁，是戴夫见过的毛发最多的女孩。她狂野的鬈发太浓密了，就像肩膀上也长出头发来。她的头怎么能承受这样的重量呢？她的上嘴唇甚至露出一丝小胡子。她的名字是海莉，但戴夫认为叫她布什 [1] 更有趣。当两个女孩走过时，他一直坐在墙上听随身听里的音乐。布什拍打着一个篮球，她们在嘲笑戴夫不是派对邀请对象。

　他是新来的，没有任何朋友，虽然在芬格拉斯他也没什么朋友。他真的不明白为什么。他母亲玛丽说，是因为他从来没有学会分享。雷，他的父亲，则说是因为他太聪明了。"没有人喜欢聪明人，儿子。"他的爸爸会这样说，并且摸摸戴夫的头发。但是当他们在餐桌上，他的父亲正在评论一个他不喜欢的人（雷痛恨所有人）时，戴夫会说一些聪明的漂亮话，他的爸爸就会大笑地摸着肚子。"你听到了吗，玛丽？那真好笑。好孩子，好孩子。"他父亲会说，然后擦掉眼泪，"啊，耶稣啊，小伙子们会爱他的。"

　小时候，戴夫接收了很多复杂的信息。前一秒钟，他被

---

[1] Bush，有灌木丛之意。

评为一个小明星，接下来他被放在狗窝里。

"你觉得在他妈的狗身上画上'炸弹'这个词很有趣吗？"他的父亲吼他。这只叫巴里的美国白牧羊犬，是用雷最喜欢的拳击手巴里·麦圭根的名字命名的，而这只动物是他的骄傲和快乐。无论母亲怎么做，她都无法去掉戴夫画的记号，后来才发现这是永久记号笔。他们不得不给狗剃毛，因为下雪了，他们又买不起一件漂亮的狗外套，他不得不寻遍塔拉特附近，用一条旧的毛茸茸的紫色汽车座椅垫盖在它身上。

"这是侮辱，不只是对我，还有他妈的狗。看着它！它受了伤。你这个小混蛋。"关于这件事情，雷最后是这样说的。

戴夫被骂得很多。他假装没有受到伤害，但其实受伤了。我只是觉得这很有趣。他父亲在这件事情之后很久没有和他说话。

"他会翻过去的，儿子。"他妈妈保证，"但你知道他是什么样的。"

戴夫的爸爸可能怀恨在心，所以戴夫退出并消失在自己的房间里长达三个月，直到狗的毛发长出来，汽车座椅垫可以扔到垃圾桶里。当戴夫不和他爸爸说话的时候，戴夫真的很想念他爸爸，但更多的是想念他的笑声。这很混乱。戴夫想做的只是开玩笑。他并不想伤害任何人。他喜欢布什·法雷利。虽然她毛茸茸的，但她很酷：她是一个很棒的篮球运动员，她有大大的笑声，从几公里外你就能听到。当他听到一个巨大的、有感染力的笑声时，他心动了，并给了自己一个理由。他只是想要得到一些关注，也许是和女孩说一会儿话。男孩们并没有真正跟他说话：他讨厌运动，他的幽默感令人感到困惑。女孩忍耐了一段时间，但最终大家都对戴夫置之不理。直到那天雷夫发现他被布什和乔茜殴打。

雷夫正骑自行车回家，正好赶上了他们。"住手，海莉，乔茜。你们在干吗呢？"

"她们要把我的头打爆，就是这样。"戴夫尖叫着，捂着脸和肚子。

海莉住手了。"正在修理这个笨蛋。"

"他做什么了？"

乔茜还在踢他，戴夫喊她离开。狗坐在花园里，但它无法保卫自己的主人。自从永久记号事件以来，狗都不喜欢戴夫了。

"他给人起外号。"她说。

"没有人喜欢那样。但是，公平地说，我认为他已经得到教训了，乔茜。"

乔茜停止踢戴夫。"永远不要让我听到你再叫我朋友布什。"她说。即使眼睛充满泪水，戴夫还是看到了一丝笑意闪过雷夫的脸。

"周五，你们会去青年俱乐部吗？"雷夫问。

"会去。"女孩说。

"酷，到时候见。"

"好的。"她们说。戴夫看着她们从野兽转变为多情的女孩。

当她们走了，雷夫手拉戴夫起来。"你还好吧？"

"啊，还好。"戴夫说，擦掉眼泪。他捡起他的随身听。耳机坏了，他又想哭了。天杀的像男人一样的胳膊打坏了我的耳机，他坐在墙上说。

雷夫坐在他身旁笑了起来。"所以你给海莉取名布什。"雷夫不再掩饰他被逗乐了。

戴夫笑了。"我认为叫毛利太明显了。"

雷夫大笑起来。"我也喜欢毛利，但我明白你的意思。'布什'有拳头。"

"完全正确。"戴夫说着，兴奋起来，"就是这样。"

"所以你是新来的？"

"是的。"

"我是雷夫。"

"我知道。我已经上了一个月课。我是戴夫。戴夫和雷夫听起来有点儿微妙，不是吗？"

"好事情就是我们不会约会。"

"是的，雷夫是一个很棒的名字。"

"都是因为我的黑头发。约翰改成瑞文，瑞文改成雷夫。"

"那更酷了。"戴夫一直有所保留，因为他妈妈已经警告他，新学校的第一个月是最难熬的。"不要让自己更难，儿子。"她说，这是"闭嘴"的意思。

"你想和我以及我的朋友杰里米一起出去玩吗？"

"你在开玩笑吗？"戴夫觉得自己又要哭了。

"不，当然不是。"

"酷！很好！我喜欢这样。"

那天之后，发生了两件事情。戴夫生活中第一次有了朋友，另外，不知何故，所有人都深情地称呼海莉·法雷利为布什。

戴夫暗暗认为，杰里米从来没有像雷夫那样真正地把他当朋友。杰里米对他很好，忍受他，甚至嘲笑他，但他们没有特别密切的关系。他们从来没有一起独处过，这也没关系。只要雷夫喜欢他，他就不会那么有紧迫感。无论戴夫做什么或说什么，即使惹人生气了，雷夫也总是很快原谅他。

他知道星期天晚上真的惹怒了雷夫，并希望能够妥善地弥补。雷夫没来上学，这对他来说是一个打击。他想说对不起，但更重要的是，他只是想让雷夫说一切都很酷。耶稣啊，雷夫，我很抱歉。没有雷夫，他觉得自己是该团体中最无足轻重的成员。雷夫和杰里米天天在一起；米奇和朱诺穿一条裤子。他是备用的，但至少他在那里。如果他失去了朋友，他就会死。再次陷入孤独会杀死他的。米奇不太在意他——他比别人更嘲笑他——当朱诺的母亲因为一些愚蠢的原因对他禁足时，他们一起玩耍。朱诺可能会恨他一段时间，因为公平地说，他是戴夫大多数笑话的对象，但是当他需要一个人每周三次在破晓时分记录他的短跑冲刺时间时，雷夫建议戴夫去帮忙。

"去他妈的！"戴夫当时说过。

"他会感激你的。"

"早上五点钟？这么冷的天？为什么米奇不去？"

"因为米奇八点在床上吃早餐。他这么懒，可不想让朱诺每天打他的脸。"

"好的，我明白了。"

"你们两个多在一起会更好。"

"好，我会去的。"

六个月来，他坚持骑自行车跟着朱诺给他计时。

刚开始很痛苦，但现在他真的适应了。朱诺确实跑得非常快，能够参与这件事也挺酷的。他也是个不错的激励者，尽管他仍然对朱诺从心灵到灵魂都感到厌烦，但他们之间的关系更近了。雷夫所说的没错。不过，没有雷夫在一起，总是感到怪怪的。

一上课，戴夫、米奇、朱诺、迪尔德丽、梅尔和凯西就被叫了出去。他们坐在校长办公室外面，丈二和尚摸不着头脑。

"有人看到我们在公园里喝酒。"朱诺说，声音听起来有些害怕，"我要挨我妈揍了。"

米奇不太确定。"不，不是那样的。"

"为什么？"

戴夫说："他们不会把警察叫来管青少年饮酒的事情。"

"什么？"凯西说，"什么警察？"

"那个和杨校长说话的人。"他可以透过玻璃窗看到那个人，尽管是磨砂的玻璃窗。

"你怎么看出来他是警察？"迪尔德丽低声说。

"看看他那块头就知道了。他就是警察。"

"哦，耶稣啊。"梅尔低声说，"我爸还在假释。"

米奇毫不在意。"他也可能是马戏团的驯兽师，小丑都知道。"

杨校长在门口现身，对这六个脸色苍白的孩子说话。

"我不知道你们注意到没有，杰里米·比恩和雷夫·墨菲在星期天晚上失踪了，希望你们能帮助配合调查。布伦南侦探会和你们每个人谈话，我已经通知你们父母，我向他们保证，在他们不在场的情况下，我会同你们在一起。"她看着朱诺，"你母亲正在过来的路上。"

他拍了拍自己的头。"该死。"他低声说。

"请再等我们一两分钟，然后我们会叫第一个进来。"她关上门，留下惊呆的孩子们面面相觑。

"星期天就失踪了？"凯西说，脸上红红的。

"他们不过是逃学而已。"米奇说。

"杰里米不会逃学的。"迪尔德丽静静地说。

"胡说八道。他们很好。"戴夫说，"至少这让我们不用上课了。很轻松，啥也不用说。"

"嗯，我妈一定会杀了我，所以我希望不管他们在哪里，他们都能快乐。"朱诺说。

"嘿，冷静一下。我们在公园里聊天，没干别的事情。不要把我们卷进去，更不要把雷夫卷进去。"戴夫说。他一定会杀死我们。

"如果他们出事了呢？"梅尔说。

"怎么可能！我们又不是在洛杉矶南部。"戴夫说。米奇点点头。

"他说得对，咱们什么都不说。"

米奇是第一个进去的人。他十五分钟后出来，摇摇头，低声说道："对不起，小伙伴们。"在杨校长警惕的注视下从他们身边经过。

"你这傻子。"戴夫喃喃道。

"说什么呢，戴维[1]？"杨校长说。

"没什么，女士。"

"我也这么想。梅尔，下一个该你了。"

他们一个接一个地都进去了。凯西只待了五分钟，但她流着眼泪出来了。迪尔德丽在那里待了十分钟。她出来时眼睛是干的，但一副担心的样子。朱诺的妈妈到来时，朱诺正往里直走，等他们半小时后出来，她就忙着拧他的耳朵。"你死定了。"她边说边反扭着他的双手，把他赶出了等候区。

戴夫是最后一个进的。轻装上阵，我不会让你们失望的，小伙伴们。自从叫杰里米废柴骑手之后，他后悔不已，而独自一人对抗警察，是他能做到的最起码的事。他以为只是胡乱开开玩笑而已，却从未见过雷夫如此生气。

---

[1]David，Dave（戴夫）的全称。

他坐在警察对面的椅子上，听到身后关门的声音。没什么好怕的。

"戴维。"杨校长说，"这是布伦南侦探。关于杰里米和雷夫，他有几个问题想问你。我希望你能诚实地回答。"

警察问了他一系列问题，但戴夫拒绝回答。"我不能回答。"他连续第五次说。

"为什么呢？"布伦南说。

"因为我可能会惹祸上身。"

"我们不在乎饮酒的事，孩子。我们只是想知道那两个男孩到底出了什么事情。你是星期天晚上最后看到他们的人吗？"

看来有人泄露了他们胆敢喝酒的事情。戴夫不情愿地点点头。"是的。"

"他们说了要去哪里吗？"

"没有。"

"你觉得雷夫醉了吗？"

是的，他醉得像风筝一样。"这个请和我的律师谈。"

戴夫后来得知，朱诺几乎把整晚的细节原原本本地说了出去，包括告诉警察雷夫说上女孩就像把鸡鸡塞进装满布丁的管子里。去他妈的。

"很好。我觉得其他人说得已经足够了。"警察把他的记事本藏进夹克口袋里。

戴夫要起身离开。

"最后一件事，孩子。当你离开的时候，他们离水库近吗？"

戴夫停下脚步。"在老伯恩桥？"

"是。"

戴夫倒吸一口气。哦，不。他们没在该死的水库里！"我们晚上大部分时间在上吊树下，所以，是的，那离水库很近，但还不……不够接近……我的意思是说，他们没有理由接近水库。天那么黑暗，还在下着雨……"

"好。我只例行公事地问问。这并不意味着会出什么事情，孩子。"警察一只手拍拍戴夫的肩膀说，"你现在可以走了。"

当他走到门口时又转身回来。"我还看过雷夫逃课更离谱的时候，然后他又完好无损地回家了。"

"知道这一点很好。谢谢，戴夫。"

杨校长护送他出去。

"他们没去水库里。"他又说一次，希望得到她的认同。

杨校长点点头。"回去上课吧，戴维。"

他没有回去上课。相反，他进了男厕所，坐在那里独自思考了许久，希望并说服自己一切都会好起来的。

弗雷德 | 弗雷德坐在车前座，给警局打电话。琳达接起电话。"我听说了。"她说。

"噩梦。"

"真是不幸，但我们会找到他们的。很高兴你终于开口了。"

琳达是他的老朋友了。他在两个不同的场合下，向她承认了自己对梅齐的感情，但是他没有提到约会的事情，以防万一失败。"我和梅齐的事情，是汤姆告诉你的吗？"

"全局都知道了。"

"耶稣啊。"

"现在我能做些什么？"

"把这些记录下来吧，好吗？"他不假思索地拿出他的笔记本，里面包括一切重要的内容——孩子们穿什么，最后知道他们下落的情况，他们所骑自行车的品牌和型号。

"我会上传的。"

他回忆说，在面谈中迪尔德丽·马奥尼说的话很有意思。她一直很谨慎，却很有洞察力。"如果你问我，我会说他们离家出走了。"她说。

"为什么？"

"因为雷夫的爸爸是个瘾君子，他暴露了自己。"

"如果是这样，那杰里米为什么要跟随他？"

"要是雷夫去月球，杰里米也会跟着去。"

"你觉得他们会去哪里？"

"不知道。英格兰……也许他们会去找雷夫的妈妈。她已经失踪很多年了。"

他把西德·墨菲的详细信息和房屋地址交给琳达。

"等等，汤姆上线了。"她说，把汤姆接进来。很明显，他正在搜索琳达跟弗雷德说话时上传的笔记。

"我们把所有信息放到广播里，并把它传给全国和地方的媒体。同时，如果你愿意来，我们可以在西德·墨菲的房子里见面。注意，严格来讲，你是个旁观者。"

"你觉得他会了解情况吗？"

"可能不会了解，但无论如何，这是一个很好的切入点。"汤姆说。

"那水库呢？"

"我会叫一些小伙子到河边走走，做一点调查。现在打电话给水下单位还为时过早。"

"好。"

不容易，弗雷德挂掉电话静静地坐了一会儿，盯着空荡荡的校园，咬着大拇指。孩子们，你们去哪里了？他一直想着水库。他回忆着星期天晚上。下雨时，他正脱下夹克挡在梅齐头上，那时候杰里米在哪里？他回忆起公园，他太熟悉上吊树了。他看到男孩们在喝酒聊天，女孩们挤在一起御寒。他想象他们一个个走路或骑自行车离开，直到只剩下杰里米和雷夫。你们去哪儿了？他看到雷夫扶起自行车，杰里米坐在后座上，雷夫穿得有点儿破，自行车突然转弯，杰里米试图保持稳定。也许他骑车离水面太近。天黑路滑，泥泞不堪。那晚雨水过后水面是不是涨得很高？他想起水库，看到那些男孩静默地漂浮在黑暗的水面。不。这不可能。

他把思绪投向酒店的房间里，和梅齐躺在床上。恍如隔世。

第六章

每个人
都会受伤
——

快转眼球乐队，1992

梅齐　　　墨菲的房子很旧了，几年来没有重新粉刷过。花园无人打理，一些汽车和自行车的零件散落在野草疯长的草坪上。当警车开到门口时，梅齐正在砰砰敲门。"西德·墨菲，我知道你在里面，打开这扇该死的门。"

她转身看见两个男人走出车子。她不认识的那位一定是侦探汤姆·多兰。他之前打电话过来介绍自己，并陈述在调查过程中会发生的事情，直到找到孩子们。他沉静而务实，但他所说的一切吓到了她。她不想亲眼看到弗雷德，所以她避开了目光。"那里有人——我可以听到他们的声音。"她转过身去，接着敲门。"打开这扇门。"

"比恩女士，我是汤姆·多兰。我们在电话里说过话。"

在梅齐看来，他五十岁出头，是个英俊的男人，短平头，个头高但没有弗雷德那么高。"你好。"她与他握握手。毕竟这是件关乎礼貌的事情。

"你好吗，梅？你在这里干什么？"弗雷德说。

她不知道他是担心还是厌烦。他通过电话告诉她留在家里。她不在乎他说过什么：在听说西德·墨菲也许知道她的孩子在哪里之后，她怎么可能坐在家里死等。"他的电话停机了。"她背对着他，再次敲门。

"我明白。"他说，把手放在她的腰背上，"但你不能妨碍汤姆履行他的职责。"

她躲开他。她不用看，就知道他受伤了。

"我们从这里开始。"汤姆轻声说。

"当然不会妨碍你们，但我哪儿也不去。"

弗雷德叹了口气。

汤姆点点头。"好的。"他弯下腰来，打开信箱。他们可以清楚地听到有人在里面四处冲撞。"墨菲先生，我们是侦探汤姆·多兰和弗雷德·布伦南。打开门，我们要问几个问题。如果你离开或躲藏起来，我们会把门踹开，破门而入。你自己看着办。"

梅齐边等边看着。她在门口足足敲了五分钟。她只想知道她的孩子在哪里，她不明白为什么西德会让她站在门外苦苦哀求而无动于衷。请帮帮我们。

汤姆再次敲门。"墨菲先生，不要等我破门而入。"

最后他们听到脚步拖动声，门打开来，西德·墨菲仔细向外看。他看起来很糟糕，眼窝深陷，皮肤斑斑点点，脏兮兮的衣服挂在他嶙峋的骨头上。最令人震惊的是，他剃光的头上留着一道道疤痕。他身上的气味简直不像人类。梅齐极其震惊。你这是怎么了？梅齐的眼睛湿润起来，她忍不住掩住鼻口。他透过两个男人看向她。"梅齐？"他似乎半睡半醒，有些困惑，"是你吗，梅齐·比恩？"

她把手从鼻子上拿下来。"你好，西德。"她用比刚才更加友善的语气说话，"不好意思，打扰了。"

西德重重地靠在门上，他的眼睛半闭上。"不，很好。对你我永远有时间，梅齐。"

不要吐！全能的上帝，这是什么气味？

"我们可以进来吗？"弗雷德问。

西德从弗雷德看到汤姆，然后又看看弗雷德。"我不认识你们。"

"没关系，我们认识你。"汤姆推门而入，西德绊倒了。

"哦，我的脚！小心我该死的脚！"他尖叫起来。

"啊，弗雷德，没必要——"梅齐说。

"不要影响汤姆工作，梅。"

她跟着男人们进去，但被房子里的气味阻挡了脚步，随之另一波又冲击了她。"哦，仁慈的耶稣啊。"她又举起手来遮住鼻子和嘴巴。

弗雷德和汤姆似乎不高兴。他们跟着西德，而他跟跄着跛行。他没有穿鞋子，只有一只脚包裹着茶巾和一个黑色塑料袋，所有这些都用胶带和橡皮筋绑在一起。他慢慢地扶着墙移动，一直穿过这条肮脏的走廊，穿过特地从支架上挂起来的破碎的公用电话。话筒躺在旁边的地板上，电话绳被切断或是从墙壁上抽出来。

两位警察和西德一起进入客厅。梅齐重新恢复镇定，及时跟上他们，看着西德往咖啡桌上扔一条肮脏的毯子。他指出："这与你们无关。"他的语气显得不稳定、不确定，但很坚决。梅齐对儿子最好的朋友居住在这样的屋子里感到震惊。我完全不知道。为什么我不知道这些？我还错过了什么？

为什么杰里米没有告诉我？哦，雷夫，亲爱的，我让你失望了。我很抱歉。房间很脏。空罐子和半空的瓶子散落在地板上，外卖餐盒触目皆是，有些是凝结的酱汁，还有干燥的比萨饼渣，烟屁股被揉成一团，湿的灰烬给盒子留下一道道痕迹。一定有老鼠，梅齐想。她的双腿突然痒痒的，她想跳。她读到过蹦跳可以把老鼠吓跑。难道是蛇？

西德摔倒在肮脏、破烂、烧出窟窿甚至可能布满虱子的沙发上，把他肮脏的头放在肮脏的手中。"你把这些警察带来的，梅齐？"他看起来好像要哭了。

"我没有。"

"他们就站在他妈的我面前，梅齐。"他伸出细长的手指指着弗雷德。弗雷德向他挥手。

"我们只是在找杰里米。"她说，"你见过杰里米吗？"

"杰里米不会再来这里了，梅齐。"

我明白为什么。

"西德，你的儿子在哪儿？"汤姆交叉着手臂站在那个男人身边。弗雷德待在后面，好像要给汤姆留出询问的空间。

"我不知道。他来了又走。"

"他最后一次来是什么时候？"

"不知道。他住在自己的房间里。我的脚是这副鬼样子，不能起床。"

"嗯，你昨天、前天还是更早见过他？"汤姆问道。

西德没有回答，自己从沙发上爬起来，平衡身体，然后才勉强地溜到门口。"我看他现在就可能在那里。雷夫？"他喊道。他靠着门稳定自己，然后走进大厅，走上楼梯，被绊倒了。"雷夫！"他说，"雷夫，如果你在那里，大声回答一句。"他转过身对着身后的三个大人。"也许他在学校。今天要上学，不是吗？"

"他没上学。"梅齐说，"杰里米也没在学校。他星期天起就没有回家，西德。"

西德再次面对楼梯。"他妈的。"他喃喃自语，"别这样了，行不行，雷夫？"他开始爬楼梯，看起来太痛苦了，太难了。他爬到一半时放弃了，坐在台阶上。"我有糖尿病。"他指着脚。

"用另一条腿。"弗雷德喃喃道。

"他把自己锁在房间里。如果你们想去就自己去。你们是我的客人。"

弗雷德和汤姆从他身边走上楼梯。"哪个房间？"汤姆说。

"那个贴着'瘾君子勿入'标签的就是。"

警察上楼去了，留下梅齐在楼梯的底部发呆，还有这位她曾经尊重的男人，如行尸走肉一般蜷缩在她一步之外。他抽着鼻子，浑身发痒。"没有他妈妈，日子很难过。"西德说。梅齐觉得他在试图以此解释他的现状。

"她已经走了很久了，西德。这不是借口。"

"我知道，梅齐，我知道。对不起。我试过了，我真的尝试过。"

她无法接受他的自我怜悯。你怎能这样对待自己，西德？你是他唯一的支柱。

"有情况吗？"她大声喊道。

弗雷德靠在栏杆上摇了摇头。"没有，梅齐，他们不在这里。"他回到雷夫的卧室里。

"孩子们失踪了，西德。"梅齐说，"你明白吗？"

"他们会很好的。他们是大男孩了，他们可以照顾自己。"

"你最后一次看到雷夫是什么时候？请想一想。"

"我不知道……上个星期某个时间。"

"上个星期！"

"你没有注意到我快发疯了吗，梅齐？"他擦了擦头皮，一块痂皮飞了出去。

梅齐的肠胃开始打结。"这样不好，西德。"

"不要评判我，梅齐。"

"我忍不住，西德。我很抱歉，但没有理由。你是一个成年人，你知道海洛因对身体有什么作用，你知道自己在做什么。"

他吸了吸鼻子并揉了揉。"你从不拐弯抹角，对吧，梅齐？"

"不拐弯抹角，西德。"

"所以他才打你？"他抬头看着她的反应。

"你永远是一个失败者，西德，但你曾经是个好人，所以我会把你的无礼怪在毒品上，就此打住。"他的话激怒人心，而那一刻，她让自己的脾气越来越好。

他的眼睛充满了泪水。"对不起。我很抱歉。"他把头埋在手中，"给我几块钱就好了，梅齐。"

她不能在他身边再待一秒钟。"你从我身上得不到任何东西。"她从他身边跨过，走上楼梯。

梅齐来到雷夫的房间，把门打开，露出与房子其他部分形成鲜明对比的空间。这里一切都井然有序：窗户开着一条缝好让新鲜空气流入，每一件衣服都整齐地堆放，折叠，挂起；梳子和发刷完美地摆列在洗漱台上。没有什么是乱摆乱放的，一切都干净整洁。地毯用旧了，窗帘也很破烂。床上的床头板被打破了，用电工胶带修理过。床单是旧的，显然有时间没洗了，但床是用医院角落看护床的方式拼起来的。梅齐关上身后的门，不让房子其余部分的气味窜到孩子的避难所里来。

汤姆站在窗前，检查墙上的东西。弗雷德站在男孩的洗漱台前，上面的镜子模糊不清，像笼罩了一层云雾，散落着用胶带粘贴的照片。在相框的一角，塞有一张雷夫和杰里米的照片。弗雷德把它拉出来，用手指把它抻直，梅齐就站在他旁边，仔细地端详。这张照片应该是还不到一年以前拍的，两个男孩面向前方，都穿着短裤。雷夫靠在冲浪板上，他的手臂随意地勾住杰里米。他们全身湿透，微笑着。雷夫很冷静、自信，直视镜头；杰里米傻笑着，给摄影师竖起大拇指。她的心在嘶吼。找到你了，亲爱的。然后又回到了现实，如此倏忽而过，她需要坐在雷夫完美打造的床上。

"我们要的照片。"弗雷德低声说。

一滴泪水从梅齐的脸颊滚落。"雷夫曾经很信赖我。发生了什么事？"她环顾着这男孩简陋的监狱，大声地向自己说，"我什么时候把他给忘记了？"

"梅齐……"弗雷德说。

"别说了。"

汤姆从窗户把头伸出去。"难怪他父亲看不到他来来去去。他用一根绳子进出屋子。"汤姆抬起一根粗大的绳子，它很专业地缠结在一块厚厚的金属墙壁塞子上。"这是一种锻炼，但对像雷夫这样强壮的年轻人来说没问题。"

"至少我们知道这孩子为什么要离家出走了。"弗雷德说，"如果我住在这里的话，我早跑了。"

"是的。"汤姆说，看着梅齐的眼睛，"那杰里米为什么要跑呢？"

弗莱德说："大家都说，雷夫去哪，杰里米就去哪。"

梅齐知道大部分都是真的，这是一个令人绝望的房子。她可以清楚地想象雷夫使用绳索从二楼的窗户爬进爬出。她可以想象他把自己锁在这个房间里，梦想着更美好的事情。她可以感受到他的沮丧和对逃离的渴望。她可以想象他逃跑的样子。新的一年，新的开始……但是，她不能想象杰里米不仅仅是追随，还一言不发地离开自己的家园。这说不通。也许起初他试图让雷夫把话说出来，也许他甚至想过说服雷夫来找梅齐……也许他们已经尝试过，但她没有听到，没有看到，或者就没足够在意。是不是当雷夫来求助的时候，她正和弗雷德在一起？是不是他非常绝望，杰里米觉得别无选择，只能在她不在家的情况下和他一起去？为什么我没有拒绝弗雷德？我可以留在家里的。我可以帮忙的。她现在想得越来越多，内疚侵蚀着她。这是我的错。

"孩子没有带很多衣服，他可能打包了一些。"汤姆看着照片说，"他们的大小和体重都差不多。"

"如果他们匆忙离开，肯定可以共用衣服。"弗雷德表示同意。

"那你的意思是什么？他们已经逃跑了，但他们是安全的？"梅齐的声音里满怀希望。

一阵沉默，然后汤姆回答说："我们现在只能说，男孩们真的失踪了。"

"梅齐。"弗雷德拉着她的手轻轻地说，"我们会发出一个警报，并征求当地人提供更多的目击线索。一切都在掌握之中。我们会尽一切努力。"她这次没有甩开，但是她也没有倚靠过来。他正在竭尽全力，但她正在克制越来越愤怒的内心来安抚他。弗雷德，最糟糕的情况是什么？看看四周。

汤姆说："我会把情况汇报过去，启动调查。"

弗雷德把她带出来，远离这个看起来一点儿也不像十几岁男孩住的房间。梅齐在楼梯的顶部停住了。她不确定西德是睡着了还是死了：他摔倒了，一动不动。她在破碎的电话盒边和门口注意到装满深棕色物质的玻璃杯。那是尿吗？天啊。它是尿。她感到很热，头晕。她感觉生病了。她吸气，呼气，浅浅地呼吸，用袖子堵住鼻子。弗雷德在她面前走下来，在他过去时推了推西德。

"你老婆在哪里，西德？"

西德微微动了一下，弗雷德跪在他面前。"不知道。不在乎。"他说。

"你不知道吗？"

"她刚逃离地球。"

"她有家庭吗？"

"有。"

"你呢，西德，你有家庭吗？"

"没有人跟我说话。"

"我需要他们的名字和电话号码。"

"啊，我不知道……我不能处理……"

"我们扶你站起来。"弗雷德说。

"啊，不。滚开，好不好？"

"想想孩子吧。雷夫是你唯一的孩子吗？"

"唯一剩下的。"西德说，立刻就显得很沉重。

"这是什么意思？"弗雷德说。

西德的眼睛湿润了。他的手颤抖着擦拭鼻子里流出的鼻涕。

"杰森，雷夫的兄弟，五年前死在足球场上。他十七岁。"梅齐说，还没有准备好走下楼梯，走过西德恶臭的小便。

"对不起。"弗雷德说，"发生了什么事？"他的语气好了些。

西德发出深深的痛苦的叹息。"他就是死了。没有他妈的理由，没有他妈的理由。"

梅齐咬着嘴唇。这么多年过去了，他的痛苦丝毫不减。这件事情太痛苦，难以设想。杰森曾经是一个多好的孩子。

"他本来可以成为明星——对吧，梅齐？他踢球很有一套。你应该见识过。"

"他是一个不错的球员，西德。"即使对他很愤怒，在这件事情上她也和他一样想。我是谁？凭什么来评判你，西德？我知道我永远无法从这种失去中走出来。

弗雷德伸出手。"你现在该起来了。"

"我不能。我脚痛。"

"有一辆救护车过来了。"汤姆站在梅齐后面说。

"啊，我不走。"西德哭了。

"啊，必须走。"汤姆说，"除非你想死在这里。"

西德有点喘不过气来。

"我们会让他们把他清理干净，然后在医院做一个陈述。"汤姆说。

他们听到远处救护车的警笛声。梅齐第一次进入了类似永恒的状态。她缓慢而专注地下每个楼梯，然后把门打开。弗雷德几步进入走廊，打开了旧电话桌的抽屉。他拿出一本通讯录，翻开看了看。当汤姆去楼梯上接西德时，他对弗雷德点了点头，弗雷德便把通讯录装进口袋里。

"该走了，西德。"汤姆说。

西德什么也没说。直到医护人员将他固定在一个轮椅上推出家门，他才开口说话。"梅齐？"

"怎么了？"

"生活不会永远这样，对吗？"

"不会。还有很多美好的东西。"

他说："一些真正美好的时光。"

她想知道他是否还记得或者关心他儿子的失踪。他似乎并不担心，他太专注于为自己难过。她忽然觉得，如果他死了，雷夫可能会更好。

她看着他们把他送进救护车。弗雷德跟着她进了花园。有多少次，他站在她现在的位置，看着护理人员把她装进救护车。这种感觉莫名地熟悉。

"他会好起来的。"他说。

"我不在乎。我只是想找到孩子们。"她现在平静了。如果雷夫认为他自己有危险，她毫不怀疑杰里米会和他一起去。他们的失踪终于说得通了。

"他们想要搜索杰里米的房间。"

"只要有帮助就行。"

"你在想什么，梅？"他问。

她可以感受到他的绝望，他希望能和她保持一些有意义的交流，但她就是无法回应。

"你又在想什么呢？"她走到自己的车前，将弗雷德一个人留在草地上盯着她。

弗雷德 ┃ 弗雷德坐在他的车上吸烟，等待汤姆出来。他终于出来了，一边沿着墨菲的草坪走过，一边打电话下指令。最终他走到弗雷德旁边，摇下了车窗。

"那些事情够你受的，弗雷德。"

"也许吧。"弗雷德吸了一下鼻子。

"不过，好消息是有个孩子星期天晚上十点半左右在博恩路看到了他们。"

弗雷德呼出一口气。"他们不在水库里。"

"我们现在还不确定，但看起来不太可能。"

"感谢上帝。"

"琳达做了陈述，但是我要亲自过去看看孩子。"

弗雷德点了点头。"我觉得雷夫的房间里丢了些东西。"

"哦？"

"我看到 CD，但没有播放器。"

"他可能弄坏了或卖掉了。"

"浴室里没有洗漱用品，甚至没有牙膏，像雷夫这样爱干净的孩子，这不太合理。"

弗雷德走过小卫生间。他闻到了漂白剂的味道——带有织布和浴室清洁剂的一个瓶子，放在淡粉色浴缸旁边的一个盒子里。他把洗手盆上面的柜子打开，里面只有一副旧的剃须套装和一瓶玫瑰香的护手霜——唯一表明雷夫曾经和母亲父亲生活在一起的东西。弗雷德可以想象雷夫擦洗厕所、浴缸、脸盆甚至还有地板上的地毯。地毯有洞，露出下面腐烂的木头。那个卧室和浴室显然是雷夫的住处。汤姆说得很对，如果是这孩子的洗手间，为什么没有他的东西呢？

汤姆说："无论他走到哪里，都会带上他的牙刷。"他看着弗雷德从雷夫镜子上取下的照片。除了雷夫和杰里米的合影之外，还有一张雷夫和凯西的合影，手臂搂着彼此的腰。

还有一张是一辆公共汽车上坐着一群小伙子：雷夫坐在后面，双脚架在前面的座位上；杰里米竖起大拇指，一部分脸被戴夫抬起的手遮住；戴夫和米奇坐在前面，向前倾着，以躲避雷夫伸过来的脚，并向相机伸手指，而朱诺就在他们前面。

"所以这些就是我们要找的男孩。"汤姆说。

弗雷德确认了每一个人。

"雷夫星期天晚上穿的是什么？"汤姆问。

弗雷德翻看他的笔记。"一件卡其色军装夹克、黑色针织套衫、黑色牛仔裤和一双黑色平头靴钉鞋。"

"那么他穿的黑皮夹克在哪儿呢？"汤姆问道，看着照片中和朋友们一起出现的雷夫。"我们还缺少一件牛仔衬衫。"他指着雷夫和凯西的合影照片。

"浴室水槽下有一个盆，里面有一些洗衣粉，所以我的猜测是他们没在洗衣店。"弗雷德说。

"我知道杰里米·比恩，但是雷夫计划好了去某个地方。"汤姆说。弗雷德点了点头。这很好。这非常好。

雨已经停了，车内很闷，他们走出车外，坐在潮湿的台阶上，等待着搜救队。弗雷德又拿出一根香烟抽了一口。汤姆的肚子咕咕响，他对美丽的德国女朋友推荐给他的饮食感到不安。

"我的心在为你流血。"弗雷德说，透露出一丝苦涩。他从来没有见识过如此冷酷的梅齐。这非常痛苦。他正在失去她。

汤姆看看手表。现在是中午。"到目前为止，孩子们已经失踪约四十个小时。"他说，"梅齐什么时候给你打的电话？"

"我觉得是六点半左右。"

"这就是说杰里米失踪了三十个小时，她才注意到。"

"这样说不公平。有特殊情况。"

"我们要找两个失踪的男孩。我们需要得到同意向公众公开，越早越好，但那样就会有额外的审查。"

弗雷德知道他在说什么。"梅会处理好的。"

"你呢，弗雷德？你可以休假。我建议你现在就休假。"

"我们约会了。我们没有错，汤姆。"

"我知道，但如果出问题了，你需要站在正确的一边，站在你女人的身边。那就是你现在所属的地方。"

"她不想让我接近。"

"她很不高兴——你知道女人就是这样。"

"我不知道，汤姆。我有责任。我不能就这样一走了之。"我答应过她，我会找到他的。

"那算了。你可以成为我非正式的家庭联络人，让我了解他亲朋好友的所有细节，男孩们频繁出现的地方，他们出现过的任何医疗状况、财务状况，一切事宜。我知道他们是孩子，但即使是邮局账户或空储钱罐上的信息都会有所帮助，还有与他们失踪有关的事件。一旦西德身体恢复一些，我会对他进行访谈。但在我看来，梅齐·比恩可能对雷夫的生活有更好的洞察力，比她自己所认为的还深刻。他可能已经成功地掩盖了自身目前的状况，但很明显，她对他投入了很多关注。"

"我先要和吉姆谈谈，得到他的签名。"

"我已经跟他说过了，弗雷德。解决了。"

弗雷德叹了口气。当然，他肯定是和老板先谈过，然后再和我谈。这很公平。我也会这样做。他的朋友提出一个非常现实的问题和可能是最好的解决方案。如果他与此对抗，那他就是白痴。"谢谢。"他说，"你是个好人，汤姆。"

"跟我的前妻和孩子们说去。"

"没有人是完美的。"

"是。好吧，当这一切变成一场该死的风暴时，好好记住这句话。"汤姆拍拍他的背。

弗雷德知道他是对的。如果案件公开之前孩子们还没有找到，梅齐的生活将天翻地覆。故事太有料了：两个十分上镜的十几岁男孩失踪了一天半，却没有任何人注意到。在照片中，他们看起来天真无邪，肯定会被描绘成无辜受害者，是他们所处的工人阶层的牺牲品——雷夫的父亲是个瘾君子，母亲失踪，梅齐是一位单身母亲，弗雷德也卷入其中，当然，还有杰里米的父亲。哦，耶稣啊，还有丹尼。与丹尼·福克斯的过往永远都是弗雷德·布伦南的潜在威胁，但他从未想到真相要以这种方式揭露，就在他和梅齐快要在一起时。

他应该去解释。他只是不知道该如何解释。

林恩 | 林恩 20 世纪 80 年代的大部分时间都在当地公园遛她的狗——马文。出于很多原因，这样很适合她。她会让马文脱开绳子。这里离家很近，总有一些小活动在开展，要么是十几岁的小年轻笨手笨脚地在树下互相勾引，要么是小孩子在操场上意图互相残杀，而夏天会有一个小演奏台，留给当地节目和街头艺人。他们不是非常专业，但是这不重要——他们表演越糟糕，她越喜欢看。她在公园里看岁月冬去春来，看当地孩子渐渐长大。几年下来，她也认识了一些

熟悉的面孔，会花时间和一些人聊一聊——"啊，你来了，索菲亚！你的肠胃怎么样了？"——也会避免一些像瘟疫一样的人。杰拉尔丁·格雷！低下头，林恩，什么都别说。她觉得自己的屎都是香的。她在那里很舒服，感觉就像家里一样。

公园里有一条长凳，她喜欢坐在那里看世界，而马文则追赶兔子、跟踪鸟儿或者追着小孩要零食吃。即使公园很繁忙时，长凳上通常也会有空座。林恩开始把座位认为是自己的。有一天，一位大肚子孕妇正坐在上面。她不喜欢这个人的样子。如果不是喘不过气来，林恩早就走了。该死的心绞痛。她坐下来，用一只手按住胸口，用另一只手掏袋子。

陌生人似乎很惊讶，像一只小象一样很快跳到她的脚边。"我能为你做些什么？"她问道，但可怜的林恩无法开口回答。她只能盯着那个正在脱下鞋子的女人。"公园外面有一个电话亭——我可以在五分钟之内打个电话再回来。"

林恩摇了摇头，拿到了她的喷雾器。她打开喷雾器，喷在舌头底下。而这个时候女人准备开跑了。

"没关系。"林恩又能够开口说话了，"只是心绞痛而已。我很好。"

"你确定？"

"我很好。老实说，没有必要冲刺。"她笑了。

那个女人扑通一声坐回凳子上。"感谢上帝。我也不确定靠这双香肠脚能不能冲刺。"她指着自己肿胀的脚说。

林恩看着女人的小帆布鞋。"你知道自己再也穿不了这双鞋了吗？"

"我知道。"她叹了口气，"你好，我叫梅齐。"

"我叫林恩。"

她们在一起坐了几分钟。梅齐指着她儿子杰里米和他最好的朋友雷夫：他们正在比赛，看看谁能飞得更高。

"可怜的杰里米，雷夫总是赢。"梅齐笑了起来。

"为什么会这样？"

"他讨厌高处。"她说，"但是为了雷夫，他可以丈量珠穆朗玛峰。"

很晚了，林恩要回家为丈夫和孩子们准备晚饭。梅齐站起来。"孩子们，我们走吧。"

"去哪里，梅齐？"雷夫问。

"我们把这位漂亮的女士送回家，亲爱的。"

"啊，不，你在开玩笑吧！我很好。"林恩抗议，"当然，我有狗陪伴。"

"你的狗会说话吗？"梅齐问。

林恩笑了起来。"不会。"

"它会做 CPR（心肺复苏术）吗？"

"不会。你会吗？"

"不会。但我会说话，所以我比狗还是略胜一筹。"

当他们走到林恩家的前门时，她们就知道彼此会成为一生的朋友。

林恩比梅齐年长六岁；她也很年轻就有了孩子，虽然她仍然想成为护士，而且她丈夫确实支持她工作。他是一个自由职业的园丁，当他受雇时，孩子们就去找母亲，当他不受雇时，就在家里当奶爸，而且干得非常好。林恩的心脏在三十岁出头时开始出现麻烦，她发现自己正提早地进入更年期。接下来是紧急子宫切除术，之后她的世界变得萎缩。她辞去工作，成为一名全职母亲。尽管她有频繁的情绪波动和一个全新的更严格的制度，她的孩子们却是在一个充满爱的家庭中长大的。林恩定期到医院检查，在公园里遛狗，总会有一个新的爱好打发时间。就是这样，直到她遇到了梅齐。

林恩担任全职护士、妻子和母亲角色的时候，没有时间和朋友们在一起，所以她和梅齐迟来的亲密友谊算是一个愉快的惊喜。两个女人在各自的生活中都"迷失"过。心绞痛使得林恩经历了前所未有的脆弱，但那时梅齐用一个小小的方式鼓舞了她，而她在第一次见面的几周内就发现了梅齐的困境。林恩有多年的护士经历，足以看穿脆弱的借口。她鼓励这位新朋友大胆面对。

"不要骗我，我不会评判你。我只会支持你，当你准备好了，我希望有一天你会准备好的，你会离开那个混蛋，我会为你欢呼。如果不是我的心脏不好，我甚至愿意为你跳舞庆祝。"

"我希望可以离开。"梅齐说，她就这样确认了被殴打的事实。她从来没有谈起过，也没有告诉林恩任何细节。即使躺在病床上，她也从来没有说过如何开始，为什么会发生，或者她经历了什么。她甚至没有抱怨痛苦。她和林恩只是小心翼翼地绕过这个话题。林恩明白，如果她们想保持朋友关系，梅齐只能以自己的方式来处理婚姻，而不是以林恩的方式。保持沉默很难，有时几乎是不可能的，但她尽力而为。每一次殴打之后，要让林恩不闻不问，不探究任何细节，不狂喊梅齐疯了，应该甩了那个混蛋，林恩就更难以做到。她闭口不谈，是因为如果丹尼怀疑林恩知道关门之后发生了什么，他就会想办法终结她们之间的友谊。他是那种男人，当林恩来家里玩时，他会指示妻子应该做什么。他会在"老婆"给婴儿洗澡时，接管招待客人的任务，之后会跑到商店买咖啡或者搞定哭闹的小孩。他喜欢炫耀，有观众就炫耀。

　　林恩很快就制止了他。我来这里可不是和你浪费时间的，
猪头。她对着他的头顶说话，假装听不清楚，还对他叫"儿子"。
这惹恼了他，当然他忍住了。你能装，我也会装。这就成了
一种游戏。最后，他终于学乖了，她一来他就离开，但此前
她每次都是固定的表演。

　　"对不起，儿子，你刚刚说什么？"

　　"我说，你好吗？"他喊道。

　　"哦，我妈死了很久了，亲爱的。"

　　"不是。我说，你——好——吗？"

　　她会看着他，点点头。"是的。"

　　"他妈的老疯子。"他咕哝着。

　　他越是认为林恩愚蠢，就越不会担心她造成的威胁。最终，
梅齐拥有了她丈夫可以容忍的友谊——毕竟，傻瓜能带来什
么伤害呢？往往他一关上前门，林恩和梅齐就开始笑了起来。

　　"我本该当一名女演员的，梅齐。"

　　"当然，奥斯卡奖非你莫属。"

　　林恩仍然认识当地医院的大部分工作人员，所以当梅齐
进医院时，就有人通知她。他们还会记下丹尼的来访，并在
他离开后马上打电话给她，所以她永远不会在医院碰到他。
最好别让他知道我了解情况。

"时机一成熟，你就知道了。"林恩在一次"意外"之后看望梅齐时这样说。丹尼那次只是把梅齐的手腕打骨折了，所以不会来医院看她。她没有接下一句，希望不要他妈的来得太迟。但她也想了很多。加油，亲爱的，离开这鬼地方。林恩让朋友们把安全屋和避难所的传单交给了梅齐，她甚至还背着梅齐跟弗雷德谈可以做些什么——但是大家都同意，必须由梅齐自己做出选择。

通常，如果有人如此坚决地停留在困境之中，林恩早就放弃这段友谊了。她无法和自我毁灭的人相处。四处张扬自己可怕的生活却从未加以改变，这种人令她很不耐烦。但这个人是梅齐。要么闭嘴，要么出门。就这么简单。梅齐没有四处张扬，而且她一定会走出来，林恩对此很肯定。这只是个时间问题。她看到梅齐正在发出自己的声音，寻找自己的出路，并最终能够走出困境，她见证了梅齐慢慢变得强大的过程。她感到自豪的是，多年以来，无论面临什么样的挑战，她们的友谊都变得越来越深厚。

梅齐支持林恩，鼓励她，让她对自我感觉良好。她教林恩如何化妆，即使她钱很少或没钱的时候，也能想方法购买到适用于更年期皮肤的最新款护肤霜。梅齐似乎总是比林恩更为激动，但林恩很感激，特别是当她看到并感受到效果的时候。梅齐给林恩剪了一个发型，随着梅齐的腰变粗，肚子变大，还帮林恩去商店选衣服。

当林恩发生心绞痛时，梅齐从不慌张。她会去拿药，然后喷在她的舌头下，同时继续聊天，非常自然。当梅齐搬去和母亲住的时候，布蕾迪加入进来，有段时间还是很快乐的，三位女士经常聚在晶石咖啡馆说说笑笑。是林恩首次发现了布蕾迪的痴呆症状。她惴惴不安地说出来，但还需要检查才能确定。确诊以后，林恩安慰了梅齐和布蕾迪。

"我曾经认识一个有痴呆症的男人。"布蕾迪泪流满面地说，"我们总说他死了更好。"

"布蕾迪，今时不同往日。我们会照顾你，你会很好的。"林恩坚定地说。

梅齐震惊了——她的世界真的爆炸了。"妈妈，它打不倒你的。"

"终究会打垮我的，梅齐。我可以感觉到它向我袭来，就像海上起雾一样。一切都消失在雾里。"

"啊，打住，你俩能停下来么？"林恩哽咽着说，"我们爱你，布蕾迪，会有人照顾你的。"

"我不想那样。"

"要坚强。"林恩说。

　　梅齐需要她的时候，林恩总能出现，而且她总能知道该说些什么才能让梅齐感觉好一些，但她现在完全不知所措。林恩正在强颜欢笑，但她并不愚蠢。杰里米永远不会愿意让母亲受到这种折磨，无论他有多么关心他的朋友。如果杰里米失去联系，那一定是有原因的。她不敢想象他可能遭遇的可怕事情。这个世界变得越来越让她害怕，而杰里米的失踪把她推到崩溃的边缘。她闭上眼睛，告诉自己冷静下来。他没有被色情狂魔绑架或者从悬崖上掉下来，也没有困在峡谷中等死，特别是因为在塔拉格特没有峡谷，所以要冷静。林恩觉得自己如同碎石一般：她在慢慢地风化。林恩有个完美的丈夫和两个成年的男孩，他们都可以为她做任何事情。尽管她身体不好，但林恩知道自己很幸运，而她的朋友非常不幸。这样一想就更加困难了。

　　她在几小时前刚刚离开了梅齐，而布蕾迪安然无恙地睡在另一个房间里。但她想和朋友聊天。她拿起电话，然后意识到自己也不知道该说什么，所以她手中拿着话筒坐着，思考应该怎么说，然后她才敢拨打电话。

梅齐 | 在村庄的另一头，梅齐坐在走廊的地板上，看着正在充电的电话——她买不起低电量运行的电池。她想起在西德家里看到的东西，她的愤怒多过恐惧。愤怒自己没有看到雷夫的痛苦，愤怒杰里米没有告诉她真相，愤怒西德真是个废物，愤怒卡莉娜·墨菲离家出走。她对瓦莱丽也很生气，因为她说谎。今天早上，她一直很震惊，她能看到瓦莱丽眼中的恐惧，但是现在坐在楼梯上等几个小时，只为得到她儿子安全的消息，她就要发疯了。如果你告诉我他昨天就不在学校，我还可以早点做一些事情。如果他出了事情，我怎么会原谅你？她下午收到的唯一电话是弗雷德打过来的，告诉她他们打算公开的照片。

"这怎么发挥作用？"她问道。

"我们把照片公布，提醒当地和全国的媒体，我们正在寻找两个男孩，以此开展工作。稍后我会到你家，我们再详细谈谈。"

"你要到这里来？"

"要做搜查。"

"哦，是的。"

"这是汤姆负责的案子，梅，但我要做你和警方之间的联络人，如果你不介意。"

"但你是警察。"

"这是我能完成工作的最好办法，梅。"

"我不知道这是什么意思。"

"这意味着我会提问并回答任何问题。我会为你留意，确保没有遗忘任何东西，并在你做出声明的时候在场证明。"

她沉默了，让一切都沉没下去。

"梅？"

"怎么了？"

"你同意吗？"

"好的。"她能说的只有这句。在他继续说话之前，她挂了电话。她无法忍受，因为虽然她对周围的人都很生气，但最气的还是弗雷德。如果他没有约她出门，如果她没有接受邀请，她就会在两天前报警。

她有两个多小时一动不动。她不吃不喝，只等电话响起。她瞪着眼睛看着电话，当铃声终于响起时，她正开始打瞌睡。她站了起来，才发现双腿已经麻痹，脚底如针扎一般。她跳过地板，抓起话筒。"你好？"

"有什么消息吗？"林恩说，梅齐想哭。

"没有。"

"我会帮你照顾母亲，多久都可以。"她说，"我会喂她喝茶，等她状态好了、累了就把她带回去。你只需要放下布蕾迪这个包袱。"

梅齐深深地感激。她无力顾及母亲，现在不行。"谢谢你，林恩，你救了我的命。"

"我最好让你回去盯着电话。"

"你怎么知道？"

"你还能做什么？记住，我不会说一切都会好起来这种话，因为我不知道，但我要说这个。不要失控。"

"我不会的。"

"失控永远不会带来帮助。"

"我知道。"

"我爱你，梅齐。"

"我也爱你，林恩。"

"我会好好照顾布蕾迪。"

"我知道你会的。"

"你好好照顾自己。"

"我保证。"梅齐小心翼翼地把电话挂在充电器上。她又坐在地板上，背靠着墙，等待着新情况。五点钟了：杰里米和雷夫已经失踪了四十三个小时。我要失控了，林恩。我不想失控，但我做不到。

过了一段时间，梅齐站起来，拿起电话，打开前门，走进花园站在雨中。她需要氧气，她需要思考。坏事情一直发生在她和家人身上。丹尼，痴呆症，现在是这个。为什么？我们做了什么要受这些罪？也许她被诅咒了，或前世做过不好的事情，或者只是在一个不幸的星辰下出生……或者也许更简单：因为梅齐很弱，所以一点儿事情就会让她和家人出问题。我甚至不想参加那愚蠢的约会。她想知道林恩在这种情况下会怎么做。她会下定决心，也许会玩一场关于耐心的游戏。梅齐从来都没有什么耐心。

她注意到三十四号的窗帘拉了一下。然后她又看了三十六号和三十八号。每个窗口下都有活动。多管闲事的邻居。他们现在都听说了。她走到第三十四号，敲了敲门。

莱斯利·奥沙几乎立刻就开了门，好像她一直站在门后面。"你还好吗，梅齐？"

"你听说了吗？"梅齐说。

莱斯利点了点头，同情地把头转向旁边。"托尼在车库里提到过——他孩子在午饭时间告诉他的。"

"那天晚上你见过他吗？"

"啊，没有。对不起，梅齐。我在开新年前夕派对。我倒在该死的地板上，七点左右就睡觉去了。"

"房子里有其他人看见他吗？"

"嗯，孩子回家之前只有我在家。彼得今晚去乡下了。"

"你问问他们好吗？"

"我会问的。"

"谢谢。"梅齐离开了。

"不过，我经常看到他和那个黑色长发的小伙子从他卧室的窗口翻进翻出。"莱斯利说。

梅齐转过身。"你看到过？"

"啊，年轻人，他们是两头疯狂的小牛——你永远不知道他们在做什么，小混蛋。"她笑了起来。

这不好笑。

"这是茶杯里的风暴。你等着瞧，他们悄无声息地就回家了。"

"谢谢。"

她敲开街上的每一扇门。那些没在工作或酒吧的人说他们没有看到这两个男孩，但是他们会留意，一有消息就会来找她。梅齐最后来到维拉·马龙的家。

"我正在想你什么时候才来找我。"她说。

"你知道什么吗？"梅齐说。

"我知道如果你不躲避这场糟透了的大雨，你就会被淹死。"

"与杰里米有关的事情，维拉，你知道吗？"

"嗯，我很了解杰里米，梅齐，但不知道他现在的位置。"维拉的狗杰克正在她的左腿上蹭。

"嗯，如果你听到任何消息……"

"我会去敲你的门。"

"谢谢。"杰克走进雨中，抖了抖全身，然后回到房子里。

梅齐开始走回家。

"他是个好孩子，梅齐。"维拉对她喊，"我真的希望他没事。我为他们祈祷。"

梅齐死死地站住了，转身面对她。维拉是第一个不回避可能真相的人。孩子出大事了。其他的话没有任何意义。两个女人面对面站着，一个在她温暖的家里，另一个暴露在雨中。她们沉默着。没有必要说话。维拉只是让梅齐体会到她的感受，没有假装、虚伪的欢呼或愚蠢的伤感。杰克狂吠着，把维拉的注意力引向梅齐头部的右方。梅齐转过身，随着她紧紧注视的目光，看到停在自家门口的警车。她看着两个穿着制服的小伙子走出车门；第三个人，司机，在打电话。"我得走了。"

"你自己小心，梅齐。"维拉关上门。

浑身湿透、牙齿颤抖的梅齐迎上这些人。"这边请。"她指着敞开的门。

"你会病死的，夫人。"一位小伙子说。

她没有反应，只是把他们带进屋去。

梅齐从她儿子房间里出来时，汤姆开着另一辆车停了下来。她在前门等他。

"你好，又见面了。"他说，"弗雷德在附近吗？"

"还没来。"

"你该洗个澡了。"梅齐看到自己在走廊留下一摊水。"你现在就差染上肺炎了。"她的头发拉成丝，被雨水浸透，伸手一撩，雨水全流到背上。

"我没有碰任何东西。"她说，对在卧室来来回回的男人点点头。

"好。没有电话打进来吗？"

"没有电话。"她才发觉自己正拿着电话，她带着电话一路走过来。我不记得把它拿起来了。哦，耶稣啊，它泡水了。我把它弄坏了！她疯狂地摇晃电话机，直到汤姆从她那里拿走。他用夹克把它擦干，然后把它打开。她听到拨号声响起后才放松下来。

"让我来守一会儿电话吧？"他建议，"你去洗澡。"

她茫然地进了卧室。屋里的警察让她想起过去的艰难岁月，那时的她只是一个受害者，屈辱，伤心，激动，破碎。今天她很好，挺直腰杆，健谈，看不到伤痕，但是这次更加棘手。你在哪里，亲爱的？她坐在床头，听着陌生人在小平房里走路和说话。她听不清楚他们在说什么。就算他和雷夫一起跑了，现在也该打电话回来了。我可能没有我所认为的那么了解他，但我还是比较了解他的。无论你要去杀死什么龙，亲爱的，杀了它，然后就回来吧。就在她等待这些人离开时，无声的泪水滑过脸颊。

瓦莱丽 | 弗雷德一进入学校停车场，瓦莱丽就步入雨中。她转向诺林。"他又来了。"

诺林盯着这个大个子多毛男开车到路边。"耶稣啊，他看起来就像国家公园里出来的。"

"我就是这样说的。"

"嗯，你说得对。"

"我得走了。"瓦莱丽说。

"想聊天就给我打电话。"

"不想。"

"嗯，你当然不想。那样太正常了。但这阻挡不了我提问，是吧？"她把包扔到背上，然后走了。"可是我想谈谈——也许我会打电话给你。"诺林喊道。

"好。随你。"瓦莱丽很高兴诺林是她的朋友。"谢谢。"她向诺林的背后喊道。诺林只把她的中指举到空中，这让瓦莱丽微笑起来。她走到车边，在司机的窗户旁边弯下腰。

弗雷德把车窗摇下来。"上车。"

"你现在是我的司机吗？"

"如果你喜欢。"他说。当她走在车前面时，用手指拂过发动机罩上的雨水。当她坐上乘客座位时，他摇起车窗。

"有话想说吗？"她说。

"没有。"

"见鬼。"

他发动汽车，开车穿过在停车场说话的同学们。很明显，瓦莱丽是谈话的主题。"他们整天都没有闭嘴。就像杰里米和雷夫的失踪是什么好事一样。"

"嗯，好吧，人就喜欢议论——就是这样。"

"他们不应该这样，他们应该闭嘴。这与他们无关。"

"你呢？"

"我？"

"所以昨晚为了给杰里米掩饰，你才闭嘴的是吗？"

她咬着嘴唇。"我想我妈希望我被捕。"

他笑了起来。"这不是她说的。"

"同样糟糕。只要是她担心的事，最后总会坏事。"

"怎么？"他说。

"我以为是在帮他的忙。妈妈遇到一点小事就会歇斯底里，你不能什么都告诉她，否则就会引起该死的 eppo。"

"Eppo？"

"癫痫发作。"

"哦。我明白了。"他想了一会儿，"她不是真的有癫痫吧？"

"你真的是侦探吗？"

"真的。"

"这只是打个比方。就是说只要有不完美的事情，我妈就会失控。"她在空中给"完美"一词打上引号。

"所以杰里米从来没有提过雷夫爸爸又开始吸毒的事情？"

"是啊。妈妈会呼吁社会，这个社会真有钱。你想想看。"

"她尽力了。"

"不管怎样。"

"杰里米怎么样？他对妈妈隐瞒了很多事情吗？"

"如果他向妈妈隐瞒了，他也不会告诉我。"

"我点了食物。"他换了话题，"你喜欢黑豆鸡肉配蘑菇吗？"

"这是我最喜欢吃的。"

"我也是。"他开到一个停车位，"你还想要点什么吗？春卷、可口可乐，还有一个奇怪的油炸冰淇淋甜点？"

"不要。"

"真的不要？好吧，需要什么就说。"他关上车门去打包外卖。瓦莱丽看着他缓慢挤过商店的门。她开始胃痛，头部和眼球很难受。她疲惫不堪，但睡不着。她想哭，但哭不出来。她的内心空空荡荡，尘土飞扬，舌头像含着沙，感觉全身已经干涸，非常难受。她大部分时间都在想她哥哥会去哪里，他在想什么，以及他是否给了她一些线索，要么是她太笨了，要么是她太专注于自己的事情，所以才没有发现。星期天晚上的细节一直在她头脑中重演。我为什么要大惊小怪？为什么我躲进房间里？我进房间后有什么事情发生吗？他是不是想告诉我什么事情？"你不会想和我一样。"这就是他说的话。我对他说了什么？我说的最后一句话是什么？我不知道。我不记得了。为什么想不起来？他在哪里？你在哪里，杰里米？为什么我不会想和你一样？有什么事情惹你生气了？耶稣基督啊，求你回到我们身边。我的心碎了，杰里米。我现在真的很害怕。

她盯着外卖窗户。弗雷德把钱交给柜台后面的人，抓起那袋食物向她走来。他从玻璃门出来，走向汽车，微笑着对她眨了眨眼。她的胸口起伏着，闭上眼睛，躲在空空荡荡、尘土飞扬的黑暗中。

我要你别对我这么好。我要你把杰里米带回家。然后，最好就滚蛋，让我们过自己的生活。对不起，弗雷德，我只想回到原来的生活状态。

当弗雷德向瓦莱丽询问有关雷夫母亲的情况时，他们正向柏树路转弯。"你认识她吗？"

"那时候我还是个小孩。"瓦莱丽说。

"你知道她有什么朋友吗？"

"不知道，对不起。为什么问这个？你认为杰里米和雷夫去找她了吗？"

"有可能。"

"我听说她是个疯子。"

"你听谁说的？"

"大家都这么说。"

"好吧。"

"也就是说可能是屁话。"

他笑了。"你可能说对了，但如果有必要，我们就要去找她。"

"那我爸爸呢？如果有必要你们也会去找他吗？"瓦莱丽盯着弗雷德，她唯一能看到的只是父亲的脸。她的心跳在加速，手心出汗了。

他一只手扯了扯胡子。"除非这是最后一招。"

最后一招？什么情况下才要用到最后一招？"这就是废话，不是吗？"她静静地说。

"是啊，就是废话。"

当弗雷德和瓦莱丽回到家时，瓦莱丽意识到她母亲在淋浴——她可以听到浴室里的流水声。然后，她看到陌生人离开了哥哥的卧室。他们像在自己家里一样到处走。她立刻感到胃痛。这么多人在她家，而没有一个是杰里米。我不喜欢这样。她本来想哭，但她忍住了。不要在陌生人面前流泪——好吧，不要在任何人面前流泪，尤其是陌生人。"他们在这里做什么？"

"寻找任何有助于我们找到男孩的东西。"

"好吧，他们不在该死的床上！"她向男人喊道。她经常用喊叫来替代哭泣。她的背部绷直，双手握拳。她准备战斗了。他们不属于这里。他们没有权利翻他的东西。那是杰里米的房间。

弗雷德给了她一袋食物。"我保证他们不会弄乱任何东西。去厨房给自己找些吃的，你一定饿了。"

瓦莱丽突然间感到虚弱，头晕目眩。她整天都没吃什么东西。

弗雷德对她点了点头。"没关系的，我保证。"

争吵消耗了她的体力。她远离学校食堂，因为无论她走到哪里，所有注意力都在她身上，即使在最好的时候，她妈妈打包的午餐也难以下咽。她大部分时间都躲在教室里，有诺林陪伴。瓦莱丽是那种喜欢默默无闻的孩子，不喜欢被人关注。"也许杰里米和雷夫已被中情局招募了。"诺林说。

"中情局在美国。"

"那又怎样？"

"所以他们不招募爱尔兰人，特别是两个十几岁的爱尔兰傻瓜。"

"那 IRA（爱尔兰共和军）算什么呢？"

"他们是恐怖分子，与中情局有什么关系？"

"就因为他们擅长成为恐怖分子。"

"你嗑药了吗？"瓦莱丽问。

"呵，你知道我的意思。"

"不，我不知道。"

"就是这样，如果 IRA 中的人善于搞各种恐怖活动，那么也许中情局认为他们也能做特工。"

"但杰里米不是 IRA。"

"确实如此。也许他是呢，我们怎么知道？"

"诺林？"

"怎么了？"

"闭嘴吧，好吗？"

"好吧。"

现在她闻到袋子里黑豆鸡肉配蘑菇的香味。她的胃开始咕咕叫，嘴里淌口水。到现在为止，她甚至还不觉得饿。她从弗雷德手里接过袋子，进了厨房，把门打开，以便看到走廊里发生的事情。

当弗雷德进来重新加热晚餐时，她还在吃饭。几分钟后，他坐到她的对面。他闻了闻他的食物。

"棍子都捅不破。"他挖了进去。

"妈妈还好吗？"她问。

"我想，她还在洗澡。耶稣啊，她都进去好几年了。"

"当她受到惊吓时，就会这样。她一直待在那里，有时候水都变冷了。'我知道这些，因为当我打开水龙头时发现他妈的冻住了。'杰里米说冷水澡对身体有好处。"

"对皮肤很好。"

"是吗？"

"他们是这样说的。但是，不管是因为爱情还是金钱，我都不会去洗冷水澡。"他发抖着说。

她笑了起来。"我也不会。这是一种折磨。"

瓦莱丽喜欢弗雷德。她不想这样，但她没办法。他很容易相处。她说话的时候他会笑，并没有很多人会这样做。这很不错。她不想喜欢他，但不是因为不忠诚——她爸爸并不值得她忠诚。只是因为他是一个试图入侵她家的男人，就算他再好，也还是敌人。立场要坚定，瓦莱丽。不要让他击败你。找到杰里米，然后离开，求你了，弗雷德。在吃饭的时候，弗雷德把报纸夹在左臂下面。瓦莱丽看到了哥哥的照片。她拿了过来，打开一看，是《晚报》的复印件。杰里米和雷夫的照片放在页面左上方显著的地方，还有一小段落，请求任何得知他们下落信息的人现身。

"你在哪里得到那张照片的？"她问。

"雷夫的房子里。"

"杰里米讨厌拍照。他过去的照片看起来像个傻子，或者像是得过中风。妈妈通过讲笑话让他放松，或者让他说'屎'来代替'茄子'，但从未奏效。后来，她教他伸出大拇指。现在他每张照片上都是这个动作。他仍然有些傻气，但至少不会看起来需要特别照顾。"

她说话时仔细地检查了照片，盯着她哥哥的脸。"雷夫很有趣。每个人都认为他什么都不在乎，其实他很在乎。"

"继续说。"

"有人曾经说他很酷，所以他就经常这样，但其实他并不是很酷，但我不会傻到这样直说。"

"我明白你的意思。"

这是不太寻常的。大多数时候，人们认为瓦莱丽解释来龙去脉时是比较毒舌的。

"雷夫像其他人一样害怕和混乱。"他说。

"是的。"她摇了摇头，"我以为他是个笨蛋，但确实如此。有一次，我看到他哭了。"

"那是什么时候？"

瓦莱丽回答问题时通常反应很糟糕，但她想说话。弗雷德会倾听她的。而且，这种方式可以转移她哥哥失踪和她自己的罪责感。"不久以前，他坐在杰里米的床上，正在哭泣。他没有看到我。"

"怎么回事？"

"我在衣柜里。我一直在房间里，偷杰里米鞋盒里的五块钱。外婆给了他很多钱——她以为我不知道。雷夫从窗外进来。他坐在杰里米的床上，然后哭了起来。他哭了好久。我以为我会在衣柜里窒息，或者更糟糕的是，衣柜会倒下来。"

"他还做了别的事情吗？"

"没有。他只是擦了擦眼睛，然后离开了。"

"杰里米在哪里？"

"他在牙医诊所。我妈妈的老板免费给他矫正牙齿。"她吃完饭后，站起来把盘子放进水槽里。"外婆在林恩家里，是吗？"她问。

"是的。"

"她留在那里吗？"她不太想她的外婆，她当然不会想念每五分钟就发疯一次的外婆。但是没有杰里米和外婆，这个地方便显得很奇怪，感觉不像家的样子。

"我想她会回来的。"他补充说。

"好吧。好的。"

她离开厨房回到自己房间, 再也没说一个字。她关上身后的门, 打开杰里米的绿洲乐队的 CD《绝对可能》(*Definitely Maybe*), 然后躺在床上盯着天花板。她想着杰里米, 特别想起有一天晚上, 他们在父母的房间里同躺在一张床上。

娜娜·福克斯一点儿也不像他们的外婆。她是一个很得体的女人, 住在一个充满宗教的东西的房子里, 不仅有天主教, 所有的宗教, 从死在十字架上的耶稣, 到女巫的头颅、快乐的弥勒佛像、穿衣服戴耳环的大象和四条手臂的女人雕像。一个怪胎, 瓦莱丽总是这样叫她。娜娜·福克斯并非最温暖的灵魂, 但她并不吝啬, 她给他们做最爱吃的牧羊人馅饼, 并且总有果冻和冰淇淋, 巧克力蛋糕和薯条。然而她的房子实在令人毛骨悚然, 吓到了他们。

他们的祖父(他要求他们称他"祖父")是一个冷淡、矜持的人, 只能在餐桌上看到他。他只对他们说话, 而不和他们交流。他大部分时间都锁在他所谓的办公室的斗室里, 然而除了看漫画之外他什么也没做。有天晚上——瓦莱丽印象最为深刻——十三岁的杰里米拿着祖父的一本漫画在床上阅读。祖父冲进来, 紧紧抓住杰里米的手, 让他尖叫起来。他抢回了漫画。"这不是给孩子看的!"祖父大声喊道。

"是的, 它们就是给孩子看的。"九岁的瓦莱丽说, "它们正是为了给孩子们看的。"

　　"这些不是。"祖父嘶嘶叫起来,"你不要再跟我说话了。"

　　瓦莱丽什么也没说。当他关上灯,关上门,把他们留在黑暗中时,她就哭了起来。杰里米正在给她讲漫画,让她把注意力从对面墙上有着发光红心的、巨大而奇怪的耶稣像上移开。

　　"我给你讲一个故事。"杰里米用手搂在她身上。

　　"不能讲可怕的故事。"瓦莱丽偎依在他身边。

　　"在这种地方讲?你疯了吗?"

　　"好的。"她闭上眼睛。

　　"这个故事,是关于一个总被吓着的男孩的。"

　　"我以为你说这不是一个可怕的故事。"

　　"不可怕,我保证。"

　　"好。"

　　"他总是害怕自己与众不同。"

　　"有多么与众不同?"

　　"我不知道……比如,当所有人都喜欢吃肉时,他喜欢吃鱼。"

　　"我喜欢吃鱼。"

　　"呃,这个故事不是讲你的。"

"继续。"

"但有一天，他遇到了与他完全一样的人。"

"像双胞胎一样？"

"不，喜欢的东西和他喜欢的东西一样的人。"

"比如渔夫？"

"是的，就是这样。"

"好吧。"

"他再也不觉得那么奇怪或愚蠢了。"

"但是他为什么首先会感到奇怪或愚蠢？"她问。

"我不知道——他就是那样。"

"这是一个烂故事。"

"嗯，你问了这么多问题，你让我不知从何说起。"

"我不认识有谁不喜欢吃肉的，你认识吗？"她说，他摇摇头。

"不是。是这样的。不管他有多么努力，他就是不能吃肉。当其他人都吃肉的时候，他甚至不想出席。"

"所以当他遇到渔夫的时候，他们可以平安地吃鱼。"

"就是这样。"

"也许他们可以设置一个切片机。"

"是啊，也许吧。"

"然后变得富有。"

"那会很酷。"

"是的。"她说，"然而这依然是一个很烂的故事。"

杰里米笑了起来，毫无理由地拥抱了她。"我爱你，小矮子。"

"我也爱你。"她不假思索地说，有一瞬间觉得很想哭，但总体感觉真的很好。他们此后再没有说过这些话，但没关系：杰里米知道她的感受。*我知道我很麻烦，但我真的爱你，杰里米。现在就回家，好吗？*

从那天早晨起，她一直没见过母亲，她害怕看到母亲，因为母亲会生气，而且母亲有理由生气。*我是个坏人。*她闭上眼睛，试图睡觉，但是头脑高速运转，思绪混乱不堪。这令她紧张不安，无法休息。她想跑，但无处可去。*如果我离开，妈妈甚至都不会注意到。*

离傍晚还早，外婆很快就要回家了；在她过度疲劳之前，林恩必须带她回来。过度疲劳后，她会是一场噩梦。瓦莱丽用枕头遮住头，无奈地等待下一件坏事发生。

梅齐 | 梅齐听到浴室门的敲门声。她试图不理，但是敲门声只是越来越大，越来越迫切。

"梅齐，是时候出来了。"弗雷德说。她关了淋浴，站在原地不动，太冷了，动不了。她曾经在林恩的坚持下参加过冥想课程。林恩发现这不适合她，但梅齐却很容易就学会了。"有时候我不知不觉就进入冥想状态。"她对惊讶的指导老师说。这是其中之一。她有点魂不守舍——她不知道有多长时间了，但她的嘴唇和指甲都发蓝了，皮肤也变成淡黄色，这些迹象告诉她这可能太久了。她的四肢真的很疼。哦，很好，我被冻住了。我到底怎么了？

"梅，里面怎么了？"听起来弗雷德很关心。

"没什么。我很好。"她试图停止发抖。

"一分钟之内你不出来，我就进去了。"

她知道他是认真的。他用一个肩膀就能破门而入。她丈夫的嘲弄在她的脑海里萦绕。你什么也不是，什么都不算。你是最无用的白痴。为什么他妈的什么事你都做不好？为什么我和你这样一个他妈的啥也不是的白痴结婚？我一定是疯了，居然最后跟一个像你这样真他妈没用的白痴在一起。她可以清楚地听到他的声音。她可以看到他扭曲的脸，留在他下齿唇间的唾沫，还有他戳人的手指。她努力把他屏蔽掉，但几乎挥之不去。别这么没用——现在可不行。想一想，梅齐。求你了。他们会在哪里？

她缓慢而痛苦地移动着。用尽所有力气，跨过浴缸的边缘，然后拿起毛巾和睡衣。她没有揉搓自己，只是把厚厚的毛巾裹在腰上，再穿上毛巾睡衣。她用一条较小的毛巾把头发抓起，扭成一团，然后打开门。

弗雷德明显放松下来。"你终于出来了，梅。"他把她带到卧室，从后面把门关上，然后扶梅齐坐在床上。她没有意志或精力去做任何事情。

"你放袜子的抽屉在哪里？"他问。

她用不稳的手比画着，然后看着他翻下去，把他能找到的最厚实的袜子拉出来。他把袜子给她穿上，然后靠着床沿坐在她身边。"你需要热身。"他说，"到被子里躺几分钟。"他帮助她进入被窝，然后支撑着她，让她坐起来，拿羽绒被裹紧她的脖子。"我去装一瓶热水，然后回来。在这等着。"

"妈妈在哪里？现在是什么时候？"她转身下床。

"别下来。"他用手作停车状，她看到警察指挥交通时就是这样。"林恩快过来了。"

她应该打电话的，梅齐想。哦，耶稣，电话。"电话在哪里？"

她突然一阵抓瞎。

"在厨房的桌子上，电充满了。我们可以在这里听到——事实上哪里都能听到。你又没生活在白金汉宫，梅。"他笑了。

"我想离电话近一点。"

他让她独自待了几分钟。她开始暖和起来，身体渐渐地恢复了足够的灵活性，可以给自己按摩，然后脱掉毛巾，穿上干净的睡衣。她看着镜中的自己。嘴唇由深紫色变成淡紫色。无能、丑陋的老女人，连自己的孩子都照顾不了。你有什么好？她回到床上休息了一下，弗雷德拿托盘端着热水瓶、烤面包和茶叶再次出现，左手臂下夹着报纸。他将托盘放在床端，给她递上热水瓶。

"谢谢。"

他将托盘放在她膝盖上。

"我不想吃。"她说。

"吃六口。"

她笑了。"以前我对杰里米就是这样说的。六口，能吃四口我就心满意足了。"

"三口就好。"

她看着报纸。"这是那张报纸吗？"

"吃一口，我就告诉你。"

她按照吩咐吃了一口，烤面包吃在嘴里就如同沙子。她吞下去。

"我坐下来好吗？"她点了点头。他面对她坐在床边上，把报纸递给她。

她看着儿子和他最好的朋友合影的照片，两人都穿着短裤，雷夫的手臂搂住杰里米，另一只手拿着冲浪板，杰里米举起他那著名的大拇指。"他们看起来很开心。"她说。

"是的，他们的确很开心。"

"这张照片真可爱。"

"确实如此。"

"我可以想象他们在海滩上，享受着生命中的好时光，阳光洒满全身，闪闪发光的海水拍打着冲浪板。"

"我也是。"

她读了这个小段落，上面说的内容他们都知道，这两个男孩星期天以来一直都处于失踪状态。这事怎么可能发生呢？"你知道他们从房间里拿走了什么吗？"她问。

"不知道。"

"我允许他有隐私。对一个十几岁的男孩来说，这很重要。"

"你做得对。"

"也许我错了。也许我是个傻子。"

"你以前不是，现在也不是。"

"我们等着瞧吧。"

"再吃两口。"

"一口。"

"吃一口大的，我就告诉你最新的进展。"

她咬了一口，咀嚼着吞咽下去。

"汤姆会见了在布里吉特·伯克的酒吧见过他们的年轻人——克里斯·金塞拉。"

"是加戈斯吗？他是足球队的。"

"正是。"

"好消息是，酒吧有一个闭路监视器摄像头，如果加戈斯说得没错，这俩孩子应该被拍摄了下来。它能给我们一个确定的时间，还能指出他们的出走方向。"

"闭路监视器——真了不起，不是吗？"

"确实。喝茶，亲爱的。"

她照做了。

八点钟，林恩带着布蕾迪回来，布蕾迪显然惊魂未定，激动不安。当梅齐打开门时，布蕾迪哭了起来。"没有了。"

她说。她无法休息或放松。她想找回一些失去的东西，但又不记得是什么。

梅齐把母亲抱在怀里。"没关系，妈妈，我在这里，梅齐在这里。"

"这次真的走了，梅齐。"布蕾迪紧紧地抱住女儿。

"不。"她安慰道，"我们会找到的。"梅齐再次哭泣，"我们会不停地找，直到我们找到为止。"

布蕾迪擦掉梅齐脸上的泪水。"好，亲爱的。那太好了。你知道我多么讨厌丢东西。"

"我知道，妈妈。"

布蕾迪吸着鼻子。"不要因为我的事情而影响自己的心情。"她走进自己的房间。

林恩抱了抱梅齐。"她一整天都不得安宁。"

"她问过他吗？"梅齐说。

"不，她一直在说他是个小男孩。"

"她知道了。"梅齐说，内心燃烧起来，"她还不知道自己已经知道了，但她知道了。"哦，妈，我很抱歉。

林恩点了点头，而梅齐感觉像是陷入一个大水坑。我该怎么办？

"我还能做些什么？"林恩说着脱下外套，挂在大厅里。

"你可以喝一杯茶。"弗雷德从厨房出来。

林恩对他微笑。"很高兴又见到你，布伦南侦探。这样真好。"

"叫我弗雷德吧。"

她跟着他去了厨房。

梅齐穿着睡衣，还有弗雷德坚持让她穿上的厚实袜子，走进布蕾迪的卧室。她安抚过度疲劳、过度紧张的妈妈睡觉。这次没有花很长时间。她虽然轻声叫唤着，但还是很顺从。梅齐给她掖好被子。

"我希望去别的地方。"布蕾迪说。

"那是哪里，妈？"

"杰里米经常去的地方。"

"哪里，妈妈？他去哪里了？"有时候，她异想天开地觉得，也许杰里米告诉过布蕾迪一些他没有告诉过她的事情。

"幸福深处。"

失望如火车般撞得她魂飞魄散。

梅齐静静地坐在母亲的床头，用一两分钟时间整理思绪。当她准备好站起来时，布蕾迪已经全然入睡。

后来，她站在前门对林恩说再见。"谢谢你今天所做的一切。"

林恩说："我明天第一件事情就是过来接她。"

"我真的非常感激。"

"你哄她睡觉的时候，我去瓦莱丽的房间看过。"

梅齐不说话。

"这不是她的错，梅齐。"

"我知道。"

"你应该和她说话。"

"我不能。我太生气了，林恩。"

"她需要妈妈。"

"她需要一个好的……"她摇了摇头，"对不起。我只是无法理解。"

"她只是个袒护哥哥的小孩子。她不知道。我们谁都不知道。"

"你是对的。我知道你是对的。"

"那么你会和她说话吗？"

梅齐点了点头，叹了口气。我将尽我所能。"你看到了他们在报纸上的照片了吗？"她换了一个话题。

"我看到了，英俊的男孩子。"

"是的。"梅齐笑了。

"我真的想说一切都会好起来。"

几年重症护理护士做下来，林恩不喜欢说这种废话——经过几年坎坷的命途，梅齐也不喜欢废话——所以林恩从来不说一切都会好的，不好就是不好。也许永远都不会好了，因为她的儿子失踪了。

"我们永远在一起。你我一起，在疾病和健康、好时光和坏日子中。你明白吗？"林恩说。

"明白。"

"那么，我走了。最后一件事。"她停了下来，"我愿意用我的灵魂来交换那些男孩。"

梅齐看到她咬紧脸颊内侧，试图让它们不发抖，但是泪水早已夺眶而出。"过来，你这傻瓜。"她说，然后两人抱头痛哭，都没说话。她们在门廊上互相搀扶，涕泪横流。

之后，林恩抽身而起，站直身子，擦了擦眼睛。"耶稣啊，如果他今天晚上回家，那我们就像两个可怕的白痴。"

"但愿如此。我宁愿付出一切代价来换取，像白痴一样。"梅齐说。她看着朋友开车驶入雨中，然后盯着大街，祈祷能看到自己的儿子。现身吧，杰里米，从路上走过来。爬也要给我爬回来，只要回到我身边。求你了，儿子。请回到我身边。

她深吸一口气，下定决心，然后关上前门，走进女儿的房间。瓦莱丽蜷缩着睡着了，收音机开着，身边还有一个记事本。梅齐拿起记事本。她记下了她一直在收听的最新报道。在瓦莱丽整齐的手写文字中，梅齐读到了对失踪男孩的描述，他们穿什么衣服，呼吁目击证人，并用手指摩挲他们的名字。就在它之下，瓦莱丽写了杰里米的名字三次，每一个名字都圈起来，把他们连接起来，共同指向一个大问号：你在哪里，杰里米？在页面的角落，她勾画出一颗破碎的心。梅齐亲吻睡着的女儿前额，把记事本放在床边，然后靠墙坐在地板上，看着她的孩子，直到弗雷德护送她回到床上。

1995 年 1 月 1 日，晚上 10 点至 11 点

杰里米 | 雷夫骑着自行车缓慢而摇晃地穿过村庄，这里空荡荡的，除了有一两个失魂落魄的年轻人在雨中前行。从他离开公园起，他不止一次地差点撞到树上。杰里米穿过两排灯光，尽管街道上空荡荡的，但他还是很紧张。他坐直身子，面对着雨水和寒冷的冲击，双臂紧紧地抱在胸前。很酷，杰里米。别像个傻瓜一样。好好享受，这是一场冒险。为了

坐上这辆自行车的后座，戴夫可以把他妈妈卖掉。放松就好，你个混蛋。但他无法放松，他最好的朋友有点儿不正常，杰里米希望他会说点什么。雷夫的假期一直过得有些艰难。杰里米请求他来家里过圣诞节，但他拒绝了。他说："我觉得这样很傻。"

"为什么？"

"那是你的家人，比尼。我只是不想成为一个闲人。"

"但你不是我家里的闲人。"杰里米说。

"很高兴听到你这样说。"

"真的。我们都爱你。"

"闭嘴。"

"我们的确如此。"

"我是个大男孩，比尼。我可以照顾自己，好吗？"

只要雷夫在句尾说"好吗"，就意味着谈话结束了。

"好的。"杰里米说，尽管他不这样想。他知道雷夫爸爸所处的状态。当他的朋友带着黑眼圈和撕裂的嘴唇上学后，他利用雷夫和凯西在一起的时间，偷偷摸摸地到房子里观察。雷夫编了一个愚蠢的理由，但杰里米不是傻瓜，他知道他的朋友在撒谎。他知道是雷夫爸爸打伤了雷夫，这让他很生气，于是绕到学校的后面，狠狠地踢着一堵墙。他弄伤了大脚趾的指甲，所以哭了一下，然后回到教室。他以为没有人看到，但我看到了。这个老家伙得明白自己难逃惩罚。我不允许。杰里米决定去他家，直接面对他，但需要迪尔德丽同意把他送到路边，作为道义上的支持。

"我在这里等你。"她坐在几扇门外的墙上说，"祝你好运。"

几分钟后，杰里米站在雷夫家门前的路上。他给自己打气，然后打开大门。我在做什么？他没有注意到花园的状况，他的眼睛被前厅的窗户给吸引住了。西德站在那里，直视着他。西德憔悴，骨瘦如柴，令人毛骨悚然；而且，他遍体鳞伤。杰里米停在原地，等待西德认出他来，但西德没有。他只是瞪大眼睛，玻璃般的眼球集中地看着空中的某样东西。这个样子让杰里米想起他的外婆——他人在那里，但灵魂不在那里。他几乎要转身跑了，但忍住了。雷夫需要我向前迈进。他敲敲门，西德回过神来。当他打开门后，他紧紧地把门撑开。尽管如此，这个地方的恶臭足以让杰里米立即退后一步。

"啊，你好吗，墨菲先生？"杰里米无法直视他，所以把眼睛盯着地上。

"我他妈的很好，谢谢你的问候。"西德开始关门，但杰里米撑着。

"我想知道这里一切还好吗？"他的声音在颤抖。我在做什么？

"你这是什么意思？"西德问道。突然间，他明白了。

"雷夫被打得很厉害。我很担心他。"

"唔，不用。他可以照顾自己。"西德说。

"不，他不行。他还是个孩子。"杰里米说，"他需要你。"

"走开，杰里米。"

西德冲过来关上门，但杰里米把脚踩在那里，趾甲受伤的那只脚。"不。"他喊道。他的火气正在上升。他在颤抖，于是用尽全力不让自己发抖，但当他说话的时候声音还是颤抖的。"我不走。"

西德笑了起来。"你确定不是雷夫应该照顾你吗？"

杰里米想打烂他已经遍布伤痕的脸，但是他的双腿觉得很虚弱，而西德又把门关在他的趾甲上。哦，上帝啊，真痛。但他哪儿也不去。相反，他鼓起身上每一盎司的力量，把门推开。西德往后退了一下。"你不能再打他了。"

"什么？"

"你再也不能打他了。你听到了吗？"

西德笑了起来。"哦，我听到了。可以结束了吗？"

"你应该照顾他。"杰里米说，眼泪涌出他的眼睛，"你是他的爸爸。"你怎能如此恶毒？他看着西德，看着他饱经蹂躏、受尽折磨的脸。

西德的嘴巴张开，他叹了口气，接着点了下头，把拇指和食指钻进深深的眼睛里。当他放开手指，对上杰里米的目光时，眼泪流过肮脏的脸颊。杰里米想忍住不哭，但他忍不住了。

"我知道。你不觉得我知道吗？我尽力了，但就是做不到。"他崩溃了。

"对不起。"杰里米已经不再愤怒，剩下的只有悲伤。

"我也是。"西德说，"你要告诉他。"杰里米开始往回走了，"杰里米？"

杰里米转身面对他。"怎么了？"

"你有几块钱吗？我家里没有食物了。"

他有五块钱，是留给他自己和迪尔德丽买薯条的。他看着这个站在他面前伸出手来的男人。"只有五块钱。"他清楚地知道这不会被用来买食物，但他不能说不。

"你是个好男孩。"他拿过来，砰的一声关上门。

之后，每当杰里米做饭的时候，他都为雷夫做额外的一份。他在雷夫的房间里放了一个午餐盒，并把雷夫的那部分装进去，然后在第二天把它放进雷夫的书包或储物柜里。大多数情况下，雷夫不会提起它，只是吃完食物，在杰里米收回空午餐盒时，假装没有注意到。有时候，杰里米也会把几块钱扔进他的包里，无论他还有没有备用。虽然这不是很多，但总比没有强。每一次，雷夫都会对他微笑。"你是世界上最好的伙伴。"他会说，而杰里米的内心就会乐开了花。他总是把窗户打开，让雷夫有一个可以逃离的地方。一周之后的一天晚上，杰里米醒来，在床底下藏匿的睡袋里找到了雷夫。从此以后，每当家里出了事情，雷夫都会爬过窗户，睡在他旁边的地板上。

　　他们只认真谈论过一次雷夫的困境。那晚，雷夫在杰里米睡着之前出现了。杰里米一直在熬夜准备圣诞历史测试，他头脑中装满了一些混乱的历史事实和迪尔德丽的话，无法入睡。他试图把重点放在历史上，但是迪尔德丽一直出现在脑海里。她说过的话吞噬着他。他面对雷夫爸爸的那一晚，她说过这话。他一直斥责自己，不该把钱给西德。

　　"我很傻。"

　　"你不傻。"

　　"求求你，请不要告诉雷夫。"

　　"这是你和我之间的事，比尼。"

　　"谢谢。"

她亲吻了他的嘴。很快的一个吻，不是那种黏糊糊、软软的、含情脉脉的吻。她抽身而去，对他微笑，然后他把她拉近，紧紧地抱住。我真的爱你，迪尔德丽。

"你不像其他男孩。"她低声说道。

她的意思是赞美，但他感到恶心。他一直在回味这七个字。你不像其他男孩。她在怀疑什么吗？如果她真的怀疑了，我就失去了所有人。我会很孤单。戴夫在几个月前告诉他们一个故事，有两个同性恋被一群小伙子抓到在胡同后面亲吻，然后他们跑了。一个已经逃走了，但另一个跑得还不够快。戴夫开了一个玩笑，希望这个家伙穿了一双跑步鞋，而不是他妈妈的高跟鞋。其他人都笑了，甚至雷夫也笑了，但杰里米没有觉得哪里有趣。一群人对这个男人拳打脚踢，叫他的名字，称他来自地狱。他们决定把他送回到他来的地方，这是他们的工作。他们把他的脚拴在卡车后面，拖了他几公里。

杰里米听了这个故事后无法动弹，尤其是他最好的朋友也笑了起来，然后转过头来谈论足球。我不明白。他们在折磨他。他曾经遇到过这样的噩梦，当他受到压力的时候，也会入侵他清醒的想法。这有多么痛苦？他要多久才会死？他最后的想法是什么？他会求饶吗？他会想起谁呢？这是言论暴力还是思想暴力呢？杰里米花了很长时间，才原谅那天晚上发笑的小伙子，特别是雷夫。但是，他们不明白，他们永远不会明白。

那天晚上，雷夫爬过窗户进了屋，杰里米坐起来。

"哦，对不起，你要我离开吗？"他似乎很惊讶，杰里米还醒着，好像一直在等他。

"不！你疯了吗？当然不用离开。"

"好的。"雷夫拉出睡袋，抖了抖。他脱下夹克，然后脱下他的上衣和牛仔裤。即使是在黑暗中，杰里米也转过身来，面向他朋友脱衣服的另一个方向。雷夫滑入睡袋。他们沉默了一会儿。

"你还好吗？"杰里米终于说道。

"好。"

"饿吗？"

"不饿。我吃了你留给我的牧羊人馅饼。你厨艺越来越好了，比尼。它几乎可以吃下去了。"

杰里米笑了起来。"庆祝一下。"

"我知道你和我爸说过话了。"雷夫过了一两分钟后说。杰里米的心脏紧张得要停下来。"没关系，我知道你为什么这样做，但不要再去了。好吧？"

"我不会去了。"

"我信任你，比尼。"

"我保证。"

"而且你永远不要告诉任何人你看到了什么。"

完蛋。我已经告诉了迪尔德丽，但他爸爸不知道迪尔德丽在那里。"我一个字也不会说。"从今往后。这不算谎言。

现在，杰里米希望能躺在温暖干燥的卧室里。他们折腾了好久才上路，雷夫歪歪扭扭地骑着车，当他撞到第二辆停放的汽车，向加戈斯·金塞拉挥手时，杰里米已经忍受够了。

"眼睛看着路，行不行？"他跳下自行车。

"对不起，我失态了。"

"我要回家了。"他转身离开。

"啊，别这样。抱歉。我会注意的。"

"不了，我要回去。我不能丢下外婆和瓦莱丽。这样很不酷。"

雷夫跳下车跟着他。"我们走一会儿。我的酒一会就醒了——别这样。"

杰里米停下脚步。雷夫在恳求他。他从来没有恳求过任何人，但雷夫讨厌让他最好的朋友失望。

"我需要你。"雷夫说。

去他妈的，不管了。"好吧，但我们不走路。我来骑自行车。"

　　"我的自行车就是你的自行车。"雷夫拍着他的背说。杰里米把他的手放在后座上。雷夫放手了。

　　"这很蠢。"杰里米说。

　　"不是的，我发誓。"

　　"冻死人了。"

　　"这就是生活。"

　　"你喝醉了。"

　　"求你了，比尼。拜托和我一起。"

　　杰里米看向马路对面。他看见加戈斯·金塞拉妈妈的汽车开出布里吉特·伯克的酒吧停车场。幸运的混蛋。可以去温暖的床上睡觉。杰里米的脚冻住了。他把书包背上。"好吧。"他说。

　　"酷。"

　　杰里米踏上了自行车，雷夫坐在后座上。"我们去哪里？"

　　"沿着博恩路直走。"雷夫说。

　　杰里米出发了，雷夫挥舞着手臂在空中唱歌。"我们出发了，我们出发了，我们出发了……"他骑自行车快速奔向要去的地方，同时也温暖自己，雷夫还在后面唱歌。当他们到达水库的大门时，雷夫大喊："就在这里！"

　　"你开玩笑的，对吧？"杰里米想象着明天要把这件傻事告诉迪尔德丽。她一定有话要说的。

"没开玩笑。来吧，骑士，我们走吧。"雷夫说。

虽然杰里米心里希望门被锁住了，但是门是开的。该死，他们打开门干什么？这里很危险。我要好心写一封投诉信。他沿着水流旁边的狭窄轨道走着。他的心跳加速了，他一心想下车。"为什么我们不走过这一段呢？"他向雷夫大喊。

"什么？"雷夫说。

"我们走过去吧！"

雷夫凑过来听他的声音。

不要凑过来！这里真他妈的很滑——不要凑过来，你个傻子！

"比尼害怕了吗？"雷夫笑了起来，从后面抓住杰里米，然后摇了起来，使得他们更加摇摆不定。有一瞬间，仿佛他们正要滑落水中。本能反应下，杰里米抓住把手，拉直自行车往前冲，加速通过垃圾和下层灌木丛。雷夫呆了几秒钟，杰里米可以感觉到雷夫的心脏在他背上怦怦跳，还有雷夫身体的重量和温暖。他大吸一口气。他感到雷夫的手伸向自己胸前，呼吸喷到他的脖子上。哦，天啊。他的朋友回过神来，冷风在他们之间来回抽打。

"我感觉不舒服。"雷夫说。就像他们撞上水库桥一样，杰里米停了下来。雷夫从后座上滑下来，绊倒了。"我想我玩过头了，比尼。有点头晕目眩。"

"我能做什么？"

"只要给我一分钟。"雷夫坐在地上，靠着桥上的栏杆。杰里米不习惯看到他如此妥协。小伙伴们离开时他还很好。

"跟我坐一会儿，比尼。"

"地上是湿的。"

"这不算太糟糕。"

杰里米小心翼翼地坐下来，背靠着生锈的栏杆。他觉得空旷，不安全。水位降下了一些，但他仍然觉得太靠近。"你有没有嗑药？"他问雷夫。

"没有，我发誓。我从不嗑药。这酒一下子就上头了。"

"好。"

"我累了。"

雷夫确实看起来很累，杰里米想——其实他看起来精疲力竭。他眼睛浑浊，脸色憔悴。

"我一直都是这样的日子。"雷夫说，歪着脖子看着夜空——厚重，多云，没有星星，只有黑暗和更多雨水的威胁。他靠在桥上的栏杆上，慢慢地用氧气填满肺部。

"你现在好了吗？"杰里米说。

"我感觉好点了。"他打了杰里米的肱二头肌，然后把手撑在那里，扶稳了自己。

杰里米感到紧张，感到轻轻的刺痛和微微的头晕。他想伸出手来抓住雷夫的手，不得不用自身的每一根纤维与本能搏斗。"我们要走了。"

"好的，但不能骑自行车了。"雷夫说。

"我们去哪里？"

"告诉你，这是一个惊喜。"雷夫望着灌木丛，"把车藏在那里。"

杰里米叹了口气。"好吧。"他把自行车推到灌木丛中。雷夫仍然坐在地上，凝视着天空。"往上看比往下看感觉好多了，不是吗？"

"你确定没有嗑药吗？"

"绝对没有。永远不会。"

杰里米竭尽全力把自行车推入叶子和灌木丛中。

"你找得到的，对吧？"

雷夫看了看。"盲人都可以找到它。"他笑了起来。

杰里米在桥上与朋友会合。"那么，往哪边走？"

雷夫指向水库的山的那一边。"去山上。"

"不可能！我们会滑下山的。"

"不会。"

"雨已经下了三天了——有一个该死的山体滑坡等着我们去送死。"

"那太好了。"

"我们看不清方向。"

"如果你害怕，就跟紧我。"他出发了。

杰里米盯着前方泥泞坎坷的路面。啊，天杀的。

在他们还没下桥之前，雨又开始下了。雷夫转头看杰里米，笑了起来。很高兴看到他开心起来，但这还是很疯狂的。"我们会死在这里。"杰里米站在山脚下说。

"我们总会死在某个地方，比尼。"雷夫踏出湿滑的第一步，转身向杰里米伸出手。杰里米抓住了，雷夫把他拉了上来。"现在没有回头路了，比尼。"

星期三

1995 年 1 月 4 日

第七章 / 300
耐心
枪炮与玫瑰乐队，1989

第八章 / 341
今天
碎南瓜乐队，1993

第七章

耐心

——

枪炮与玫瑰乐队，1989

弗雷德 | 这是一个漫长的夜晚。弗雷德在晚上十点左右送梅齐去睡觉。

"你该走了。"她对他说。

"我等你睡着了再走。"

"你该走了。"她重复道。

"好吧。"他递给她镇静剂。

"我不能用这个。"

"如果你明天想要好好的话，就需要睡觉。"

"但我的妈妈……"

"药物作用很轻，如果她需要你，你能醒过来的。"

她相信了他，但他说谎了。她至少睡了五个小时。对不起，亲爱的，你完全像行尸走肉一般，我们需要你恢复过来。

他躺在沙发上，闭上眼睛，几秒钟就睡着了。几个小时后他醒来了，凌晨三点多，就听到布蕾迪在辗转徘徊和自言自语。她这番动静，让人根本无法入睡。他仔细思索能为她做些什么，但他心里很清楚。她头脑中知道他做过一些不好的事情，但他已经做了，而且如果情势所迫，他会毫不犹豫地再做一次。你不记得我为什么这么做吗？你不记得是你求我帮忙的吗？曾经，布蕾迪相信他，他们是盟友。她忘了这件事。她现在看着他时，就只看到一个危险的人。她徘徊的每一步，都是刺向他心头的一把小刀。回去睡觉吧，老太太。你这样走来走去是不对的。他无法不顾一切地接近她，他最不想做的事就是吓倒她。他只能坐起来，听她说话，以免她跌倒或崩溃。

他想知道汤姆从房子里带走的东西。有两个盒子。汤姆一直守口如瓶，这一点弗雷德始料未及。琳达会告诉他的。他心里默记要在第一时间打电话给她。在工作之外，他跟她和她的丈夫都是多年好友。他们是同一家高尔夫俱乐部的成员，每个月至少在一起打一次高尔夫。琳达不像他所认识的任何其他女人，她是一个精力充沛的人，话不多。有人会说她词汇量有限，但她很忠诚，值得信赖，而且知道什么时候可以变通。此外，他们之间还有一种高尔夫球手之间的默契，超越纯粹同事关系的束缚。

他坐起来，考虑着把电视打开，但又怕会给不安的布蕾迪添乱。他想起第一次和布蕾迪交心时说过的话。那是在最后一次可怕的家暴之后，他们一直待在医院里，而梅齐在接受手术。布蕾迪担心她的孩子会死。她在家属室里，双手握着一串念珠。她扭转着念珠，却并没有祈祷。她根本无法集中心神。

他走上前去，介绍自己。"我们用最快的速度带她来了医院。"

"你们抓到他了吗？"

"抓到了。"

"这样有用吗？"

"只要梅齐配合，他会被起诉的。"他坐在她身边。

"他一直把她往死里打。"

"我知道。"

"她假装没有发生，所以我假装没有看见，看看所有这些隐瞒给我们带来了什么。"她闭上眼睛，泪流满面。

"她很坚强。"

"她的父亲是一位士兵。他的所见所为也许不是人们该见或者该做的事情，但他对我们很温柔，很善良。她可能都不记得了。他死的时候，她还太小。"

"这不是你的错。"

"他不会坚持让她嫁给那个畜生的。"

"你肯定不知情。"

"我从来没往这方面想过。我一定是个非常愚蠢的女人。"

"我不这样认为。"

"我只想让她嫁给一个善良的人。"

弗雷德什么也没说。无话可说。

"他这次会坐牢吗？"

"但愿如此。"

"你不能肯定。"

"家庭暴力很难定罪。"

"不应该如此。"

"是，的确不应该如此。"

"如果梅齐幸存下来，她要来我家，她和她的孩子都要来我家。我不想听到否定的回答。"

"好的。不会的。"

"我来保护她。"她说。

"我会帮忙的。"他把名片给了她。

她对他笑了笑。"林恩称你是毛茸骑士。"

他笑了起来，用手揉了揉胡须。

布蕾迪一定是在他身上看到了善良，否则她永远不会使用他给她的名片。如果没有患痴呆症，她会给弗雷德·布伦南留有足够的时间。

三点三十分，他听到梅齐翻身起床。当她轻轻地对母亲说话，引导她回到房间时，他紧张地听着。他想上前帮忙，但双手似乎被捆住，只能坐在黑暗中等待。这并不是他的本性，他为自己感到难过。他讨厌自我怜悯，但他对生活有更多的追求：家庭、温暖和爱。他希望照顾别人，也希望被别人照顾。现在还不算晚。梅齐同意了，他们一起度过的美妙夜晚意味着一切皆有可能。然而在一瞬间，一切都改变了。没有迎来他头脑中希冀的美好生活，她儿子却失踪了，她又一次在他面前完全崩溃。*我还要看你受多少次苦，梅？*他躺下，最终闭上眼睛。*请不要恨我，梅。我在尽我的全力。*

他睡了几分钟，梅齐进入客厅的时候，他又醒了。她拿着一条毯子，盖在他身上，帮他把全身的角落掖紧。他睁开眼睛，彼此凝视了一两秒钟，然后她悄然离开。

他的电话在八点钟响起，房子里的人们刚好起床。

"是我，汤姆。有进展。"他听起来有些克制。

弗雷德坐起来。"你说什么？"

"这些男孩上了今天早上的头版新闻。"

"但这样很好，对吧？"

"弗雷德，报纸对这些男孩有一种想法。"

"是什么想法？"

"他们可能在恋爱。"

"什么？怎么会出这种事？"他一口唾沫吐向脚边。

"我们在杰里米的房间里发现了一些同性恋色情片。看起来我们有个伙计没有看好这个箱子。"

"同性恋色情片？"弗雷德重复着，有节奏地敲打着客厅的地板。

"是的。"

"你说的'没有看好'是什么意思？"弗雷德问。他仍然思考着男孩是同性恋这个概念。报纸上的这张照片，他们腰部以上全部赤裸，双臂搂在一起。现在看起来可不好看。

"其中一个搜索组把它放在箱子里。天在下雨，他走得很匆忙。他觉得周围没人，所以当他进去搬另一个箱子时，他没有关上这个箱子。也就是几分钟的时间，无人看管。"

"所以你告诉我是某个邻居发现了色情片，然后捅给了该死的媒体？"

"应该就是如此。"

"全能的上帝啊，汤姆。真是全能的上帝。"

"这事不应该发生。"

"那些报纸都说了什么？"

"到目前为止只有一家报纸在报道，但可以肯定其他媒体会跟进报道。他们说男孩们星期天晚上就失踪了，并没有明确指出他们是一起离家出走的意思，但有这样的暗示。媒体在呼吁他们回家，还添加了同性恋帮助热线的详细说明。"

"耶稣。"

"嘿，还不到世界末日。至少他们出现在头版。只要他们在哪里，我们就会找到他们。"

"我甚至不会尊重这种说法……"

"其实，这种说法很有说服力。"

"噢，别这样说。"

"孩子是同性恋，弗雷德。"

"就因为一些色情片？鬼知道他从哪里找来的。"

"孩子不会保留同性恋色情片，除非他们是同性恋者。"

"胡说。他有个女朋友。"

"弗雷德，听我说。如果这两个小伙子是一起离家出走，那就是最好的设想，也可能是最好的结果。但是我们会跟进任何一个线索，直到找到他们。"

"你不打算让报纸撤回报道？"

"在这个关头上没有任何帮助。"

"上帝啊。"

"你需要让梅齐提前做好准备。"

"我怎么知道要怎么做？"弗雷德愤怒地说。

"对不起，弗雷德。我会及时通知你的。"

"那好吧。"弗雷德挂了电话。他听到梅齐四处走动，一边照顾她的母亲，一边和瓦莱丽说话。水壶在响。面包烤熟了。他的肚子在咆哮。

他坐了几个小时，想知道到底他该如何把这个消息透露给梅齐，同时也敏锐地意识到时间已经不多了——秃鹰会很快俯冲下来觅食。家里电话开始响起。该死。他及时冲进厨房，听到瓦莱丽焦急地接电话。"是杰里米吗？"他看到她的脸色变了，"什么？"

"放下电话，亲爱的。"

"你刚才说什么？"她脸色变了。

"瓦莱丽，把电话挂掉！"他喊道。

梅齐仍然穿着长袍，扬着眉毛，盯着他。布蕾迪坐在桌子旁。她穿好了衣服，但头发很乱。"杰里米在哪里？"她脱口而出。

"这他妈说的都是啥？你以为你是谁？"瓦莱丽对着话筒说。

"给我电话，瓦莱丽。"弗雷德伸出手，他的声音还在提高。

"嗯，好吧，你可以拿去……"

弗雷德抓住电话，挂断了。瓦莱丽、梅齐和布蕾迪都盯着他，等待答案。"报纸正在给孩子们编故事。他们说孩子们是……"他在努力思索正确的用词。"同性恋"听起来太专业化了。

"同性恋。"瓦莱丽说，"他们说他俩是同性恋。"眼泪夺眶而出。

最后一点颜色从梅齐的脸上消失。她找到一个座位，坐了下来。"他们为什么会这样说？"她沙哑地低声问道。

布蕾迪把手放在女儿的肩上，牢牢地抓住。"他们是骗子，骗子只会说谎，不是吗？"她对着房间说。

弗雷德不知道布蕾迪是否真的了解情况。她似乎太冷静了。

　　"杰里米是个好男孩。"她起身走进客厅。

　　没有人跟她一起走。相反，瓦莱丽和梅齐还在等待解释。弗雷德坐在梅齐旁边的一把椅子上。"坐下来，瓦莱丽。"

　　梅齐把手放在他的胳膊上。"弗雷德，请解释一下这到底是怎么回事。"

　　她还抱有一线希望，他想。他也握住她。

　　"好吧，梅，我尽量。"然后他开始说。

布蕾迪　　│　　布蕾迪盯着电视。她不知道自己在看什么，但这并不重要。她的脑海中正上演《我们会再相逢》的大合唱，突然间又回到等待亚瑟回家的时光。战争结束后，我们会有孩子。我想要五个孩子，三个男孩和两个女孩。小家庭不适合我。混合着爱和笑声的打打闹闹，这才是我想要的。弗雷德进来在她旁边坐下的时候，她正在自顾自地微笑。我要一辆大型老巴士载着他们四处晃悠，我们每个周末都要去海边。哦，我们还要有一条小船可以去钓鱼，我会教他们游泳。当你住在一个小岛上，学习游泳非常重要。布蕾迪的亚瑟不会游泳。我也会教他。你不能不知道如何游泳。

"布蕾迪？"

"怎么了，亲爱的？"她对弗雷德说，同时看着他，只看到她心中的形象。

"我可以跟你说一句话吗？"

"是和亚瑟有关吗？"

"不是。是和我有关的。"

"你是谁？"

"我是关心你女儿的男人。"

她笑了。"我还没有孩子……总有一天会有的。"

"布蕾迪，是我，弗雷德·布伦南。"

她盯着他，仔细地辨认一番，但还是没有认出来。

"对不起。"他轻声说，"我只是想让你知道，我很抱歉，求你不要说出来，现在还不到时机。"然后他走开了。她听着前门关上的声音，看着他走进雨中。

"我想知道他是否认识我的亚瑟。"她对着窗口中的倒影说。

梅齐 | 成天都有记者零星地出现在特拉格特村。到十点钟，有几家报纸的记者在赛普拉斯路上敲门。林恩和梅齐一起待在房间里。弗雷德不想丢下她独自一人。但这意味着布蕾迪也在这里，她在客厅里很安静，看着她的《鸿篇巨制》录像带。瓦莱丽想上学，但梅齐不让她去。

林恩带来的报纸放在柜台上，梅齐盯着它看。照片很漂亮：两个眉清目秀的男孩子，快乐的好朋友，生机勃勃，对着镜头微笑。照片下面的配词让照片显得龌龊。这篇文章没有说男孩们是同性恋者，它只是列出了事实。两个男孩失踪了。发现藏匿的同性恋色情片。如果有人看到这两个男孩在一起，请拨打求助热线，还有另一个同性恋帮助热线，以防他们也在阅读文章，需要有人伸出援手。读者的想象力填充了剩下的东西。他们是朋友，他们是最好的朋友。没有伤害任何人。他们从小就彼此认识。这只是一个误会。这只是……是什么？这算什么？梅齐感到一阵头疼。

"他们再也不想回家了。"她说，"我只能听到嚼舌头的声音。整个村子的人都会嘲笑他们。"

"随他们去说。"林恩说。

"他才是个十六岁的男孩！他该如何面对这些？"

"一阵风就过去了。"

"他在哪儿，林恩？"

"我也想知道。"

当弗雷德让她坐下来，把事情原原本本告诉她时，她一下子无法接受这么多信息。她要缓一口气。一定是搞错了。那个色情片不是我的杰里米的。她对此毫不怀疑。在她心目中的真实想法就是这是邻居的背叛。谁会这样做？他们中的哪一个会如此冷酷无情，以伤人为乐？谁如此无可救药地爱管闲事、卑鄙和自私？

弗雷德无法回答她。他唯一可以说的是，这可能确实有助于找到男孩们。"这才是唯一重要的事情，对吧，梅？"

"当然是，但事实也很重要。我儿子的名声也很重要。"

弗雷德需要处理一些差事。他没有说什么，但她知道和她儿子有关系。他对林恩低声说话，然后走进客厅去看布蕾迪，并关上门。梅齐问她的朋友他说了什么。

"事情越发糟糕了。"

"有多坏？"

"他们要把杰里米任何一点肮脏的小秘密都挖掘出来。"

梅齐觉得无法呼吸。"他只是一个孩子。"他没有任何肮脏的秘密。

"我来沏一杯好茶。"林恩说。

梅齐听到前门关上了。弗雷德终于离开了房子，令人如释重负。"我需要思考。"她说着走进客厅，坐在沙发上，与母亲握着手。她的母亲似乎沉浸在她多次看过的机智问答节目里。

瓦莱丽 | 瓦莱丽没在房间里待多久。去他妈的。她打开窗户，跳了出来，穿过维拉的家，走到她房子的后面，然后她就可以爬过维拉的围栏，以避开街上的几个记者和爱管闲事的讨厌鬼。当瓦莱丽出现时，维拉正把洗好的衣服推出来。"你在逃跑吗？"维拉说。

"是的。"

"我冰箱里有巧克力蛋糕。"

"我不会告诉你任何事情。"

"我又没问。"

"它是双层巧克力的吗？"

"是的。"

"那是我最喜欢的。"

"我也有冰淇淋，树莓卷。"

"我喜欢薄荷巧克力味，但我也喜欢树莓卷。"

"那么，好吧……"维拉说，提着一个空篮子和她一起走进屋里。瓦莱丽跟上去，坐在她厨房的桌子旁，维拉把蛋糕和冰淇淋放在一个盘子里。杰克在桌子底下打鼾。

"它好喜欢在上午睡一觉。"维拉指着她的狗说。她把盘子放在瓦莱丽面前，递给她一把勺子。

"谢谢。"

维拉坐下。"这真是一个奇迹，它居然没有闻着蛋糕的味道醒来。它可喜欢巧克力蛋糕了。"

"但是巧克力会杀死它。"瓦莱丽说。

"还没呢。"

瓦莱丽看见报纸头版出现了她哥哥的脸。她转过身去，望向维拉的后花园。"为什么在下雨天把衣服晾出去？"

"现在又没下雨。"

"但是很快就会下雨。"

"那我到时候会把衣服收进来。"

"但是它们晾不干。"

"但至少通风了。"

"什么是通风？"

"就是大自然的清新剂。"

"我妈妈用的是兰诺。"

"那也很好。"

"你读过了吗？"瓦莱丽指着报纸说。

"我读了。"

瓦莱丽挖一勺蛋糕和冰淇淋。"妈妈和外婆说他们是骗子，你知道就好。"她满嘴都是吃的。

"媒体总是混淆是非。"维拉噘起嘴唇。

"比如什么时候？"

"一向如此。"

"举个例子。"

"啊，我现在想不起来，但我告诉你的是事实。"

"有些邻居把他出卖了。"

"你什么意思？"

"他在警车后备厢的一个箱子里看到一些色情片，然后告诉了媒体。"

"昨晚，整条街都在看着那辆车。"

"你看到什么了吗？"瓦莱丽问。

"我没找到眼镜。只有我是个读者，他们可不适合当间谍。"

"也许是杰里米的朋友们开玩笑放的色情片。他们总是喜欢干这样的烂事。"

"瓦莱丽·比恩，小心说话。"

"对不起，但他们就是这样。戴夫·奥洛林认为自己是喜剧演员。我敢打赌，是他干的。或者是米奇——他什么事情都想掺和一下。他们可能正在偷笑呢。"

"至少还没有下雨。"维拉说，向外瞥了一眼衣服。

"是的。"瓦莱丽说，"我讨厌下雨。"

"我的塞巴斯蒂安生活的地方，那里从来不下雨。"

"真的吗？"

"好吧，几乎从来不下雨。"

"他会回家吗？"瓦莱丽说。

"他三十四岁，与妻子和小孩生活在一起，所以我想不会回家。"

"对不起。"

"别这样。他从来没有适应过这里。"

"为什么？"

"我不知道。"她想了一会儿，"我觉得，不能只是因为你出生在某个地方，就意味着你属于那里。"

“大家会说杰里米是块软糖包装纸。”瓦莱丽静静地说。

“他们不会这样叫他的，小姐。”

“同性恋，变态，躺在床垫上混吃等死的人，伪娘，这些说法都一样。就算杰里米没死，他现在也会杀了自己。”

“他当然没有死，别这样说。”

“这是肯定的。”

“听着，瓦莱丽，很多人排着队对你哥哥指指点点。我不想你成为其中之一。”

瓦莱丽想了一会儿。“莫斯神父说做一块软糖——我是指做同性恋，是对上帝不敬的罪行。”

“那要看你是否采取了行动。”维拉说。

“如果有行动呢？”

“那就该由上帝来决定。”

“如果是这样的话，杰里米就完蛋了。”

“为什么呢？”

“如果杰里米看过那些粗鲁的画面，那么他不会在祷告中说这些事情的，对吗？”

维拉想不出答案。她噘起嘴唇，踢掉拖鞋，用脚揉搓着狗狗的背部。

瓦莱丽说：“上帝将人们送往地狱。”

"他也把人们送往天堂。"

"那么你是说天堂里也有同性恋吗?"

"我说我们不知道。那是上帝的事。"

"他怎么说都不是同性恋。他有个女朋友。"

"所以没什么可担心的。"

但瓦莱丽很担心。她一直在想杰里米星期天晚上对她说的话。你不了解我,瓦莱丽。

当她们听到梅齐疯狂地呼唤她的名字时,瓦莱丽还在吃蛋糕和冰淇淋。"哦,该死。"她说。

"你知道,你一咒骂,你妈妈就会生气。上帝知道,这些薄墙根本挡不住,每次她失控时,我都能听到。"

"抱歉。"

瓦莱丽跟着维拉走到门口。梅齐在她前面的草坪上,跳着脚大喊大叫。一位摄影师正在拍摄,一名孕妇和一名男子正在争取采访。

"简单说几句,比恩太太。"

"现在过去三天了,你想对男孩们说些什么?"

"瓦莱丽!瓦莱丽·比恩,你在哪里?"

她像笼中的老虎一样来回走动。林恩尽力让她保持冷静,但她完全心烦意乱。

"瓦莱丽！"

"我在这里，妈齐。"瓦莱丽在维拉的门口说。

梅齐转身。"我叫你待在家里面！"她当着所有陌生人和花园里的邻居大声尖叫。这里有双臂交叉的吉姆·巴克利，在门廊上打电话的莱斯利·奥沙，还有坐在车道的塑料家具上的瑞恩斯。他们都在看热闹。窘迫中，瓦莱丽跟在维拉后面过来。

"快到这边来。"梅齐指着她身边的地面。

"梅齐，冷静下来。"林恩说。

"我不。瓦莱丽，我只让你做一件简单的事！"她喊道，"只要待在屋内！这很难吗？"

瓦莱丽完全躲在维拉身后。

"她没事，梅齐。"维拉说，"她只是心烦意乱，就像你一样。"

两位记者站在体面人所能接近的最近位置，高高举起他们的磁带录音机，并按下录音按钮。梅齐盯着他们，然后盯着她的邻居，这些人眼睁睁地看着她的生活分崩离析，如同看一场狂欢。"走开！"她向媒体人士喊道，"这里没有什么可以采访的。"但是他们没有动。"把水管拿来。"她向着林恩低声说。

"什么？"

"拿水管。"

"真的吗？"

"快给我拿水管来，林恩。"

"好的。"她转向站在门口的布蕾迪，"我们去拿水管。"

然后，梅齐盯着她的邻居们。她推开媒体人士，走进街道的中间，然后对所有人喊话。"你们这些人，我知道你们中有人做过什么好事。我知道这些秃鹫在说我儿子的坏话，就是因为你们其中的一个人。为什么要这么做？我的孩子从来没有对你们做任何坏事。他帮助你割草，莱斯利·奥沙，那个夏天你弄伤了脚踝，而和你结婚的那个废物正忙着晒太阳。整个夏天，他都在尽心照顾你那些见鬼的秋海棠，也没从你那里拿一分钱。还有你，吉姆·巴克利，他参加了你那个愚蠢的空手道培训班，还让他的朋友一起参加，尽管他很讨厌，只是想给你支持，不至于让你的培训班开不了。至于你，"她指着瑞恩斯说，"还记得利维把你他妈的关在门外雪地里吗，马尔科姆？这还不到一个月。杰里米把你带到我们家，问你是否可以睡在沙发上。我告诉他不行。我不想家里出现一个陌生的男人，尤其是在我母亲这种状态下，但他坚持这样。'啊，妈妈，我们不能丢下他。这是不对的。'"她哭了，"你知道为什么他会做这些事情吗？因为他很善良，他很关心别人，他比你们所有人都好多了。你们好好看热闹吧，无耻的混蛋们。"

林恩带着水管出现了，把它交给梅齐。"你确定要这么做吗？"

"从来没有这么确定过。"

"那个人怀孕了。"

"就让她湿着怀孕吧。"梅齐打开水闸并将其冲向人群中，立即就把人群冲散了。人们四下分散，保护着自己的相机。有人摔倒在路上，有人藏在车子后面。

瓦莱丽从维拉的裙子后面出现。"这很酷。"

梅齐走到女儿身边，伸出手来。瓦莱丽握住了她的手。

"对不起，我吼你了。"梅齐说。

"对不起，我离开了。"

"没关系，小扣子。"

梅齐很久没有叫她"小扣子"了。这使得瓦莱丽微笑起来。"谢谢你的蛋糕，维拉。"她说。

"不客气，瓦莱丽。"维拉原路返回前门。

"你们两个也回屋吧。"林恩说，带着比恩一家回到自己的房子里。

弗雷德 | 车站很安静，除了站在桌子后面的琳达，简直像被遗弃了。

"汤姆正在跟进一条线索，是他在墨菲家中找到的。"

他坐在她旁边的旋转椅子上。"哦？"

"他见了西德·墨菲。原来，雷夫的妈妈每年都会寄一张圣诞贺卡。"她把卡片递给弗雷德看，"仔细看这个。"

这张卡片用简单的线条画了一个婴儿在婴儿床上。上面写着：亲爱的儿子，祝你圣诞快乐，妈妈。

"耶稣啊。"他翻过卡片来。它背面有韦克斯福德艺术家的签名。

"这种卡片哪儿都有卖。"

"不，我们检查过。他在当地的圣诞节展会上出售这些贺卡。这是一个开始。"

"西德有什么消息吗？"

"他的腿必须截肢。"

"上帝啊。"

"媒体说他的儿子是同性恋，比起截肢，这更让他不安。"

弗雷德扯了扯他的胡子，陷入深思。"瓦莱丽提到村里的谣言，说卡丽娜·墨菲加入了统一教团，所以也许我们应该检查一下当地的所有社团。"

"会检查的。"她写下来，"梅齐怎样了？"

"我内心有一部分觉得我应该走开。我带来的伤害可能比好处更多。"

"荒谬。她现在比以往任何时候都更需要你。"

"我不认为她会这样想，琳达。事情太多了。"

"嗯，不管她是否这样想，她都需要你。你是她的联络人。接受现实吧。"

他笑了。"有道理。"

她拍了拍他的大腿。"来吧，我给你看看闭路监控录像。"

他们坐在一起，看着男孩在博恩路的录像，就在布里吉特·伯克酒吧对面。杰里米背上有一个包，但雷夫没有。

"雷夫的书包不见了。"弗雷德说，"书包会在哪里呢？还有他的衣服。下雨的夜晚他会把它藏在哪里？那个背包是半空的。"他指着屏幕。

"我们说话的时候，小伙子们已经翻越了墓地和山丘。电话一直在响，一半的村民自愿提供帮助，我们有一个庞大的搜索队伍，覆盖整个地区。"

"真的吗？他们并不都认为这两个小伙子已经去了希腊的同性恋小岛吗？"弗雷德尖酸地说。

"无论如何，人们希望能提供帮助。"

"琳达，一个妈妈永远不必听到有关她儿子的那样的个人信息。"

"向皈依者布道去。"

他站了起来。"我应该让你回去上班了。"到哪去了？我该怎么办？他不知道。他迷失了。梅齐不想让他留在房子里，他也不想挡住她的路，尤其是没有任何事情可做或可说的时候。

"回家，睡一觉，然后洗个澡，把那个女人带出来去找人。让她看看有多少人在帮她找人。"

好主意。"谢谢你，琳达。"

一会儿，弗雷德进了他的空房子，沉重地走上吱吱作响的楼梯，走进曾经属于他母亲的卧室。他坐在他的超级特大号床上——它占据了卧室的大部分空间——自从把去世的未婚妻放下以后，他第一次像婴儿一样哭泣。

梅齐 | 在连续打了二十五个电话之后，梅齐的老朋友失控了。"我不能这样生活，梅齐！"林恩正满头大汗，"这就像一场折磨。丁零零！我完全不能思考。"

"不要被牵着鼻子走。"就算杰里米想打电话，都打不进来，但是警察已经给出了可以使用的电话号码。他现在已经是媒体的焦点。如果他想联系，会找到方法的。会好起来的。

梅齐穿好衣服，和瓦莱丽一起坐在厨房的桌子旁，而林恩在哄布蕾迪睡觉。电台开着，随着歌曲的结束，新闻上演。梅齐伸手调大了音量。"本地消息，两个男孩，杰里米·比恩和约翰·雷夫·墨菲，两人都是十六岁，星期天晚上失踪。杰里米身高一米七三，卷曲的沙色头发和棕色的眼睛。他穿着长袖黑色衬衫，牛仔裤，蓝色防雨夹克和白色跑步鞋。约翰是一米八五，黑色的头发和灰色的眼睛。他穿着黑色的牛仔裤，黑色上衣，卡其色的军装夹克和黑色的平头靴钉鞋。他们最后一次出现是在博恩路，在元旦夜晚大约十点十五分，骑着黑色的Dynatech 405ti自行车。如果有任何关于男孩行踪的信息，请联系特拉格特警察局。收集的任何信息都将被视为机密信息。警察局准备搜索博恩路周围的地区，包括墓地、基尔布莱德周围的山区和水库。欢迎所有志愿者。搜索于两点钟从布里吉特酒吧开始，而警察局建议所有志愿者携带防雨装备。雨可能已经停止，但搜索区域仍有危险。"

"至少他们没有说他们是水果。"瓦莱丽说。

"那是因为他们不是。"梅齐严厉地说，"不要叫你哥哥水果。人们值得被尊重，无论他们是什么人。我对同性恋毫无异议，你也不应该有。但我儿子不是同性恋。就这样，讨论结束。"

"好吧，妈齐。"

她们听到林恩进了浴室。

"我们就这样干坐着吗，妈齐？"

"不。当然不是。"她站起来拿出钥匙，"来吧。"

"我要走了，林恩。"梅齐通过封闭的浴室门喊道。

"去哪里？"

"寻找杰里米。照顾我的母亲，好吗？"她从架子上抓起她和瓦莱丽的外套，还有两双长筒靴。

"啊，等等！"

"我们不会去很久，林恩。"

她们刚一离开门廊的避难所，在门口等候的记者就聚集在了她们周围。梅齐推开记者，按照弗雷德告诉她的，说："无可奉告。"

邻居们仍然在花园里偷看。她向车子走去，瓦莱丽紧随其后。

"你知道你儿子是同性恋吗，比恩太太？你认为这是他失踪的一个因素吗？"

保持冷静，什么也不说。

"杰里米的父亲是否知道他失踪了？"

梅齐的心脏快要停下来了。她的手指松开了，钥匙滑到地上。丹尼·福克斯。我无法应付丹尼·福克斯。喧嚣的声音正在争相引起注意。陌生人问着梅齐不能回答或不准备回答的问题。前门似乎有几公里远。车门就在正前方锁着。钥匙，钥匙，该死的钥匙在哪里？梅齐弯腰在泥泞的地面上摸索，而那些询问者也跟着她蹲下来。

"离她远点，你们这些蚂蟥！"瓦莱丽喊道，把最近的人推开。梅齐继续在湿草和泥土中寻找钥匙，而她最年轻的保镖，正把陌生人从她身边推开。

突然，弗雷德的脸庞从人群中涌出，他强大的手臂围绕在她身边，把她抱了起来。"我们走吧。"他咆哮道。他带着她和瓦莱丽离开，把她们送进车里。他俯身越过梅齐的膝盖，在杂物箱里翻出一些纸巾，然后给她。"给你。"

　　她拿起纸巾，尽可能地擦干净膝盖和手。他们开了半路，没有任何人说话。

　　"我们要去哪里？"梅齐问。

　　"加入搜索队伍。"他说，"那不是你要去的地方吗？"

　　"是的。谢谢。"她很高兴他在那里。

　　"这就对了。"

　　"妈齐在大门口喷了记者一身水，然后大骂了邻居们一顿。"瓦莱丽非常自豪地说。

　　"是真的吗？说了'无可奉告'吗？"

　　"她也说了。"

　　"好吧，那就行。"他眨着眼睛看着瓦莱丽。

　　他和她很要好，梅齐想。比我好多了。丹尼·福克斯的声音在她的脑海中，说出了可怕、恶毒和有害的名字，并得出结论，这是你的错，梅齐。都是你的错。

　　"有什么消息吗？"梅齐问，为了让丹尼的声音消失。

　　"没什么，梅。但人们都在集合，这很好。"

　　"我想把杰里米的东西取回来。"她说。

　　"适当的时候，你会得到它的。"

　　剩下的旅程中，她一直沉默，望着窗外物是人非的世界。物是人非，当他们开车穿过熟悉的商店和面孔时，她这样想。

停车场里挤满了人，都穿着雨具在走路。有很多警卫，手里拿着对讲机站在四周，还有几个记者和一个电视台的人。两名警卫在他们和志愿者之间隔开了一条线。汤姆站在人群的中央，通过扩音器说话。

"有手机的人都可以站在左边，举起手机好吗？"

八十多人中有大约二十人举起手机，向左移动。

"很好。现在把这个号码存在你的手机里。"他把号码念了出来，"除非找到与失踪男孩有关的东西，否则不要拨打这个号码。"他再次慢慢地重复了这个号码，而有手机的男人和女人则急切地输入了这个电话号码。

"我希望你们五人一组，其中有一个警卫或一个带手机的志愿者。我们会给你们分配一个搜索区域，然后在自己的区域内行事。大家不要走散，如果发现有用的东西就打电话。都明白了吗？"

有些人窃窃私语。

"都明白吗？"

人群喊道："明白。"

"很好。找到自己的团队，在那边排成一条线。"他朝着一个坐在酒吧室外木制野餐桌上的警卫挥手道。

汤姆看到了梅齐，然后向她走来。"回应一直很强烈。"

他说着向志愿者打手势。

"这个故事太丰富了，可以引出最好的我们和最糟糕的
我们。"梅齐说。

"我很抱歉，梅齐。"

"我也是。"

"我看到你有雨具。"他说。

"我们要来帮忙。"

"好。我们已经搜索过墓地，但仍然有一些山丘和水库
未搜索。"

"在那之后呢？"

"我们从明显的地方开始，然后从那里继续前进。"

"好的。"她在人群中发现了迪尔德丽、凯西和梅尔凯
利，紧紧站在杰里米的朋友——戴夫、米奇和朱诺身边。"借
过一下。"她对汤姆说，走到他们身边。

他们看到她来了，尽管朱诺·林奇似乎想要离开，但他
们没有动身，像被车头灯锁定的鹿一样，盯着她一动不动。

迪尔德丽 | "嗨，迪尔德丽。"梅齐说。

迪尔德丽几乎要死了。耶稣，我要说什么？"嗨，比恩太太。"

"你们有六个人，我们只有三个人。"梅齐指向弗雷德和瓦莱丽，"你为什么不跟我们一起找人呢？"

迪尔德丽的脸沉了下来。"啊，不，这样挺好的，比恩太太。"

"拜托了。"梅齐说。

迪尔德丽看着凯西和梅尔。凯西把目光甩向地面。梅尔耸了耸肩。"好吧。"迪尔德丽跟着梅齐，离开了她的朋友。

迪尔德丽早上一直在哭。她的父亲在早餐时透露了关于杰里米和雷夫的消息。"我不想你难过，亲爱的，但在你上学之前，我不得不告诉你。"

她的母亲很尴尬。"这样不对。"她一直说。

直到爸爸给她看了报纸，迪尔德丽才不得不相信。"他不是同性恋，爸爸。"但即便这样说，她内心深处还是有些声音在喃喃低语，曾经遇到过的每一个问题都得到了回答，每一个疑问都被验证。她哭泣着离开房间，躺倒在床上，头埋进枕头里。你不能这样，杰里米。你说过你爱我。我问过你。我说过，如果你不想要我，你一定要告诉我，你说你会的。"我爱你"，这就是你说的。我信了你。

"迪尔德丽？你没事吧，亲爱的？"她母亲在房门外问道。

她听到父亲站在母亲身边。"问问她和那个年轻人在一起时是否小心谨慎。"

"我不会问的。她没有和他做任何事情。"她的母亲大声地耳语。

"他可以带上某些东西。"

"看在上帝的分上，不要这么无知。"

"不要这么无知吗？他们同性恋者像苍蝇一样到处乱飞。"

"你最好下楼，别让我揍你。他们还是孩子，你这愚蠢的男人。"

迪尔德丽没有离开房间，直到她爸上班去了，然后她跑出大门，母亲给她几块钱吃午餐也不要。

当天在学校里，杨校长在午餐时间宣布，五年级和毕业班可以用半天的时间来参加搜救。大门几乎被挤坏了。戴夫、米奇、朱诺、迪尔德丽、梅尔和凯西留在食堂的桌子旁边。

"你去吗？"戴夫第一个说话。

"当然。"朱诺说。米奇也点头同意。

"我要去。"凯西说。这是她整个早晨所说的第一件事。

凯西在心情不好的时候，会咬掉别人的头，而她现在心情肯定不好。她脸色阴沉得像打雷一般。她没吃饭。她只是坐在那里，恶狠狠地瞪着每一个敢于看她的孩子。

"我也去。"迪尔德丽说。

梅尔的嘴里满是薯片，她举起手来。"算我一个。"她吃完东西马上说。

"我告诉你们，雷夫对于这个同性恋事件肯定很生气。"米奇说。

"杰里米也是这样。"眼泪充盈着迪尔德丽的眼睛。她不知道自己为什么要这么说。她在保护谁？我？杰里米？还是保护我们两个人？他是同性恋吗？这真的太乱了。

"是的，当然，但是雷夫的脾气更糟糕。"米奇说。

"这是胡说八道，不是吗？"朱诺说。

"当然是。"米奇告诉他。

"那么，你们觉得比尼要这些色情片做什么呢？"朱诺很好奇。

"不是他的。"迪尔德丽毫无来由地说。凯西直视她，目光简直可以在她身上打洞。

"什么？"戴夫说，所有的脸都转向她。

"我们在灌木丛中找到了它，我告诉他要扔掉，别让小孩子看到了。"她说的是实话，事实就是如此。

"那么他为什么要留下呢？"戴夫说。

"他可能在等收垃圾的。我不知道。"她正在混淆真相。他们是发现了色情片，但那是几个月前。他一直把它留在房间里。

"感谢基督。我都开始认为我是整个特拉格特镇唯一一个非同性恋了。"戴夫说。

"我就知道！我就知道！"凯西大叫，"雷夫应该起诉这些报纸。杂种。"

现在，走在梅齐身边，迪尔德丽感到很紧张。她不是一个傻瓜，她知道梅齐为什么要求她加入她的团队，但是她无法拒绝。她们沉默地走着，走上前方的山路时，故意离开警察和瓦莱丽一段距离。

"我有段时间没见过你了，迪尔德丽。"梅齐说。

"学校的事情很多，比恩太太。"迪尔德丽总是称梅齐为太太，"比恩女士"听起来很奇怪。

"但你和杰里米，你们还在一起。"

"色情片不是他的。"她未加解释就脱口而出，梅齐暗自松了一口气。

"哦，感谢上帝。"她喃喃地说，好像世界突然间明亮起来。

但他是同性恋。他是同性恋。他是那么地像同性恋。如果我不是这么担心，我他妈的会恨你，杰里米。其实我就是恨你。我恨你，迪尔德丽想，但她没有说什么。相反，她解释了他们找到色情片，并说他保证小孩子不会看到它。

梅齐笑了。"听起来就像他的作为。"她给了迪尔德丽一个拥抱，"谢谢你，亲爱的。这是一个巨大的安慰。"

"你听到了吗，弗雷德？"梅齐对在学校向他们问话的警察说。

"我听到了，梅。他是个好男孩。"

"他当然是。"她笑了，"他是最好的。"

"耶稣，妈齐，冷静一下。"瓦莱丽说，"他们还没被找到呢。"

弗雷德的电话响起，他停下来接电话。她和梅齐赶紧走近他。

"好的，谢谢，汤姆。我们去那找你。"他说，看起来很阴沉。

"什么事，弗雷德？怎么了？"他一挂电话，梅齐就问。

"他们找到了自行车。"

"哪里？"

"水库。"

梅齐大气不敢出。"发现孩子们了吗？"

他摇摇头。"我们在给水下单位打电话。"

迪尔德丽捂住嘴巴。她可以想象在夜空下，暴雨，泥泞，一个男孩滑倒，另一个紧紧地抱着他，然后两人同时摔倒，被水流拖下，陷入黑暗中。"不！不可能！杰里米永远不会靠近水库。他一直很怕水。他很讨厌水库。"迪尔德丽透过眼泪说，"他说这令人毛骨悚然，特别是下雨的时候。"

梅齐沉默了，显然十分震惊。瓦莱丽抓住母亲的手。

迪尔德丽感到恶心，她真的想大吐一场。她用手捂住嘴，竭力不大声哭泣。

"随便你怎么打电话，但他不在那里，弗雷德。"梅齐的声音很尖，歇斯底里。

"让我们确认一下，梅。"

迪尔德丽、梅齐和瓦莱丽跟着他去了水库。瓦莱丽沉默了，但迪尔德丽忍不住悲从中来。梅齐一只胳膊搂过她，紧紧地抱住她。"别烦恼，迪尔德丽。他们不在水里。我知道。母亲就是知道。"

人们聚集在水库。警卫已经封锁了大片地区，警告人们退到安全线以后。他们走过去时，敏锐地意识到自己正在被监视：每一个字，每一个动作，每一个反应都在被监视、分

析和记录。更多的媒体到来。有人在设置相机，摄影师正在
远距离拍摄警戒线内的水库照片，记者们正在纠缠奉命维持
秩序的警卫。其中一位老警卫提起警戒带，让迪尔德丽、梅齐、
瓦莱丽和弗雷德通过。弗雷德护送她们去见汤姆，他正站在
一些穿黑色橡胶制服的男士面前。

　　"自行车在哪里，汤姆？"梅齐说。警察指着灌木丛。"你
确定是雷夫的吗？"

　　"确定。"

　　"为什么？"

　　"自行车框架上有一些符号标记，与我们在闭路监控镜
头上的记录一致。"

　　"你们能看这么清楚吗？"

　　"是的，但我们也和男孩的朋友确认了。"他指向米奇、
朱诺、戴维、凯西和梅尔，他们在山脚下挤在一起。

　　迪尔德丽希望能和他们在一起。我不属于这里，不该和
他的家人在一起。

　　"他不在这里。如果在的话，我会知道的，汤姆。"梅
齐打量着黑暗的水。

　　迪尔德丽看着生锈的桥梁，山坡向下倾斜，与路面相接，
还有大片看似深水的地方。然后，她的注意力被身后涌出的

噪音所吸引，那里的湖水如瀑布般落下，水流四下飞溅。

搜救直升机进入视线，徘徊在他们身后，都柏林海岸警卫队的船只出现在桥头。

弗雷德催促他们离开。"女士们快进到车里，打开加热器。"

"你想和我们坐在一起吗，迪尔德丽？"梅齐问。

"我想去找我的伙伴，如果您不介意的话，比恩太太。"

"当然不介意，亲爱的，没问题的……谢谢你，迪尔德丽。"梅齐把她拉过来，紧紧地抱着她，"他们不在这里，迪尔德丽。我们会让他们回家的。"

迪尔德丽心里不舒服，走开了。我不知道她感谢我什么。我是个该死的谎话精。你儿子是同性恋，我是一个傻瓜。对于你，杰里米·比恩，我真的希望你不在那里，但这并不意味着如果我再次见到你，我不会把你揍出屎来。

她和朋友们会合，他们爬上山顶，去找一个既能歇脚又有良好视野的地方。

"凯西被爱尔兰电视台采访了。她告诉他们，那两个家伙不是同性恋，而她是雷夫的女朋友。她也提到了你。她告诉他们全都错了，希望他们能纠正错误。她说她爱雷夫，希望他回家。这很酷。"梅尔滔滔不绝地说。

"太好了。"迪尔德丽感到麻木。也许雷夫会回到凯西身边，但是我和杰里米完了。她的心隐隐作痛。

一旦他们找到绝佳的位置，他们就坐在书包上，看着媒体、警卫、水下部队、船只和直升机。

"这就像电视里演的一样。"朱诺说。

"他们不在这里。"戴夫说，"他们倒是有可能找到骑着 Shergar[1] 的丹尼·狄维托[2]，或者是阿米莉亚·埃尔哈特[3]。"没有人笑。

凯西开始哭泣，迪尔德丽搂住她。梅尔拿出香烟，谁想要就发给谁。

除了需要去厕所或提供口香糖、烟或巧克力等奇怪的事情外，没有人想说话。几个小时过去，下面的人群开始分散。朱诺看着他的手表，他喝下午茶的时间早已过去。他妈妈可能会很生气，但他只是坐着，放松自己，好像毫不在乎。

"那我们留下来吧。"戴夫说，迪尔德丽点点头。我哪儿也不去。我可能会恨你，但我也爱你，杰里米。你是我最好的朋友，你这愚蠢的杂种。他们都坐下来，依偎在一起，

---

[1] 著名的赛马的名字。

[2] 演员。

[3] 传奇女飞行员。

保持温暖，看着探照灯在水面巡弋，像海豹一样的人在深深
的黑暗中出现又消失，低空直升机的声音和海岸警卫队发动
机的声音遥相呼应。他们不在乎寒冷和饥饿。他们内心明白，
他们的朋友不可能埋在水下坟墓。他们一直待到最后一个人
离开水面，最后一盏灯熄灭。

梅齐 | 梅齐、布蕾迪、林恩、弗雷德和瓦莱丽坐在电视机前看比赛，吃着比萨，等待消息。

"这是一次协商。"布蕾迪说，"我不喜欢比萨，林恩，但是杰里米向我推荐意大利辣香肠，很棒。他喜欢拌着菠萝吃，但我不能适应那种味道。杰里米在哪儿，梅齐？"

"我们不知道，妈妈。记得吗？"梅齐说，大家都等着布蕾迪消化信息。

"哦。"布蕾迪的眼睛湿润了,"他走了,离开了我们。"

"但我们会找到他。"梅齐说,"就像我们谈论过的那样。"

"他马上就会上新闻。"布蕾迪聚精会神地看电视,尽力获取最新消息。

"没错,妈妈。"

"我从来没有想过杰里米可以上新闻。"布蕾迪说。

"我们会让他回来的,妈妈。我答应你,我们会的。"梅齐很坚决,布蕾迪似乎放心了。

当她坐在弗雷德的车里,看着人们寻找她儿子的尸体时,梅齐已经做出了一个很大的决定:她一定要保持希望。他不在那里。他根本不在那里。事实上,如果这个水库是地球上剩下的最后一个地方,那么他将在木星上。母亲就是知道。她的皮肤起鸡皮疙瘩,她的肠胃在扭曲,心痛了起来,但这都没关系。她全身的每一寸都尖叫着:"哦,不;哦,不;哦,不。"一遍又一遍,这也没关系。这些都不重要,因为他们没有找到任何尸体:男孩们不在那个湖里。她决心微笑着哼一首快乐的曲子——尽管深深的恐惧像传染一般从心灵蔓延到她的心脏和肚子——因为没有消息就是好消息。她决定选择希望。梅齐善于做出这样的决定。当她还是一位受虐待的妻子时,她就决定一力承担,挺身而出,忍受并保护她的孩子。无论如何，这正是她所做的一切。所以，坐在弗雷德车前座上时，她就决定要让这一切都变得好起来。这就是梅齐的决定，也是最终决定。

"有没有其他人还想要一片的，不然这个大胖子就要吃了所有的比萨。"布蕾迪说，指着弗雷德，他正把一大块比萨倒进他的嘴里。

瓦莱丽笑了起来。

"这是弗雷德，妈妈。"梅齐说，"他还不是大胖子。他在帮我们找杰里米，所以请尊重他。"

"嗯，我只看到一个大脸在我的房子里，没有看到有人来，林恩。"布蕾迪说。

梅齐叹了口气，摇了摇头。对于布蕾迪的不良行为，她并不在意。

"吃你的比萨，布蕾迪。"林恩说。

"今晚你们都很淘气！"

林恩抬起手指。"够了。"

布蕾迪咬着嘴唇，坐在椅子上。"这是我的房子。"她喃喃自语，"我买的，我掏的钱，非常感谢你们。"

弗雷德很安静，梅齐很担心他。*我知道我跟你走了，我知道你在全力以赴。如果你没有约我出门，如果我们没有睡*

在一起，也许我可以看着镜子里的自己，不会那么想揍自己的脸。这都是我的错，但我正在努力，弗雷德。我真的在努力。

新闻传来，每个人都沉默不语。头条新闻中提到了杰里米和雷夫，但是随后新闻播报员发表了一篇关于克林顿签署北美自由贸易协定的新闻。

"谁在乎呢？"瓦莱丽说。

"没人在乎，亲爱的。"布蕾迪说。

梅齐对比尔·克林顿一点儿也不关心，她只关心她的儿子。现在，他微笑的脸，和雷夫的一起，填满了屏幕，她的心跳停了一下。你好，儿子。你在这里，亲爱的。新闻播报员谈到他们失踪了多长时间，他们穿着什么，他们的自行车，以及当天早些时候怎么在水库发现的情况，但梅齐听到的全都是她儿子的声音："记住，外婆，杰里米·比恩爱你。"女播报员谈到男孩们在水中时的恐惧，搜索的时间过去多久。梅齐闭上眼睛，她看到他的微笑和他竖起的大拇指。

女播报员把话筒交给现场的记者。他站在一块荒凉黑暗的背景下，周围只有几个人，其中大多数是警察。他描述了当地人的感受、搜索困难程度以及当天早些时候工作如何开展。然后，报道切换到水库的俯视图。她可以看到杰里米的朋友，迪尔德丽站在山头。所有的朋友都在等你，亲爱的。

现在凯西正看着相机的镜头："雷夫，我想念你，我爱你。快回家吧。"

然后回到了工作室。"情绪非常高涨。"

"是的，确实。"记者继续说，"对于所有相关人士来说，这是不同寻常的一天，尤其是杰里米·比恩的母亲，今天早些时候，她对自己遭受的新闻侵扰似乎感到不高兴。"

梅齐的心一沉。"哦，不要播出来。"

"他们不会播，妈齐。他们没有录下来。"瓦莱丽说。

"感谢上帝。"

"他们仍然认为我们是混蛋。晚报上就是这样说的。"

这是真的，记者们用偏颇的视角提出了失踪男孩面临的困境和他们的家庭情况。他们报道了雷夫的混账父亲，提到这两个男孩在报告之前已经失踪了三十个小时。即使是梅齐在前夫手下的伤势也成了故事的一部分。所以，事实上，两个男孩都是在单亲家庭中长大，而梅齐打了两份工。

"他们把我们写得跟人渣一样。"她早些时候对弗雷德说。

"他们不认识你，他们没有经历你的生活。评判别人很容易，看不起人也很容易，梅。这比对他人宽容对自己坦诚当然更容易。现实就是如此。"

"我知道。"她习惯了评判她的人，看不起她的人，怜悯和鄙视她的人，远离她的人，但这还只是当地人的评判。现在全国都知道了。一切都会好的。我决定了。

记者继续："当然，按照今天早上的新闻报道，对两个男孩之间关系的性质的谣言一直此起彼伏，只要这种关系能与失踪产生任何关联。水下部队和海岸警卫队天一亮就会回到水库，但同时，警卫们请求我们敦促任何了解这两个男孩下落信息的人与之联系。请切回演播室。"

房间里一片沉默。布蕾迪开始哭了。"他不在水库里，梅齐。如果他在那里，他会淹死的。他会死的，梅齐。我们的男孩要走了。"

梅齐起身，跪在她面前的地板上。"他们还在检查，妈妈。但我知道他们不在那里。你知道为什么吗？因为当我闭上眼睛时，我看不见他在那里。你能吗？"

"不。"布蕾迪说，"不，我不能。"

"我们很擅长假装，妈妈。你和我都很擅长，不是吗？"梅齐说。

"确实如此，亲爱的。"

"但是当我说我知道孩子不在水库里时，我没有假装。我保证，妈妈。"

"但很糟糕，亲爱的，不是吗？"

"你还记得杰里米只有七岁时，我们去动物园玩，瓦莱丽还在婴儿车里的时候吗？"

布蕾迪慢慢点了点头。

"杰里米跑出去看猴子，当我们赶到时，他不见了。你还记得吗？"

"我们跑遍了整个地方。我的心揪成一团。"

"那个热心保安帮助我们。我们走过每一个地方，大声呼喊杰里米的名字。我在哭，瓦莱丽也哭了。"

"我也哭了。"布蕾迪说。

"然后他就在长凳底下醒来了——你记得吗，妈妈？他太热了，所以在长凳底下乘凉，然后就睡着了，团成一团……"

"……在幸福深处。"布蕾迪做了总结，微笑荡漾在她的脸上，"但是，我几乎揍扁了他，谁让他吓我们。"

"但是你还记得当我们找到他时我们有多么开心吗？"

"我们很激动，梅齐。"

"抓住那种感觉，妈妈。"

"好吧，亲爱的。我会的。"

"他会回家的。我已经决定了。"

"好女儿。"

梅齐亲吻了母亲的脸颊，站起来。"谁要喝杯茶？"

弗雷德 | 弗雷德坐在外面阶梯上，抽完一根香烟。他掏出手机打电话给琳达，然后又点燃另一根香烟。"对不起，这么晚打电话过来。"

"没事的。"

"有什么消息吗？"

"嗯，你的提示有进展了。卡丽娜·墨菲目前居住在某个嬉皮士宗教派别社区，就是在戈里镇之外的所谓集体公社。"

"我听说过。他们比教皇更信奉天主教。"

"他们喜欢种植蔬菜、唱歌、跳舞和制作果酱，而现在她叫玛丽安娜。当地的警察认出了她的照片，并拜访了她。我很抱歉地说，玛丽安娜自从加入公社后就没有见过她的儿子，她似乎并没有对他的安全感到一丁点儿担心。"

"上帝啊。"

"有些人不应该要孩子。"

"还有别的吗？"

"在我离开警局之前没有，不过我离开后汤姆还在工作。"

"谢谢……帮我个忙，有最新消息就通知我。我不想让汤姆觉得我正在踩他的脚趾。"

那一刻，他发现丹尼·福克斯向他走来。他差点扔掉了电话。

"好的。晚安，弗雷德。"

丹尼比他最后一次遇到时更重了。他走起路来明显有些跛，弗雷德不知道他是真的跛脚还是故意夸张。他仍然蓄着那个愚蠢的半髭胡子，但是它变灰色了，如同他曾经的黑发一样。他仍然很英俊，但饱经风霜的脸和被尼古丁染黑的牙齿与手让他显得衰老许多。他好像过了五十岁。

丹尼上前的时候，弗雷德阔步站立着，准备战斗。

"嗯，现在一切都说得通了。在这里生活很久了，是吗？"

"我不住在这里。"

丹尼看着他。"我可以跟我的妻子说话吗？还是你打算整夜守门？"

"她不是你的妻子。"

"是的，克鲁索探长。他妈的，只要她还在喘气就还是我妻子。"

他说对了一点：离婚是不合法的。即使只在名义上，梅齐仍是他妻子。弗雷德上前一步，俯视着丹尼，丹尼则跌跌撞撞地后退了一步。"你还想和我再较量一次吗，丹尼？"弗雷德说。

"没有可靠的蝙蝠，你是不会飞起来打转的。"他试图戏弄这个难以对付的人，但他很紧张。他如果不这样才不正常。

"哦，我就是这样的人。"弗雷德说，"随时随地奉陪。你的腿怎么样了？"

"我可以随时让你丢掉工作。"丹尼说，"我可以告诉他们你做过什么。"

"我做过什么？"弗雷德笑了起来，但这并不好笑。你不光可以搞掉我的工作。我还会为我对你做过的事情蹲监狱。"这很疯狂。为什么我会对你做什么事情？"

"这就是我想不通的事情，直到刚才。"

弗雷德的心跳加速，但他很小心地保持冷静。"我以为我们已经达成一致，你不会再踏进都柏林一步。"

"你真的没有注意到吗？我的儿子失踪了，就算你也不能阻止我回来，随便你怎么威胁我。现在，我想和我老婆说话。"

"留在这。我去叫她。"

"你去吧。"丹尼故作镇定地说，但声音仍在颤抖。

"胆敢踏进这个房子，你会失去另一条腿。"弗雷德指着他的好腿。丹尼再次后退了一步。

梅齐站在厨房的柜台前，双手托腮，听收音机。他进门的时候，她抬起头向他打招呼。

"我想如果我一直听，也许新闻播报员就会告诉我们一些不知道的东西。真是愚蠢。"她笑了起来。

"梅？"

"怎么了？"

"丹尼在外面。"

就算我还没有失去她，那么现在也要失去了。他走近她，以防她膝盖瘫软倒地。

梅齐 | 梅齐面如死灰，呼吸急促，左手紧紧揣着胸口。弗雷德扶她坐下。泪水盈满她的双眼。她身体的每一寸都想逃跑。跑，跑，跑。她曾成功逃脱。他走了。她再也不想看见那张咆哮的脸。做不到，做不到，我真的做不到。

"梅齐？"弗雷德说，"我能为你做些什么？"

他是如此善良，如此高尚。她撑不下去了，趴在他肩膀上哭了起来。"对不起！我很抱歉，我太刻薄了，弗雷德。"

"啊，现在立刻，打住。"他说，"别说了。你要挺过这场灾难，梅，你什么都没有做错。"

她紧紧抱住他。求你了，不要让我一个人面对他。丹尼说过的每一句伤人的话，做过的每一件伤人的事，全都萦绕在她的脑海，如此不堪忍受，简直像要爆炸一样。一阵灼热的疼痛撕扯着她的左眼。时间已经过去了如此之久，但他一击就击中了她的要害。

"你可以不必见他，我可以把他送走。"弗雷德说。

但是，梅齐知道总有一天她不得不面对他。那么她宁愿选择弗雷德在身边的时候。她知道他不会不答应。瓦莱丽！哦，不。瓦莱丽。她必须掌握整个局面的主动权。她需要深入挖掘出她最后的储备力量。她从椅子上起了身。"好。"

"我在这。"

"哦，上帝啊。"

"梅，不会有事的。"

"我只需要一分钟。"看到丹尼会跟撞到鬼差不多。她需要准备好自己。"我曾希望他已经死了，"她在厨房里转着圈说，"这似乎是唯一的解释。前一天他在这里恐吓我，告诉我如果没有他，我是不可能活下去的，而接下来一天他就消失不见了。我原以为他一定是死了，我甚至觉得也许是他爸爸杀了他，也许他就被埋在他妈妈的天井里，或者在他妈妈花园里的那个鸟拉屎的圣母像下面。我希望他死了。"她说得很快，每说一句，脚步便随之加速，最后差不多是在慢跑了。

弗雷德一把拽住了她。"他不会伤害你的，梅。你不是一个人。"

"丹尼最可怕的就是他想做什么就做什么。"

"这我可以控制。"

"我不想让瓦莱丽看到他。"我不能让她看到他，现在不行。她还没准备好。

"我同意。"

她叹了口气。深呼吸。弗雷德放开她，她走到厨房门口。"她在她的房间里，弗雷德。请确保她一直待在那里。"

"我会的。"

她缓缓地朝前门走去，小心翼翼，如同走在一片沼泽地上。她可以感觉到弗雷德在她背后，鼓励她向前。她知道他正守卫在瓦莱丽的房间旁。她把手放在锁上，拧开，瞬间冷风扑面。她竭力忘却眼中的痛楚，正面直视着丹尼。这三秒钟如此漫长。他发了福，有了双下巴——最后一次见面时还没有的。他灰白的头发令人震惊。它们让他看起来老了许多。

更不用说他那愚蠢的小胡子了，他一直就不适合这样的须型。

"好久不见了。"他说，上下打量着她。

"还不算久。"

"呵呵，好吧。你搞丢了我的儿子，所以我来找你算账了。"

"你想要什么，丹尼？"

"找我儿子，即使他是一个同性恋。这还多亏了你。"

"他不是——"

"和两个女人住一起，你还能指望什么？"

她哽住了。

"很快一切都要完蛋了，不是吗，梅齐？"

"祝你好运。"她转身关门。

"你敢，"他咆哮道，"我想看看我的小女孩。"

"不。"

"你不许对我说不。"

"不，我偏说。不，不，不，不，不。"她可以看到窗帘被拉动。她很庆幸记者们都离开了，要不然他们就能对这件事大做文章了：虐妻狂魔归家，车道清算旧账。他们也可能把他描绘成受害者：忧心忡忡的父亲回家寻找丢失的男孩：房门砰一下甩在了他脸上。

"明天我会回来，我要见她。"

"明天我会和她做出决定。"

"不要试探我。"

"试探你？"她心里有东西厉声说，"你怎么敢来我家还跟我提要求？我不亏欠你任何东西，你也不欠我的。我属于自己。你不该那样跟我说话。已经翻篇了，丹尼·福克斯。或许我曾经什么都不是，但现在你才什么都不是。不要试探我。你以为你是谁？"她走到外面，居高临下地看着他，直直地盯着他的眼睛，攥紧拳头，头顶、耳旁以及脸颊上都仿佛燃烧着火焰。"我要他妈的给你一斧头，丹尼。我一定会！我发誓！过了这么久，我已经不再害怕你了。"她在撒谎：她很害怕。脉搏跳得这么快，她真担心自己的血管会爆裂。

"你会怕的。"他说，但她并不为之所动。他们俩针锋相对。现在是她占据主动，而他则落了下风。

"你再也不要到我门口来。"她说这话的时候，自己都认不出自己的声音了。

"我有权探望瓦莱丽。"

她把他推到后面的小路上，然后继续往公路上推。"我们会考虑的，丹尼。"

"如果你再这么跟我说话……"

他现在站到了路边，而她已经转过身，沿着小路往回走。

从这一刻起，他俩都知道了：他已经不能再像过去那样对她为所欲为了。她的脉搏渐渐舒缓下来。不，你不会做出什么来的。我们的事情已经结束了。

"明天，梅齐。"他像以前一样用手指指着她，但这一次手指没有戳到她脸上。这次是有距离的，这距离不仅仅是一条小路——他们之间已经隔开了一片深深的海湾。再也回不去了。

她看着他走开，这时她才注意到他脚跛得很厉害。发生了什么？你也尝到我当年的滋味了么，丹尼？

在他从视线中消失后，她在台阶上坐下。她在颤抖，但她可以控制住自己的神经。她紧紧抱住自己，觉得自己从遇到他开始，直到此刻才算是真正摆脱了他。她眼里的疼痛消失了。如果她儿子没有失踪，这或许会是她一生中最好的时刻吧。现在待在外面太冷了，另外，太多人在看着。她数过，这天晚上整条路上大概有一半人家都没在看电视，他们在看着她的房子——那些来来往往的人。就在她坐在台阶上的时候，都可能有某个邻居正在跟媒体讲述着。她站起来，掸了掸身上的灰，回了屋里。

弗雷德还在瓦莱丽的房间外面守卫着。她感激地冲他笑了笑。

　　"你还好吧，梅？"

　　"不好，"她说，"但我还站着，这就不错了。"

　　"回家之前，我还有些事要跟你说。"他说。她立刻就意识到不会是什么好事。现在怎么办？我还能承受更大的打击吗？她跟着他回到厨房。房子很安静。林恩早走了一个小时，去给她丈夫做饭；她的妈妈和孩子正在睡觉。天色已晚。真是漫长的一天。

　　他跟她在厨房桌子两头坐下。"你还记得上次丹尼来这里的时候吗？"他问。

　　好像她能忘了似的。"他从窗户外往屋里扔了一块砖头，对我说，他随时可以轻而易举地进屋杀了我。我信了。"

　　"你还记得那天晚上你对你母亲说的话吗？"

　　她一时间想不起来。那是很久之前了，她很想知道他为什么要突然提起。

　　"你说你可能不得不回到他身边。你还记得吗？"

　　她点了点头。是，当然。"我想着要是我不回去的话，我们都会死的。然后他就消失不见了。"

　　"我知道，梅。"

　　"我知道你知道的。"

　　"不。我的意思是，我知道他做了什么，我知道他说了什么，我也知道他能做些什么。你妈妈第二天早上给我打了电话。她把一切都跟我说了，向我求助。因而，我知道他为什么会消失。"

梅齐不敢相信她的耳朵。"你做了什么？"

弗雷德避开了她的视线。"我恐吓了他。"

"你对他做了什么，弗雷德？"她说。不安开始在她的心里滋长。

"晚上我从酒吧开始一路跟着他。我打了他的后脑勺，把他撂倒了，然后放在他车的后备厢里。我开车把他带到了都柏林山，梅齐。我让他挖了一个坟墓。"

"全能的耶稣基督。"

"有两个小时，我让他认为他就要死了。他试图逃跑但被我抓住了，然后我就用球棒打了他。我下手很重，把他的腿打成了两截。"

不可能。弗雷德很温柔的，丹尼才是那头野兽。

"我把车开到离医院大约两公里的地方，打开了后备厢。在我走开之前，我警告他，如果他胆敢提到我的名字，或者他再次接近你，我已经在都柏林山为他备好了坟墓。"

她感到一阵恶心。

"我一点儿也不自豪，梅齐。这是我做过的最糟糕的事情。

我知道这是错的。我越界了，木已成舟。但我很抱歉，我向你保证，我和那个人不一样。我向你发誓。"他正在乞求她，但是她什么也听不进去。他把他的腿打成了两截。他让他给自己挖坟墓。弗雷德试图握住她的手，但她挣脱了。哦，完了。又一个暴力的男人。

弗雷德 | 弗雷德看着她满脸的惧意，一动也没有动。他知道她很害怕。即使在她蜷缩到角落里的时候，他仍然坐着没动。相反，他闭上双眼，想象着自己站在丹尼身上，球棒砸在他的腿上。他看着它扭曲，听着它断裂，然后是丹尼痛苦的尖叫声。

"那一刻我特别不好受，梅。"

这是他最悔恨的一件事，他需要她明白这一点。他一直把自己包装成那个在门廊台阶上跟丹尼搏斗的勇士，但这都是骗人的。他痛恨自己打了那一下。这么多年之后，这仍然是他挥之不去的梦魇。

"你让他挖了一个坟墓。"她静静地说。

"我只是想吓唬吓唬他，但最后我把我俩都吓坏了。"

她充满怀疑地摇了摇头。"妈妈知道吗？"

"在很短的时间里我是一个英雄，但后来她给医院打了电话，知道了丹尼的伤势。她还是很感激，但她心力交瘁。有谁能责备她呢？"

"她很怕你。"梅齐说，她的声音颤抖了起来。

"这让我改变了看待自己的方式。这是我生命中的一个遗憾，但只要是他对你构成了威胁，我会再爬一次那座山，我会再做一次。"这不是显摆男子气概，而是他真挚的想法。这也是最令他担心的事情：也许他将不得不再做一次。

"我需要你离开。"

"梅，求你了。"他站起来，刚一起身，她便往后跳了一步。他站在原地，两手僵在半空中。"我对你没有恶意。天啊，梅，我可以为你做任何事情。"

"回家，弗雷德。"

他的心在胸膛里烧成了一个空洞。"我很抱歉。"他说。

"出去。"她看起来既害怕、愤怒又苦涩，同时非常非常伤心。"出去。"她咆哮着，泪水溢出了眼眶。"'不要相信一个留胡子的男人。他一定是在隐瞒着什么。'——我妈妈一直这么说，看来她是对的。"

"就这些了，梅。那就是我最糟糕的样子了，再不会那样了。求你。"

"我必须报警吗？"她斩钉截铁的话音就像是重重地扇了他一记耳光。

"好。我这就走。"

她在墙角没有动，当他经过时，她也纹丝不动。走到走廊的时候，他听见了她的啜泣声。他想跑到她身边，把一切重新拉回正确的轨道。他想将她一把拥在怀中，拯救她于危难之中，就像他一直做的那样，但这次他要把她从自己手中拯救出来，即便是弗雷德·布伦南也做不到。

1995 年 1 月 1 日，晚上 11 点至午夜

杰里米 天还下着雨，但没有刚才那么大了。层云散尽，夜色深沉，虽然月光明亮，但光线大多被树木遮蔽。杰里米感觉到他仿佛正跟随雷夫进入一头巨兽的口中。他停下脚步。风像一口寒气顺着脊背而下，让他整个人都开始颤抖。在雷

夫拨开层叠的枝杈，试图在这片未知的危险之地开辟出一条道路来时，那些因雨水变得沉重的叶子不断把水溅泼在他的脸和脖子上。当感觉杰里米没跟紧时，雷夫会转过身去找他。"加把劲儿。"

"我们天杀的这是去哪里，雷夫？"杰里米喊道。

"去一个很酷的地方。快来。"

雷夫继续向上爬，杰里米跟在他的朋友后面匍匐前进，尽可能缩短距离。这太疯狂了。我不该在这里。我讨厌这个地方——它快把我搞崩溃了。从一开始就是这样。他知道这一点的！

当他们向前移动时，夜空在更为密集的树木遮蔽下，更显得模糊不清。我看不到我的脚！他能感到下方的植物不断拉扯着他，试图绊倒他。山坡越发陡峭，每走一步都变得更加艰难。这不会有什么好结果的。我只想回到我的床上去。接着，突然之间，地面平缓了起来，雷夫跑着穿过高大的树木，以及浓密多刺的灌木丛。"快来。"他喊道。杰里米跑着跟了上去，担心自己要是不跟着雷夫的话，也许真的会迷失在这片森林里。

"雷夫！"他看不见他。"雷夫！"他可以感觉到脖子上的脉搏。这可不妙。

　　当他终于进入一片空地时，看见雷夫就站在那里，头微微后仰，双臂扬起，像史泰龙在《洛奇》里做的那样。他们站在一块面积不大的石头上，但皎白的月亮笔直地映照着它，就好像它是在专门照耀着他们一样。月光起初是刺眼的，不过当他的眼睛习惯了这亮度之后，他向前走了几步，伸出手来。"这太不可思议了。"他说，"像是我差不多能够到它一样。"

　　"很酷吧？"雷夫说着走到了一处似乎是边缘的地方。"看那边。"他用手指着。杰里米还有些头晕目眩，所以他待在原地没动，但当他随着雷夫的视线看去时，他可以看到好几公里之外城市的灯光。

　　"欢迎来到我的都柏林。"雷夫笑了起来。

　　"哇。你怎么知道这里的？"

　　"我已经来了几个月了。"

　　"你自己？为什么？"

　　"我只是摸索着，追踪着山上的踪迹，我想看看它们会把我带去哪里。"

　　"全都是你一个人吗？"杰里米说。

　　"你怕什么，比尼？你是觉得这个地方闹鬼吗？哈哈！"

　　"比起鬼来，你还不如担心一下撞上黑帮或者 IRA 在埋死人。"

雷夫思考了一会儿。"这里是个很不错的地方。不过，今晚不会有埋葬或谋杀。没有人喜欢在这么糟糕的天气里做这些。"他再次举起手臂，仰着头，直视着月亮，"今晚这个地方是我们的。"

"只因为别人没有疯到爬来这里。"

"你不喜欢吗？"雷夫似乎很失望。

"我喜欢，这里非同寻常，但我快要冻死了。"

"我们来解决这个问题吧。"雷夫走了起来。

"哦，得了吧！"杰里米说着，也跟在他后面跑了起来。

"在这里就像生活在太空，比尼。"

"时候不早了，雷夫。"

"不是很远。"

"什么不远？"

"我们的救星。"雷夫拍了拍杰里米的背，笑了起来。

"好吧，不过别像讨厌的公山羊那样狂奔了。"杰里米担心会从山上摔下去。

雷夫一把搂住他的肩膀。"我们会一起完成最后的这一点工作的。"

他的手臂很沉，但感觉很舒服。别陷进去。别陷进去。哦，天哪，这是勃起吗？现在？在这讨厌的寒雨中？为什么你不能正常点呢？"放开手。"他说着，轻轻地推开了雷夫。

有那么一会儿，雷夫似乎很受伤。"我身上没有跳蚤。"

"像是有呢。"杰里米在他朋友的肩膀上草草抓了几把，然后推开了他。雷夫笑了。

要是你知道就好了。

"你比以前更强壮了，比尼。"

但愿如此。

他们继续向前走。小径狭窄，杰里米可以感觉到树枝轻拂过他的脸庞，但地面却越发平坦，好像这里本就有一条路。雷夫走在前面，杰里米紧随其后。这儿又是漆黑一片，伸手不见五指，但很干燥，两边树木的树冠在他们头顶聚拢。

"那么，你和凯西做了吗？"杰里米说。这会让我平静下来。

"是。怎么了？"雷夫说。

"是吗，你没有跟我说。"

"我不用什么都告诉你。"

"显然如此。"杰里米拨开了叉到嘴边的一根树枝。

"为什么？你不相信我吗？"雷夫说。

"我当然相信。"

"所以到底怎么了？"

"没怎么。"

"你应该跟迪尔德丽做。那很棒的。"

"闭嘴。"

雷夫笑了。"据凯西说,她很渴望。"

"我是认真的,雷夫,闭嘴。"

"我只是说说而已。"

"行,那就别说了。"

"什么东西在往你屁股上爬?"雷夫说。

"在这可恶的丛林里什么东西都有可能。"

雷夫笑了。"我们这就到了,我保证。"

一路无话。杰里米不知道将会遇上什么。他很着迷,但他最担心的还是回家之后怎么办。妈妈会在我之前到家。我完了。我死定了。突然,雷夫跑了起来。

"你保证过你不会跑的!"杰里米喊道。当杰里米从茂密的树丛中钻出来,进入又一片小空地时,雷夫早已到了,双手贴着臀部。这一次取代月亮成为焦点的是一个破败的小木屋。雷夫走到了摇摇欲坠的门口,从口袋里拿出一把钥匙打开了挂锁。

"这是什么?"杰里米说。

"家,甜蜜的家。"雷夫推开门。

杰里米站在门槛上，张大了嘴巴。

"进来。"雷夫从口袋里拿了一个打火机，点着了一个木架子上的几根蜡烛，然后点亮了窗边一张更大的桌子上又大又粗的另一根。

这是一个很小的房间，有一个小而陈旧的燃木炉。房间右边的地板上有一个睡袋和一个枕头，还有一把大木凳摆在窗边。墙上钉着一些钩子，上面挂着生锈的工具，除此之外，到处都有突出的长钉。雷夫的衣服挂在他用旧尼龙绳子制成的晾衣绳上。他把一双靴子和一双跑鞋整齐地并排摆在下面。杰里米关上了门，将这一切尽收眼底。

"我认为这些钉子从前是用来挂动物头颅的——你知道，就像职业猎人一样。它以前绝对属于一个猎人。"雷夫说。

"或者一个精神病。"杰里米说。

"不管是哪种情况，他都不会回来了。整个夏天我都用那把锁锁着门。没有人来过这里。它完全属于我了。"

在角落里有一个篮子，里面放着雷夫的洗浴用品和内衣。衣服叠得很整齐，牙膏、漱口水、肥皂和几瓶喷雾分别储存在单独的透明塑料袋里。在对面的角落里有一把黑色的塑料刷子。

他的立体声音响放在靠近睡袋的地板上，旁边还有一堆书、CD，以及足够用上一整年的电池。

"天哪，"杰里米说，"你这是玩真的！"

雷夫笑了。"还不止这些，那边还有自来水呢。"他指着一个水龙头说道。他在水龙头下方放置了一个塑料盆，旁边放着各种清洁用品。这个地方老旧而破败，但是雷夫尽可能把这里收拾得干干净净。他一定花了好几个星期擦擦洗洗吧，杰里米想。他可以闻到家具上光剂的味道。雷夫一遍又一遍地抛光了每一块表面。气味已经渗透到木头内部，根深蒂固。"还不错吧？"雷夫说着，看向他的朋友以寻求确认。杰里米不知道该说些什么，他甚至不知道自己到底有什么想法。"是的，这里酷毙了。"

"过来，我来点火。"雷夫说。他从炉子旁边拿起一些引火物，又一次掏出他的打火机。"坐。"他指向睡袋，"请随意，就像在自己家一样。"

"这太疯狂了，不过，好的。"

雷夫笑了。"别再背着包了，拿下来，然后让我们拿出一些三明治来吧。我快饿死了。"

杰里米照做了。别再勃起了，杰里米·比恩。我警告你。保持冷静。极度冷静。你这辈子做到这一次极度冷静就够了，求你了。

火点着后，房间里很快就暖和了起来，即便有一扇窗户的一个角落破了个洞。雷夫把一只袜子塞进了洞里，然后在里外两面都贴上了报纸。

"我去搞定这个。"他和杰里米挨着坐在睡袋上。杰里米把背包里的三明治递给了他。

"再配上点伏特加？"雷夫问。

"你没有喝够吗？"

"来吧，伙计，我现在很清醒。"

"得了吧，我们还得一路走下这烦人的珠穆朗玛峰才能回到家。"

"我知道你吓坏了，你想回家去照看你外婆——你这个可靠先生！我们就喝一杯，庆祝一下。"

杰里米被说动了。他递给雷夫小半瓶伏特加。

"你自己也来一瓶。我们来干杯。"

杰里米从包里拿了另一瓶。雷夫举起了他的酒瓶，杰里米也举了起来。

"敬我的新家，也敬我们俩。"雷夫说。他们碰了杯。雷夫喝了一大口，杰里米啜了一小口。雷夫拿起了半块三明治。"给，我们一起吃。"杰里米咬了一口，雷夫哈哈大笑。

杰里米环顾四周，蜡烛闪烁，炉火燃烧，透过刚清洁过的窗户，他为满月和城市的灯光而痴迷。他正坐在他最好的朋友旁边，一只手拿着奶酪火腿三明治，另一只手则是伏特加。即使是严格古板、循规蹈矩、平静至上的杰里米·比恩也不得不承认这很酷。他看向雷夫，雷夫在烛光中更显帅气。完美。

"很酷。"他放松了一点，雷夫戏弄地打了他一下。

"真是太酷了。"他倚在他的立体声音响上，从 CD 堆里取出了一张。"我们来听点《难忘之火》[1] 怎么样？"

"很经典。我喜欢。"经典！你说这干吗？你怎么了？你听起来像是疯了。这开始像是场约会了。我的脑袋已经融化了。别放松。不要放松。雷夫在他身旁坐下，碰到了他。保持冷静，杰里米，保持冷静！

他们坐着吃三明治。雷夫一会儿就喝一口伏特加，直到喝空了瓶子。

"这是你我之间的秘密。"雷夫说。

"为什么？"

"我要是把这里的事告诉那几个伙计，很快每个人就都会知道了，那就完蛋了。"

"凯西怎么样？"

---

[1] *Unforgettable Fire*，爱尔兰摇滚乐团 U2 的第四张专辑，1984 年 10 月 1 日发行。

"不。这里是属于我俩的，比尼。"杰里米的心脏停了一下，"我们的秘密。嗯哼？"

"好的。"杰里米答应了。他的声音很嘶哑，他不知道雷夫有没有听到，所以他又夸张地点了点头。

"这里会很棒的。"雷夫说，"从现在开始只会越来越好。我要粉刷一遍，除去那些钉子，贴一些海报。到春天和夏天，这个地方会如同梦幻一般。"

"那真的很棒。"杰里米发现自己兴奋了起来。

"我们在学校还要待一年半左右，比尼。我可以在这里度过一年半的愉快时光。"

"在那之后呢？"杰里米说。他对毕业感到焦虑。他担心以后再不会有成为雷夫最好的朋友这么好的事情了。他害怕毕业之后，在世界向他们敞开的时候，他就会失去雷夫。他可以跟别人说再见，迪尔德丽都行，但是他无法想象没有雷夫的世界会是什么样。

"我不知道。也许去伦敦？"

"做什么？"我呢？我要去哪里？

"什么都行。凯西的爸爸说，只要有房子，就有干不完的活。"

"我无法想象你成为一个建筑工人。"那也太黯淡无光了，一点儿也不像雷夫的风格。一定得好过那样。

"我们可以在船上工作，就像你说过的那样。"

杰里米心旌摇曳。那可真不错。"目前为止最棒的主意。"他说着说着就笑了起来。

"但我会是船长。"雷夫补充道。

"没门。我才是船长。"

"我们都会是船长，我们会开着那些豪华巡洋舰中的一艘环游世界，那就将是我们的生活。"

杰里米闭上眼睛，看见他们在一艘漂亮的船上。船行驶在波光粼粼的水面上，天空蓝得发亮。"好的，我们就这么做吧。我们来看看为了这目标我们得做些什么。我会发愤努力，废寝忘食，哥们。为了这我什么都愿意做。"

雷夫一把抓过杰里米的酒瓶，喝了起来。"明天我们就去和职业指导顾问谈谈。"

"这就是我们要做的事情。"他真心希望雷夫别再喝醉了，或者跟他打起来，或者爬到新家刚上过光的烟囱上去。我可以看到自己那样的未来，我真的可以——并且是和雷夫一起。天哪，那简直不可思议。

雷夫跳了起来。"不好意思，比尼，我得去尿个尿。"

"你要去哪里？"杰里米环视了一圈整个房间。

"外面，露天。"雷夫走了出去，然后紧紧地把门关上，让杰里米独自一人品味他们的秘密隐藏地。这很酷。这太酷了。他靠在墙上。听着Edge[1]的吉他，看着城市的灯光，他如此温暖，如此惬意，满怀憧憬。他允许自己在这短暂的片刻沉浸在幻想之中：他和他最好的伙伴，他们的未来。他们一起环游世界，在水晶般清澈湛蓝的碧波上航行。总有人要做这些的，为什么不是我们呢？他当船长，雷夫当工程师；或者，如果他真的想要的话，雷夫也可以当船长，而杰里米可以做厨师。只要我们在一起，我做什么都愿意。他想象着探索异域——他几乎可以感受到背上温暖的阳光，而大海的气息充盈了他的每一个肺泡。他的曾祖父曾是个渔夫。大海在他的血液里。这很靠谱。这完全可能。

他看见自己正在甲板上，雷夫就在他身旁，他们从爱尔兰启程，去往一个更大、更好的地方。在那里他可以做真正的自己，而雷夫能够明晓他的心意。世界会睁开眼睛，他会接受杰里米。雷夫不会害怕他。杰里米甚至可能会找到爱，他会超越这冲动的激情，他们将永远是最好的朋友。这是一

---

[1] 原名大卫·荷威·伊凡斯（David Howell Evans），是U2的主吉他手、钢琴手与合音。

个美梦，但只要他足够专注，足够努力，足够渴望，它就可能发生。为什么不呢？他在睡袋上躺下。有那么一秒，他想象着雷夫就躺在他身边：他正抚摩着雷夫的头发，轻扫过他的耳朵，凝望着他英俊的面容和灰色的眼睛，亲吻着他，幽深而长久……

哦，天哪……我告诉过你不要放松。下来！他拍打他的家伙，把它压了下来。它仍然肿胀着，抵着他的手。哦，上帝啊，求你了，快结束吧！他有了那种快要爆炸的可怕感觉，想着是不是应该跑到那寒冷的夜幕中，在荒野中手淫一次。他不会看见的。我会说是肚子不舒服。哦，上帝啊，要是有什么东西在外面怎么办？那正是我需要的。某个东西，用来把我的家伙给切了。对我来说也许那样才是最好的。杰里米将背包放在他的裤裆上，然后把整个上身的重量都压在上面。这时，他听见雨点如重锤般敲打屋顶，他从他的腿上抬起头，看见大雨倾盆而下。

"哦，糟了。"

雷夫跑进来，砰的一声关上了门。他浑身湿透了。"真见鬼。外面简直疯了。"他把湿头发从脸上拨开，把它归拢到耳朵后面，就像杰里米在幻想中做的一样。你这是在犯罪，你快要杀死我了。他走到晾衣绳边上，抓起一条干净的毛巾。

他的朋友弯腰擦拭下身时，杰里米迅速看向别处。他感到恶心，双手颤抖，尽管他尽可能紧地抓着那个背包。

"比尼，我们可能不得不在这儿一直待到早上了。"雷夫说。他用毛巾把自己裹上，接着转过身来，在炉火上暖手。

"我不能。"杰里米说。

"我们别无选择。这种天气我们没办法安全下山。"雷夫在他的朋友身边坐下。

"我必须走。"杰里米说。

"雨停之前，你哪儿也不能去。"

杰里米透过窗户俯瞰这座落汤鸡一般的城市。雨点如此猛烈地撞击屋顶，以至于雷夫不得不提高了音量。他是对的。哦，我的神啊。我必须留在这里。

雷夫笑了。"振作起来，比尼。你看起来就好像我刚杀了一只小猫。我们明天一早就溜回去。能发生什么大不了的事情？"

哦，我不知道，我也许会哭。要是我哭起来，我就永远停不下来；或者，更糟糕的，我也许会完全崩溃，然后对你说我爱你，我一直都爱着你。我将永远爱你。"没什么，"杰里米说，"一切都会好起来的。"

雷夫微微一笑。"我们一生中最美好的夜晚。"

星期四

1995 年 1 月 5 日

第九章

风光不再 ——

声音花园乐队，1991

梅齐 | 为了杰里米十三岁生日，梅齐雇了一名魔术师来娱乐孩子们。这是她第一次为孩子们的派对雇人：电话里他听起来很有修养，非常友善；他的要价非常合理，这意味着她可以全力以赴准备食物。

这是一个巨大的错误。"神奇的安东尼"是一位退休的银行经理，准确地讲，他一共知道四个卡牌把戏。他用的是他妻子圣诞节时为他买的一个儿童魔术套装，他带来的动物气球包括一条蛇、一只蜗牛，还有一个他声称是狗，但看起来更像是一把椅子的东西。在红色披风里面，他穿着一件紧身衣，此外还戴着一顶紫色的尖帽，看起来不像是巫师，倒更像是三 K 党。这身打扮很扫兴，但他似乎真的很兴奋能参加这次派对，并且很明显，他真的希望孩子们能度过一段美好的时光。

"准备好迎接你们一生中最盛大的演出了吗，孩子们？"他安排他们在自己面前坐成一排，然后说道。

"准备好了！"瓦莱丽和布蕾迪喊道。其他人都没有回应。梅齐有些刻意地热情鼓掌，以掩饰自己的紧张情绪。

"你们想看什么样的戏法呢，孩子们？"他说。

"看你消失。"戴夫回答。除了杰里米，其他男孩全都大笑不止。

"哦，那可太难了。"他说。

"其实不难。"戴夫说，"门就在你身后。"男孩们又笑了起来。戴夫做得太顺利了。

"哦，是的，非常好。"他看起来很不安，"那么，来一场卡牌戏法怎么样？"

梅齐觉得胃部一阵绞痛。她不知道自己对谁感到更加抱歉，是神奇的安东尼，还是可怜的杰里米。他的脸涨得通红，眼里噙满泪水。当神奇的安东尼失手把卡牌摔落时，杰里米像阵风一样冲出客厅，然后砰地关上了他卧室的门。魔术表演无法继续，所以小伙子们借机钻进了起居室，打开了电视机。当她敲门时，她的男孩正在房间里痛哭。

"这太糟了，妈。"

"我很抱歉，亲爱的。我把欢乐时光给搞砸了。"她把双手举在空中。

"我只想让他们回家。"

"他们现在不能走。你外婆整个早上都在忙着烘焙，她现在还在忙着。"

"他们正在看电视，妈。"

"那算不上多糟。"

"是《女作家与谋杀案》[1]。"在卧室里可以听得一清二楚。

"哦，是的。"

梅齐靠着他坐在床上。她没有试图拥抱他。他现在太难过了。

"我十三岁了！你在想些什么？"

---

[1] 是一部非常著名且持续时间很长的美国经典侦探剧集。

"我不知道。我忘记你长大了。"

"我现在是一个男人，妈。"

"别把你自己说得过于成熟，儿子。"

"即便如此，我也已经不是个孩子了。"

"对不起。"

"戴夫以后一辈子都会拿这件事来取笑我的。即使是朱诺他妈妈也不会雇一个这样的精神病人。"

他是对的。她知道他是。她必须在没有时间、没有预算的不利情形下力挽狂澜。她绞尽脑汁。传统的游戏对他们来说太过幼稚了，但是几周之前她在牙科手术的中间休息时读的一篇文章让她欢笑不已。一位女记者对男朋友的幼稚的行为感到非常不满。这篇文章的标题是"当男孩成为男人时……也许永远不会"，她的男朋友二十八岁了，而他最喜欢做的事情是和他的同伴们竞争，比拼谁能做出最可笑的事情。她列出了他们的每一个疯狂之举，并给它们打了分。"我有个主意。"

"什么主意？"

"吃饭比赛。"

"什么？"

"比赛会有三回合。第一回合是比赛你可以在一分钟内吃多少饼干。”

"很容易。"

"你会这么想，但真的很难，相信我。"

"好。"但他不确定。

"第二回合是喝生鸡蛋。"

"哇哦。"

"我知道。"

"我喜欢这个。继续。"

"第三回合是比赛谁可以吃世界上最辣的辣椒。"

"我们有世界上最辣的辣椒吗，妈？"

"没有，但真的很辣。"

"好的。"他听起来并没有被说服。

"想试试吗？"她满怀希望地问道。

"行。"

梅齐突击搜查了储物柜和冰箱，然后让男孩们围着桌子坐下。她解释了规则，等待大家的反应。

"听起来很简单。"米奇说。

"行，那么米奇，你第一个来。"梅齐说。

"太好了。"

"我一按下这个计时器，你就开始。在一分钟内吃下尽可能多的饼干。"她按下蜂鸣器，米奇开场的气势很有冠军相。前两块相当容易地下了肚，但之后他开始咳嗽，唾沫飞溅，但他一直在勉力把饼干塞进嘴里。男孩们看着他噎着的样子全都笑个不停。

"……五，六，七……"

"水！"他气喘吁吁地喊道。在他英勇地与饼干搏斗的同时，小伙伴们一起为他计数，他们的声音随着激动之情而愈加高涨。

"……八，九，十……"

"没有水。"她说。小伙伴们纷纷拍手称赞。

"啊，不是吧。"他差点窒息，小伙伴们全都咯咯笑了起来。

"……十一，十二……"

他继续吃着，同伴们的叫喊声推着他向前，塞满东西的嘴巴合都合不拢。

"十三！"

蜂鸣器响起来的时候，他正竭尽所能把第十四块饼干塞进嘴里。

"停！"裁判梅齐发出了口令。

男孩们集体欢呼，雷夫吹起了口哨。布蕾迪给米奇递了一杯水。

"做得不错，孩子。"她说——他正在把第十四块饼干的残渣吐进水槽。

雷夫吃了十一块，杰里米九块，朱诺五块都没有吃完。戴夫刚好在蜂鸣器响起来的时候吃完了十二块。他非常沮丧。米奇拍打着肚子庆祝胜利。"继续吧！"他以胜利者的姿态拍了拍厨房的桌子。"下一个！"他喊道。

生鸡蛋挑战让朱诺和杰里米连连作呕，他们的嘴唇甚至没有碰到玻璃杯。他们呕得越厉害，其他孩子就笑得越响。戴夫在举白旗前设法喝了三只生鸡蛋。"我做不到了。我真的做不到了。"米奇喝了四个，又吐出来一大半。小伙子们就爱看这个。雷夫轻而易举地喝下了五个，赢得不费吹灰之力。

最后的挑战是梅齐真正的底牌。为了节目效果，她戴上万寿菊手套，拿起了苏格兰邦尼特辣椒。"这辣椒可以把老虎的眼睛烧掉。它太辣了，可以让大象的心脏停跳。这辣椒可以改变你们的一生，男孩们，并且不是朝着更好的方向。"

"天哪！"朱诺低声说。

"很酷。"米奇说。

"你们准备好试试这个了吗？"

他们点头。

"我听不见你们在说什么。"

"准备好了！准备好了！来吧，我们准备好了！"米奇喊道，"让我们开始吧。"

小伙子们紧张地笑了起来。

她慢慢地，刻意地，以很特别的方式切着辣椒。他们都坐在桌旁，注意着梅齐和她致命的辣椒，不时交头接耳。布蕾迪端着一碗新鲜的松饼进了房间，巧克力的香气瞬间填满了男孩的鼻子。

"我看过一个男人，他在吃了一个辣椒之后哭成了一片海，然后跳进了湖里。在那之后，他就成了一个野蛮人。"布蕾迪说。

"这可不是闹着玩的。这是今天的重头戏。那么，谁愿意勇敢地成为第一个吃螃蟹的人？"梅齐问道。

"这不是勇敢不勇敢的问题，梅齐，这是疯狂不疯狂的问题。"雷夫说，接下来大家都转向米奇。

"算我一个。"他说。

她冲他眨了眨眼。"好样的。"她把这块辣椒放在盘子上递给他。她摘下手套，跟他握了手。"以防万一。认识你真的很棒，米奇。"

"你也是，比恩女士。"他深吸了一口气，攥紧拳头，舒展了一下脖子。

"你准备好了吗？"雷夫低声说。

"我准备好了。给我手套，比恩女士。"

她把它交给他，他戴上手套，然后抓起辣椒，把它扔进嘴里。同伴们都簇拥过来。梅齐两手背在身后，十指交叉，希望这个辣椒是个狠角色。一两秒钟的时间里，他似乎完全正常。"容易！"然后他的脸变红了，他开始喘气。"我的嘴唇！我的嘴唇！我感觉不到我的嘴唇了！水，水！"他捏着自己的嘴巴绕着桌子跑了起来，就好像他的屁股着火了。其他男孩认为他这是歇斯底里。戴夫笑得控制不住，连连拍着自己的身体。

"哦，不，讲真，瓦（我）的舌头！哦，瓦（我）的舌头！"杰里米笑得眼泪都出来了。

没有其他人尝试过辣椒。他们不必这么做：梅齐已经胜利了。

之后，男孩们坐在餐桌旁吃比萨、松饼、糖果，以及生日蛋糕，重温刚刚那疯狂一小时的每一刻。米奇尝不出任何味道，这让他的朋友们吃所有的东西的时候都更觉香甜。

"最好笑的一次。"戴夫临走时说。

"你妈妈很酷。"雷夫说，米奇表示同意。

那天晚上，梅齐给瓦莱丽裹好被子。"看，妈齐，这是罗孚椅。"她指着她的那个气球动物说道。

"你喜欢神奇的安东尼吗？"

"不喜欢，但他人真的很好。"

梅齐亲吻了她的女儿，跟她道了晚安，然后在走廊碰见了她的儿子。"这个生日过得怎么样，开心吗？"

"这是我过过的最好的生日，妈。"

"太好了。"她宽慰地长出了一口气。

他走到他的房间，就在他进去之前，他说："最好的妈妈。"

她高兴得快要哭出声来。"你最好不要忘记。"

梅齐在浸满泪水的枕头上醒来，回想着那一天。她起身，穿上睡衣和袜子，而没穿拖鞋。她瞥了一眼镜子，草草梳了一把她杂乱的头发，走到厨房。

在那里，她看见了汤姆和瓦莱丽。

"早安，梅齐。"汤姆举起了手中的茶杯向她问候。

"哦，天啊！抱歉，"她说，"我不知道家里来客人了。"谢天谢地，她刚才梳了头。还是有很大差别的。

"我们有一个好消息，梅齐。"汤姆笑了起来。

"你找到他们了？"希望之潮将她包围。

"还没有，但我们会的。雷夫昨晚在布莱辛顿刷了他的银行卡。"

"你们确定是他吗？"

"我们在录像里看见了他。"

"杰里米在那里吗？"

"摄像头只能拍到使用机器的人。"

"好的。"

"如果他需要钱，那就意味着他需要买东西，所以今天我们在仔细排查当地的商店。与此同时，我认为现在是发出呼吁征集线索的时候了。你觉得你来拍一个视频行吗？"

"不惜一切代价。"

"好的。"

她在椅子上坐下。"这是个好消息。"

"这意味着他们不在水库里。"瓦莱丽说。

汤姆把茶杯放下，与梅齐视线相交。"这意味着雷夫不在水库里。杰里米不太可能在，但在我们正式目击到他的行踪之前，我们将继续寻找，虽然他在水库的可能性已经大大减小了。"

"行，但是雷夫是不会丢下他的。"梅齐笑了，"他不在水库里。"她顿了一下，"这不仅仅是个好消息。这是个天大的消息。”

　　“我会把呼吁安排在四点钟。这可以给电视台和广播电台足够的时间把它打包进六点钟的新闻。”

　　“好的。太好了。我全力配合。”

　　他走到柜台旁边，在梅齐旁边的椅子上坐下，看着她。“我昨天晚上在车站跟你丈夫说了话。”

　　“哦。”

　　“是这样，弗雷德向我透露了一点点你们夫妻分开的内情，但是梅齐，你应该知道他也想参与这次呼吁。”

　　“不行。没门。他会开车把杰里米带走的。”

　　“我的爸爸在这里？”瓦莱丽说。

　　梅齐的心沉到了肚子里。她如此迅速地转向女儿，以至于她一度以为自己拉伤了肌肉。“对不起，亲爱的，我正要跟你说。”

　　“什么时候？”

　　“今天早上，一大早。”

　　“得了吧，谢谢！非常感谢！”她叫喊着跑出了房间。

　　“对不起，都怪我太迟钝了。”汤姆说。

　　“这不是你的错。我昨晚就应该告诉她的，但我被其他事情分了心。”与弗雷德争吵的记忆如潮水般向她涌来。

"嗯，我们会允许他出席，但不让他接近讲台。别担心，梅齐，我们会控制住他的。说到这儿，弗雷德去哪儿了？"他看了眼表，准备动身离开。梅齐跟着他走到前厅。"请他来跟你介绍新闻发布会的详情，好吗？"他的手已经在门把手上了。

"谁来为雷夫呼吁？"

"恐怕还是只有你和我，梅齐。"

"西德怎么样？他现在应该恢复得差不多了吧。"

"他今天正在做手术，他的腿截肢了。"

"哦，天啊。"

"他哪儿也去不了，而雷夫的母亲对这件事已经明确表了态。玛丽安娜没有任何孩子。"他打开门，朝她挥了挥手。"我们新闻发布会见。"

他走在半路上的时候，她在身后大喊着问道："谁是玛丽安娜？"

"弗雷德会跟你说清楚的。"他上了车，她还没来得及再问什么他就走了。

瓦莱丽 | 瓦莱丽不跟她母亲说话。她坐在床上，面朝着墙。梅齐此时正在收拾女儿的房间。"对不起。"她一边说着，一边从地板上捡起脏衣服。

"你不是觉得对不起，只是因为被戳穿而感到不好意思。"

"原话奉还。"

"是的，好吧……"

梅齐坐下来，抱着瓦莱丽的脏袜子。"瓦莱丽，你并不是对我生气，而是因为你爸回来了，而你不知道如何面对。我也不知道。"

瓦莱丽的眼睛泪光盈盈，嘴唇微微颤抖。无论她怎么尝试，也无法抑制自己的情绪。"我只想杰里米回家，而他离开了，可这儿却好像什么也没发生过，一切和从前一样。"

"我也是这样想的。"梅齐说。

"我不想见他，妈。"事实上她是在说谎：她确实想要看到他，她对此感到非常内疚。他确实曾经伤害了我，妈妈。他确实也伤害了杰里米，但如果他已经改变了呢？如果他很抱歉，并且补偿我们呢？如果他很孤单，没有人在乎他呢？

"这是你的选择，瓦莱丽。"

"杰里米说他是个恶棍——他说如果他剃掉头发，头皮上会显露出'666'[1]的字样——但我没觉得他对我有什么不好的，他做过什么吗，妈妈？"

"没有，亲爱的。"

"我还是不想见他。如果我见了他，杰里米会发疯的。"

"但现在不是杰里米想不想见他的问题，亲爱的。是看你想不想。"

瓦莱丽叹了口气。"我都不记得他了，记不真切了。我甚至不知道他是谁，妈妈。"

"瓦莱丽，如果你真的想见他，你可以的，没有人会责怪你或者跟你争吵。他是你的爸爸，你当然可以见他。"

瓦莱丽可以看出，母亲说出这些话很不容易。但要她承认自己的真实感觉也同样不容易。眼泪顺着脸颊汹涌而下。"也许打个招呼就行。"

"好，亲爱的。"

瓦莱丽能看出来梅齐对此并不高兴，但她还是竭力微笑着问道："妈妈，你会跟我一起吗？"

"我一刻也不会丢下你一个人的。"她紧紧抓住了瓦莱丽的手。

---

[1] 基督教中魔鬼的象征。

"也许弗雷德也会过来。"

"我们可以问他。"梅齐看着地板说道。

"这不是说我希望他搬到家里来，或者怎么样。"

"明白。"她站了起来，"好了？"

瓦莱丽用手擦了擦鼻子。"我不爱我爸。永远不会。我只是……我不知道……"

"你不用解释的，亲爱的。"梅齐一把抱住自己的女儿，"我爱你。我并不常说，所以我还要说得更多。我保证。"

"我也爱你，妈妈，即使你是……瑞士的痛苦[1]。"

梅齐笑了起来。"谢谢。"

"瞧瞧我是怎么避开'屁股'的？"瓦莱丽说。

"我注意到了，印象深刻。"

"我还会做得更好，妈妈。"瓦莱丽说，"我会努力的。"

梅齐亲吻了她的脸颊。"你是我的宝贝。"她离开了房间。

瓦莱丽躺在床上，闭上眼睛。她试着想象站在她父亲面前的场景，但她只能感到无尽的焦虑。她试图描绘出他的形象，但她再怎么努力也无法想起一张清晰的脸孔。她几年前

---

[1] 原文为 pain in the…swiss，瓦莱丽想说的其实是 pain in the ass（眼中钉），但为了避免 ass 这一粗俗用词，她改口说了 swiss。

曾经看过照片，但后来她母亲把这些照片全烧了。她对那个男人也有一些模糊的亲身记忆，但是他消失的时候，她还是个蹒跚学步的孩子。她不知道自己能不能认出他。他看起来会和我有哪怕一点点的相似之处吗？他当然认不出她来。即便她在一条荒弃的街道上碰到他，他也不会认出她来。她不知道见到他会是怎样的一种体验。也许她会像她外婆一样感到讨厌。或者像杰里米一样生气。甚至是像她的母亲一样恐惧。或者更糟，也许她会很开心。她的胃里开始翻腾起来。

将瓦莱丽与其他比恩们区分开的关键点是她爱过他。她曾经以为他是全世界最美好的事物。她还记得那温暖的感觉：他冲她大笑，抚弄她的头发时那种温暖的感觉。她记得他把她高高举起，在空中转着圈，而她尖叫不已。"更多，爸比，更多！"她记得自己坐在他的肩膀上环游了塔拉特的大街小巷。她喜欢那居高临下的视角，喜欢他强壮的手臂夹着她的双腿，把她紧紧抱在胸前的感觉。而那些糟糕的记忆像雾一般缥缈，那些来自杰里米的二手恐怖故事。

她不知道自己是否真的想见到他。那可能让她无法承受。她很害怕，但她也很好奇。她只是不知道那个度。她身上有一些东西，是她在杰里米、她的母亲或外婆身上找不到的。她想知道她会不会看到自己和他之间有什么相似之处；如果

答案是肯定的，这是否意味着她是一个坏人？杰里米说爸爸
一无是处，虽然她的母亲从来没有这样说过，但她也从来没
说过他半句好话。如果我们是一样的怎么办？她不记得他的
声音了。他的声音是什么样的？如果我再一次爱上他怎么办？
如果我把他当成最伟大的人怎么办？之后会发生些什么？他
会像他伤害杰里米那样伤害我吗？杰里米又会怎么样？她花
了很长的时间去回忆杰里米，想象他会说些什么。他会恨透
了这个的。所以你不应该离开的，杰里米。他会告诉她，她
没有理由接近她的爸爸。如果你这么在乎的话，就给我回家呀。
她觉得眼泪快要决堤了，像是自己在一瞬间跑完了一场马拉
松，然后跳上中国长城，飞上月球，蜷成一团钻进一个球里，
躲在最深最暗的洞里，一路挖到地心。她想大喊，但又渴望
极度的安静。她想要静止不动，同时上蹿下跳。

　　这太重了。她在房间里转了一圈又一圈，咬指甲一直咬
到肉根。一直到大拇指开始血流不止，她才放下手痛哭起来，
哭到下巴酸痛，哭到眼睛通红，哭到昏天黑地。

　　够了，瓦莱丽。

　　当她听到外婆上厕所的声音时，她出了房间，并喊道："你
没事吧，外婆？"

　　"啊，我很好，亲爱的杰里米。"布蕾迪从浴室里应道。

瓦莱丽靠在门上。意识到布蕾迪要在那儿待上很久，她便跟着母亲去了外婆的房间。瓦莱丽帮忙挑选外婆的衣服，而梅齐则主动提出教瓦莱丽怎么把外婆的头发梳成她喜欢的发型。

她们给布蕾迪穿衣服的时候她格外配合，就像是回到了她脑袋出问题之前——那一去不返的好时光。此刻她正坐在梳妆镜前面的椅子上，打量着自己。"我喜欢这件白衬衫。"她对瓦莱丽说。

"所以我选了它呀。"瓦莱丽把一件淡粉红色的羊毛开衫从衣橱里的衣架上取下来，把她外婆的胳膊套进去。然后梅齐吹干了外婆的头发，开始指导瓦莱丽梳一个圆髻。

"她是从一个名叫特里克茜的空姐那里学会这手艺的。"布蕾迪说，"特里克茜是她的名字——这是编不出来的。"

"不是的，妈妈，我是在美发学校学会的。在她成功应聘空姐的时候，我教了特里克茜怎么做这个。"

"哦，对。"布蕾迪说，"但是'特里克茜'！我的意思是，为什么要给一个孩子起这样的名字呢？"

瓦莱丽笑了起来。"至少没有给孩子取名'阿桑普塔'或'哈辛塔'那么糟。"

"啊，我挺喜欢'哈辛塔'的。"布蕾迪说。

"或者'布蕾迪'。对不起，外婆。"

"啊，不，亲爱的，你没说错。'布蕾迪'是个让人绝望的名字。我妈妈的妈妈就叫布蕾迪，但就连她自己也不喜欢这个名字。她大概是因为穷得买不起婴儿起名书才挑了这个名字吧。"

"我不觉得他们那时候会有那玩意儿。"梅齐说。

瓦莱丽笑了起来。"石器时代。"

"哈哈！你现在尽管笑吧，瓦莱丽·比恩，但我们的一生就像一道闪电。一眨眼二十年就过去了，整个世界都会变得完全不同，而我将在地下长眠。"

"呀，别这么说，妈。"

"为什么不呢？这就是事实。我并不介怀，亲爱的。我可不想坐在那儿流口水。"她的眼里淌着泪，但她仍笑了笑，"越快越好。"

梅齐同意瓦莱丽绑上外婆的发髻。"干得漂亮。"梅齐说。

外婆笑了。"哈，小可爱，你学会你妈妈扎头发的手艺了。你真是个好女孩，瓦莱丽。"她搂住外孙女的脸颊，向前俯身吻了她的额头。

外婆看起来就像是曾经的她，漂亮而轻盈。这一天瓦莱丽头一次感到高兴。经历了悲伤、恐惧和忧虑，以及疯狂的哭泣和流血、疼痛的手指，她最终迎来了一个愉快的早晨。

梅齐 | 林恩十一点之后才到，喋喋不休地抱怨着在医生那儿耽搁了多久。梅齐可以听到她在厨房里帮布蕾迪沏茶，当时梅齐正在给牙科诊所的洛林打电话，说她需要请更久的假。

"当然，不管你需要什么，梅齐。这太可怕了，太糟糕了，我是指他们说的那些。我们希望你知道，我们都在你身后，百分之百地支持着你。你是一个可爱的妈妈，一个了不起的妈妈，并且……好吧，就说这些了。抱歉。我们都想念你。"

"谢谢，洛林。"她说了再见，拿着手机走进了走廊。林恩正在炸着什么，梅齐可以闻到培根的味道。

"这可以让你这身瘦骨头上长点肉，瓦莱丽·比恩。"

"我已经饿得不行了，林恩。"

"好女孩。铺好桌子，嘿，布蕾迪·比恩，别靠近冰箱。今天没有奶酪给你吃。"

梅齐去了前门，开了门。云层散去，露出银白色的天空。

她坐在台阶上，端详着自己的手机。接着，她从裤子口袋里拿出了写着弗雷德号码的卡片，仔细地看着它。他做了一件可怕的事情，一件不可思议的事情。他是为我和我的孩子们而做的。我得以离开了丹尼。我有了生活。我的孩子们很开心——至少他们曾很开心……当我把你带回家的时候，杰里米·比恩，我要杀了你。弗雷德一直对她很好。他保护了她免受丹尼的伤害，就连瓦莱丽也希望他能跟着一起去见丹尼。在这史无前例的一天，梅齐需要他……但虽然他是为了她才做了那件事，他毕竟是做了。

她拨了他的电话号码。他在铃响两声后接了电话。

"我是布伦南侦探。"

"我是梅齐。"

"梅。"他听起来如释重负。

"雷夫昨晚在布莱辛顿取了钱。"

"我知道——琳达给我打了电话。这是个积极的消息。"

"一会儿有个新闻发布会。我需要做准备。"

"你想让我找个别的伙计过来吗？"

"瓦莱丽希望你能出席。"

"瓦莱丽？"

"她打算今天见她父亲。他正往这儿来。"

"他不会参加呼吁吧——杰里米要是看见他，肯定会跑得更远。"

"他不参加，他只会出现在背景里。"

"这可以。"

"那么你会来吗，为了今天？"

"只是今天？"

"是的。"

"我已经在这儿了，梅。"

她抬起头，看见他就在街上不远处，正从车里出来。

他在她身边坐下时，她一直盯着自己的脚看。

"你一直在外面？"

"没有。昨天晚上我让一个小伙子在房子外面看着。我七点钟过来换了班。不让丹尼·福克斯有回到这儿来的任何可能。"

"他不再对我们构成威胁了，弗雷德。"

"我也不是威胁，梅，我向你保证。"

"我相信你，我信。我只是还没搞清楚……"这时她抬起头，看见弗雷德的胡子刮得干干净净。"天哪，"她不由自主地捂住了嘴，"你怎么这么白。"

"那就是我要追寻的样子。"没有了胡须的遮掩，他拥有了大大的、灿烂的笑容。

"你看起来年轻了十岁。"

"好吧，我觉得我已经一百岁了。"他的眼神很难过。

"你是因为我说的话而刮了胡子？"

"'不要相信一个留胡子的男人'？我是把胡子剃光了，但可不是因为这种蠢话。"

"这并不蠢。"

"行行行。好吧，不是因为那个。"

"那么是因为什么呢？"

"当我对丹尼做那件事的时候，我还沉浸在失去乔伊的悲痛中，企盼着她的归来。我没有办法救回她，但我觉得我可以拯救你。我越界了，毫无疑问。我接受了心理咨询。我是犯了错，但我已经从中解脱了。那不是真正的我。一次错误无法重新定义我这个人。"他站起身来，看着她说，"这就是我，梅。我就站在你面前，如果你无法宽恕那个夜晚，我能够接受。只要找到杰里米，我们就此别过。"他推开门，"现在，不管你是否打算原谅我，我闻到炸东西的味道了。"

梅齐继续坐在台阶上，回想着他刚刚说的话。尽管发生了这么多事情，梅齐·比恩发现自己正在微笑。

梅齐最终来到厨房时，林恩和弗雷德正在一张地图上比画着。

"如果男孩们在布莱辛顿，而之前他们又丢下了自行车，他们要么搭车，要么走去那里。如果他们搭了便车，那个司机现在肯定会站出来的；而如果他们把自行车丢在伯赫纳布里纳路上然后开始步行，最短的路线也有 18 公里，需要三到四个小时，如果考虑天气条件的话可能更久，问题是为什么？"

"也许有一个女孩。"林恩说。她刻意忽略了有关杰里米是同性恋的那些暗示。

"即使有，为什么他们不骑车，而要走路呢？"

"也许他们确实搭了便车，而司机第二天一早就出国了。"林恩说。

"也许吧。"他叹了口气，"也许还有些什么……"

梅齐借机转移了对话。"从这里开车去戈里需要多长时间？"

"不用多久，取决于要去哪片区域。"

"卡莉娜·墨菲住的那片。"

"行了，梅……"

她举起手来。"我知道你要说什么，弗雷德，但请听我说完。"

他两臂交叉停在胸前。

"在这个发布会上，雷夫需要有一位家长来呼唤他回家。"

"我知道他需要，但这是不可能的。"

"一切皆有可能。我只想跟她说几句话。就五分钟。"

"我不知道……"

"她不是希巴女王[1]，弗雷德。她是一个母亲。她曾经抛弃过自己的儿子，而现在在他最需要她的时候，她再一次抛弃了他——但这一次她不是孤身一人。"

他揉揉崭新的下巴，吸了一口气，拧了一把鼻子。"那么，就现在，五分钟。"

"我去拿外套。"

林恩答应照看布蕾迪——她正开心地沉浸在电视节目里。

梅齐在她的房间里见到了瓦莱丽。"弗雷德和我准备开车出门，你愿意加入吗？"

"你们去找雷夫的妈妈？"

梅齐点了点头。

"她是统一教团成员吗？"

---

[1] 又称示巴女王，是《圣经·旧约》中的人物。传说中的希巴女王有两种形象，一是惊艳绝伦，一是丑陋无比。

"我不知道她是什么，亲爱的。"

"不了，谢谢。诺林带来了一些作业。我觉得我还是专心做作业好了。"

"好姑娘。"

"诺林说，每个人都在说我们的好话，媒体真是不要脸。"

"他们只是在做自己的工作。"

"他们说我们是可鄙的人，妈妈。"

"他们没有。"

"他们也许说了。"

"没关系。我们知道我们是什么样的人。"

"那么，"瓦莱丽说，"我们是什么样的人呢？"

"我们只是在这种情况下也会尽自己最大努力的人，亲爱的。没有人是完美的。"

"就连杰里米也不是？"瓦莱丽说。

"就算杰里米也不是。"梅齐说。

"一路顺风，妈妈。"瓦莱丽回去做作业了。

梅齐有理由要求卡莉娜·墨菲行动起来。她不知道这两个男孩在布莱辛顿做什么，也不知道他们为什么要这样做，她不想在周而复始的苦思、猜测和怀疑中把自己逼疯，而是专注于把他们找回来。这其中，卡莉娜是关键。她知道，如果雷夫看了发布会，而卡莉娜恳求他回家，他会回的。她知道这一点，因为在他的母亲抛弃他之后，雷夫已经在她家，在杰里米的房间里断断续续住了两年。当他哭着入睡时，是她安慰了他；当西德没有起床的意愿时——那是他开始吸毒之前很久的事情了，是她喂饱了雷夫，帮他穿上衣服。她曾经向他讲解并展示如何打扫房子——因为他想知道。他不是厨师，但擦洗可以带给他巨大的满足和幸福。

他们曾经相当亲近。他会告诉梅齐他不会告诉其他任何人的事情，比如他爸爸全天睡觉的小秘密，或者是有时候在家里有多冷。"没关系，梅齐。我一直穿着外套，盖着羽绒被。"

那时，她数不清自己敲了西德的门多少次：为了教育他怎么照顾他的儿子，以及替他付供暖费——当时她几乎付不起自己的。她和他谈过好几个小时，试图让他为自己和自己的孩子而战。他并没有抑郁症，他只是孤单、凄惨、懒惰、自私而又悲伤。他太过悲痛于他失去的儿子，而忽视了他还拥有的儿子。

雷夫十二岁的一天，放学后和杰里米一起到了梅齐家。她有一阵子没见着他了，他看起来糟透了。"雷夫，你脸色有点黄。你还好吗，亲爱的？"

"我不知道。"

"你能告诉我是怎么了吗，亲爱的？说一说吧。"

"我想我快要死了。"

"为什么，亲爱的？"

"我先是发烧，然后非常冷，然后我又发烧了。我一直在生病。还有，我……"

"还有什么？"

"我的小便闻起来很糟糕，梅齐。"

他的眼白都成了黄色的。那天下午，她带他去看了医生。医生确诊小孩得了黄疸。休息，大量的水和优质的健康食物应该能让他痊愈。梅齐在那个星期一直照顾着雷夫，他睡了杰里米的床，而杰里米非常乐意地睡了地板。杰里米去上学的时候，她会给雷夫拿本书，把他在客厅的沙发上安顿好。布蕾迪给他制作维生素丰富的食物，有时偷偷塞给他一块巧克力，而梅齐假装没看见。那段时间，雷夫透露了很多关于自己的事情，其中一件就是他对于见到母亲的企盼。

"我喜欢你的香水，梅齐。"

"这只是肥皂，亲爱的。"

"很好闻。"

"谢谢。"

"我妈妈从前闻起来很香。也许她现在还是。"

"她闻起来是什么样的？"

"像花一样。她的手很柔软。指甲很长。"

"你想念她。"

"我爸爸说我不应该。他说她不值得想念，但是我想她。总有一天我会找到她，告诉她她没有做错什么，因为我知道她完全有理由离开。"

"你哥哥死后，她很伤心。"梅齐说。

"是的，当我很伤心的时候，我喜欢一个人待着。"雷夫说，"我可能就像她一样。"

"嗯，我确信你会再见到她的，亲爱的。"

"是的，因为她爱我。"他笑了起来，"你知道我怎么知道的吗？"

她摇了摇头。

"因为她一直给我寄生日贺卡，这能说明些什么，不是吗，梅齐？"他说。

"是的，亲爱的，当然。"她留下他在那儿看电视，而自己回到卧室哭了一小会儿。

四年过去了，自那时以来很多事情已经变了，但是她知道，雷夫仍然爱着他的妈妈，就算她已不再爱他。

弗雷德一直开着车里的收音机。新闻及时更新了雷夫在布莱辛顿的自动取款机上取钱的信息。电台敦促任何见到男孩的人迅速与警方联络。云层缓慢地翻滚，很冷，但空气干燥而清新。坐在后座上看着世界从旁经过，这是件相当美好的事情。

"谢谢你，弗雷德。"她说。

"你不用感谢我。"

"用。"她觉得这几天以来，在他身边从没有这么自在过。不再受到某种义务或承诺的桎梏。该说的他都已经说了。她可以选择他，或者离开他。这就像一个全新的开始。第一次，他们之间成为平等的关系。他不完美，但她也不是。

他关上收音机，瞥了她一眼。"你得做好失望的准备。"

"我这一辈子都在为之准备。"

"很好。一针见血。"听起来他也有种如释重负的感觉。也许是因为他的坦白，也许是因为刮掉的胡子。

"我曾跟她相熟。"梅齐说，"有段时间我们甚至是朋友。"

"这我还不知道呢。"

梅齐和卡莉娜并非天生的朋友。她俩能凑在一起，是因为她俩的孩子亲密无间，仿佛有一条无形的纽带。在很多方面，卡莉娜都和梅齐恰恰相反。还没有人知道自然疗法是什么时，卡莉娜就已经接受了良好的培训，正致力于成为一个自然疗法医师。而梅齐到现在都还不知道。雷夫继承了母亲的相貌——她也是灰色眼睛和黑色头发。在卡莉娜旁边，梅齐觉得自己就像个乡下人；而卡莉娜对这一感觉的过分迷恋，阻碍了她们成为真正的朋友。

那时，西德还在这个城市工作。他经营着一家独立书店。他热爱他的工作。他鼓励并支持着雷夫和杰里米对阅读的兴趣。雷夫的哥哥杰森热衷于户外活动，在球场上玩耍，或是在花园里挖洞，然后他的母亲就得以种上些花花草草，或是心血来潮想要种的任何东西。但是雷夫大部分的童年时光都是在阅读中度过的。或者在他的房间，或者在杰里米的房间。西德每周都会给儿子带两本书。雷夫会先读一本，传给杰里米，再接着读第二本。他读完之后，他的父亲就再带回家两本，然后这个流程将再次开始。他们会花上好几个小时谈论这些故事，并幻想着成为他们读过的伟大人物。在杰森去世的前一年，书店清了盘。西德不得不在当地超市找了份经理的工作，在那里的每一天他都满怀怨愤，而在他儿子去世十八个月后，他们最终解雇了他。卡莉娜两个月后离开了他。走之前，她给她所有的亲戚——她的父母，两个兄弟，她的丈夫，以及雷夫各写了一封信。

卡莉娜走后不久，梅齐读了雷夫的那封——西德把它团成一团扔给了她。即便现在，她还清楚地记得信的内容。

我最亲爱的儿子：

我要走了，我不得不走。我要去的地方，你不能跟随，我也不希望你去。祝你有顺利的生活和美满的爱情，希望你能做出好的选择。你是你自己的船长。你自己决定你成为谁，成为怎样的人。没有人能为你代劳。作为母亲，我让你失望了，对此我很抱歉。我不能改变我是谁，就像你也不能改变你是谁一样。我们所能做的就是牺牲，献上我们的痛苦和受难，并祈求这些足以拯救我们。请记住。上帝一直在看着我们，等待着我们。他早早地带走了杰森，但你和我可能活得很长。当帷幕落下时，取决于上帝的审判，我希望我们能再次相见。

此生再见，

爱你的，母亲

这是梅齐读过的最古怪的信。她读了一遍又一遍，试图搞明白它的意思。卡莉娜一直是个奇怪的女人，她有时会以直率到近乎粗鲁的方式说一些让别人不舒服的话。但在梅齐看来，跟一个泼妇一起，也好过跟一个无趣的人待着。并且，卡莉娜·墨菲是这个星球上最能治住丹尼·福克斯的人。哪怕只是这一点就足够让梅齐喜欢上她了——直到她抛弃了她的儿子。这是不可原谅的。

"你觉得你能触碰到她心中的软肋吗？"弗雷德说。

"那个女人的心可一点儿不柔软。"

"那为什么要去？"

"我只是需要能够直视着雷夫的眼睛，然后告诉他我尝试过。我想让他知道有人——哪怕只是我梅齐·比恩一个人——在关心着他。"

弗雷德停下车。

"你在干什么？"

"我要停车跟你说几句话。"

"最好不要是什么坏消息。"

"你是个了不起的女人，梅齐·比恩。你不知道你有多特别，我必须跟你说。现在我说完了。就这些。"

"啊，你能……"

"已经说完了。"他举起手来，打断了她要说出的话，然后换挡，启动。他们都没再说什么，但如果他朝右边看看，就会看到她正咧着嘴笑着。

公社隐蔽在两扇巨大的金属门之后，门上用红色油漆写着"私有财产"。他们坐在车里，看着这座钢铁之山。它把他们和现在自称为玛丽安娜的女人分隔在两边。这儿没有对讲系统。尽管他们看不到门后面有些什么，但身后几乎绵延两公里的高大行道树似乎在对他们说，不要敲门。等了二十分钟后，门开了，他们开动了车。

一辆车从大门里开了出来。一个光头、白须的男人从车里跳了出来。"你们不识字吗？这里不欢迎你们。"

弗雷德摇下窗户。"我们正在找卡莉娜·墨菲，或者说玛丽安娜。"

"玛丽安娜已经明确表示不接待任何访客。"

"我不用问她是怎么想的。"弗雷德出示了他的证件。

经过好一番交涉之后，他们被带到了一个精巧的小木屋旁。卡莉娜坐在露台上，穿着她标志性的一身黑衣，外面套着一件昂贵的宽松羊毛开衫。她的头发也像她的眼睛一样灰了，但这并没有让她显出老态，反而让她更加光彩照人。看到他们过来，她站起身，脸上带着神秘莫测的笑容。或许她就是希巴女王吧。

"你好，梅齐。见到你真高兴。"她伸出手打算握手。

梅齐有些猝不及防地跟她握了手。糟糕，我不该这样做。

她是一个可怕的人。

"那么，你一定是布伦南侦探咯。"她指了指甲板上的座位，示意她并不欢迎他们到小屋里去。她提出给他们倒茶，但他们回绝了。她坐在他们对面，屈着腿。"那么，我能为你们做点什么？"

"呵，这可真是个愚蠢的问题。"梅齐说，"你知道你能为我们做什么——好吧，不是为了我们，而是为了你自己的儿子。"

"那么是什么事呢？"卡莉娜说。

"你可以帮我们找到他。"

"不可能！就算还有那么一丝可能，难道你们就没有想过是他自己想藏起来吗？"

"他才十六岁，卡莉娜。"

"首先，我是玛丽安娜。其次，年龄只是一个数字，梅齐。"

"这是句废话，你知道的。"

"我的邻居文森特。"她指向梅齐身后。梅齐转过身，看到不远处的另一个木屋，它就坐落在一片小树林里。"他八十五岁了，活蹦乱跳得就像只跳蚤，白天一直都在工作，而晚上的祷告他从不错过。他知道如何享受自己。另一方面，我十七岁的儿子因为心梗死在了球场上。当我说年龄只是一个数字的时候，我说的就是这个。"

梅齐哈哈大笑。"你和西德尽可以拿你们死去的儿子当说辞。西德可以自杀，而你可以生活在一个易拉罐里。我才不在乎这些呢，但请你不要试图向我兜售你那套关于年龄的歪论，或者这些年来你一直在给自己灌输的其他狗屎。你还有一个男孩。他还活着。他仍然爱着你，想念你，需要你。你应该希望和他在一起，不只是现在，而是至死不渝。那才是一个母亲应该做的。"

"我差点忘了你有多'了不起'，梅齐。"

弗雷德站了起来，但梅齐抓着他的手，把他拉回了他的椅子。

"你尽可以看轻我，卡莉娜——别客气，整个国家都他妈的在这么做——但唯一重要的就是把我的儿子带回家，为此我愿意上刀山下火海。"

"你就用你这张臭嘴跟上帝说话吗，梅齐？"

"哦，当然——你知道我对他说些什么吗？我告诉他，如果天堂是为像你这样的虔诚、残忍、自私、无情的混蛋保留的，那就请他继续吧。"

"你总是这么牙尖嘴利，梅齐。我们现在说完了吗？"卡莉娜说。

梅齐没有说完——她是为了雷夫的案子到这儿来恳求她的。"求你了，"她说，"求你了，卡莉娜也好，玛丽安娜也好，不管你现在叫什么，求你了，我恳求你参加新闻发布会，告诉你的儿子你爱他，让他回家。"

"然后呢？"

"你什么意思？"

"回到那个地狱，跟西德那个垃圾一起？做午饭，收拾书包？那就是你希望的吗？"

梅齐惊讶得几乎哭了起来。她还记得雷夫的话："我知道她爱我。她一直给我寄生日贺卡。"

"我希望你爱他。他那么可爱，那么善良，那么温柔。他真的很聪明，他看起来就和你一模一样。"

卡莉娜精心构造的面具寸寸裂开。眼泪缓缓涨满了她的双眸。

这算是某种人类的情感吗？

她低下了头。"他听起来是个好男孩，梅齐，我祝他好运。你应该知道，我留在这里，奉献我的生命去祷告，是我能为我儿子做的最好的事情。"她抬起头来，微笑着，双手做了一个祷告的手势。

梅齐看了看弗雷德，他摇了摇头。"好吧，我试过了。

我受够了。我们走吧。"他们站了起来。卡莉娜还坐在椅子上。"祷告不能给他吃的,不能给他穿的,也不能给他保暖。它不能关爱他或保护他,但你一直在祷告,因为你在一点上是对的。没有你,他能过得更好。"

卡莉娜没有回应。

他们一起走回汽车,呼吸着新鲜的空气,被高大的树木、野花和野生动物们包围。一路上听着地上窸窣的脚步声,以及高空中婉转的鸟鸣。

"我不知道你怎么样,弗雷德,反正这乡下风光一下子就让我解脱了。"

他笑了。"我送你回家吧,很抱歉今天没能成功。"

"不用。我们尝试了,那就够了。"

在回家的路上,弗雷德注意到梅齐自己微笑了起来。"是什么让你的眉头舒展开了呢?"

"我以前认为卡莉娜·墨菲比我好多了。真是个笑话。我才不在乎别人怎么想呢。"

"这就对了。"

"我还有别的要对你说。我们把这两个男孩带回来之后,雷夫会来和我一起住。"

　　弗雷德笑着说："多多益善。"

　　梅齐对她能找到她的男孩们这一点深信不疑。一路上，
她都在幻想着他们归来时的情景。

第十章

什么都无所谓了

—— 金属乐队，1992

布蕾迪 | 林恩告诉梅齐、弗雷德和瓦莱丽准备出发。"到时间了，我会照顾好布蕾迪的。"

梅齐拥抱了她的朋友。"你救了我的命。"她又吻了吻她妈妈。"我看起来怎么样，妈妈？"

"可爱。"她是认真的。你很可爱，梅齐。你过去一直都是，你以后一直都会是。布蕾迪并不完全清楚梅齐要去哪里，但她知道梅齐是为了找到杰里米而去的。我的男孩，我最好的男孩。记住，杰里米，外婆爱你。她不乐意被丢下。我也想找到他。我应该去寻找他。我不该待在这儿，跟这个不知道叫什么的女人一起。弗雷德的同行也让她感到不快。不过至少，当她仔细地考虑这件事情的时候，她知道他是帮助梅齐的人。那为什么他让我感到紧张呢？

林恩领着布蕾迪进了客厅。我讨厌这个地方。林恩跟着她回到厨房。这儿也不好。我没有别的地方去吗？

"一切都会好起来的，布蕾迪。"林恩对她说。

"从前很好——甚至好了相当长的一段时间——但时代变了，好景不再，而我们对此无能为力，毫无办法。你认为你能掌控些什么，但其实什么也做不到，亲爱的。"

"我知道希望看起来很渺茫，但是事情总会好起来的。我们只需要爬上去，然后翻过这座山。之后就将是蔚蓝的天空与青翠的草原。"

"事情永远不会回到从前那样了。"眼泪顺着她的脸颊流下，"我知道的不多，亲爱的，但我知道这一点。"大家都去了哪里？他们为什么离开我？

"事情总在变化，布蕾迪。这就是生活。"

"但是那段日子真是太美好了。"之后，布蕾迪没再说话。

林恩试图把话题引到某部大片的一段情节上，但她并不感兴趣。林恩问她是否想小憩一会儿，但布蕾迪觉得自己情绪太过激动，睡不着觉。林恩又沏了茶，给她蛋糕，甚至是她最喜欢吃的奶酪，但她并不饿。她只想坐在扶手椅上，来回摇着。

突然，布蕾迪想到了一些东西，神经立刻就绷紧了。她听见梅齐跟瓦莱丽说到了丹尼。他回来了。他在这儿。她们现在和他在一起。难怪我们漂亮的男孩从我们身边溜走了。布蕾迪转向窗户。媒体正在清场，准备离开。这时她决定，在她忘记之前，是时候行动起来了。

林恩 | 林恩把视线从布蕾迪身上挪开了不到三分钟的时间。林恩去上了厕所。她知道不到三分钟，因为她已经有过太多经验了。她从来不是一个在浴室里磨磨蹭蹭的人。她会把自己描述成一个雷厉风行的女孩。进去，出来，洗手，用毛巾或自己的衣服擦干——从来不用那些烘干机，它们没用——轻轻拍打一下，然后一切搞定。

这么多年来，她每次给自己计时，总是花了不到三分钟的时间。有时，她会遇上一些完全不为他人着想的自私女人，她们似乎把霸占着公共卫生间让别人在外面久等当成了一件乐事。当不得不为这些人等上几个世纪的时候，她总是提醒自己抓紧时间，动作一定要快。林恩后来不再旅行，不去酒吧或是不熟悉的咖啡厅和餐馆，这就是原因之一。在晶石咖啡厅，她对一切谙熟于心。那里有两个厕所，而商店里的人从没有多到需要排起长队。

　　这些年来，林恩的生活范围变得越来越小。她给自己设定的改变和限制都发生得很慢，以至于他人根本无法觉察。但过去这两天在梅齐家，她离开了自己最为如鱼得水的环境，这正在造成不好的影响。在家的时候，她把一切都安排得井井有条，她确切地知道她在哪里，而更重要的是，她知道该做些什么。如果她是在她自己家里照看布蕾迪的话，她能掌控得更好。她相当确信。布蕾迪会在床上睡觉，而她可以放松一下疲惫的身心。在家里她能做得更好，她不知道为什么，也不知道是如何做到的，但她就是能做到。在她的城堡里，林恩就是女王。每个人都知道，即便是可怜的、痴呆的布蕾迪。她想念着。她渴望着。她以这样的方式尽力抗衡着脚底抹油的念头。明天她就会回我那里去。不管情况如何，我都不能这样想。这时她走进客厅，但布蕾迪不在那里。

　　一开始她并没有惊慌，只是打开了厨房的双开门。但发现布蕾迪不在那里时，她的心跳加速了。哦，别这样。

　　"布蕾迪！"她喊道，同时向布蕾迪的房间走去，"布蕾迪？"

　　布蕾迪不在那里。她也不在梅齐、杰里米或瓦莱丽的房间。她不在门厅里，她不在后花园里，而且不在大门口。林恩疯狂地看着周围。耶稣基督，这里成了百慕大三角。人们能他妈的不要突然消失吗？布蕾迪的外套不见了。她已经离开了，带走了她的外套。那是件她在六十年代买的黑色风衣。它有些地方褪色了，接缝也开了线，但她喜欢它。它一直挂在门后面的衣帽架上显眼的地方，而现在它不见了。不好了。哦，上帝啊，不好了。林恩抓起她的外套和包，冲进车里，心提到了嗓子眼，脑中阵阵轰鸣。她插进钥匙，启动引擎，摇下窗户，以便向路上遇到的人求助。求你了，求你了，请不要这样对我，布蕾迪。她走不了多远。就三分钟，不到三分钟。

　　街上人不多。天空中又飘起了毛毛雨，非常冷。她很庆幸自己用不着给车除冰。她大声叫唤着街角的几个孩子。他们没有看到一个穿黑色风衣的老太太。她又向一个骑自行车的男人呼喊。他也没有看到。在红绿灯路口，她给旁边的一个男人发信号。他也什么都不知道。天哪，你到底在哪里，布蕾迪？

她不得不靠边停车。她别无选择：她头晕目眩，胸闷心悸。她感到一阵阵天旋地转，恶心得直想呕吐。她不知道该去哪里，不知道该做什么。再绕一圈？打电话给警卫？回梅齐家？她下了车，在路边呕吐。她从包里拿出喷雾，在舌下喷了一下。我做不到。等到眼睛里的黑斑停止了旋转，她再次发动了汽车。我把布蕾迪搞丢了。就那么不到三分钟，我就把布蕾迪搞丢了。

她开着车又转了二十分钟。回到家里又呼喊了一通。当她回到街上时，维拉正把车开进停车道。杰克在飘窗等她，挥动爪子，欢快地吠着，上蹿下跳，兴奋地追着自己的尾巴。林恩一路气喘吁吁地跑过来，但她还没来得及开口，维拉就跟她聊了起来。她指着窗户，那只狗正在跳着欢庆的舞蹈。"那只狗是上帝创造的最愚蠢的动物，但它那股劲头就是让你讨厌不起来。那只大蠢货。"她说着，一边把购物成果从后备厢里拿出来。

"维拉，请告诉我你见过布蕾迪！"林恩喘着粗气。

维拉放下了她的购物袋。"你把布蕾迪搞丢了？"

林恩点了点头。"我把布蕾迪搞丢了。我没盯住她。就不到三分钟。"

"多久以前？"

林恩看了看表。"四十五分钟。"

"天哪,你确定不到三分钟吗?"

"三分钟,不会更久了。"

"那么,不管她是去哪里,她肯定没走路。这里只有一个出口,而布蕾迪可不是个短跑健将——即便是从前的好光景。所以问题是,她会搭谁的便车,他们会去哪里?"

林恩想起最后一批记者在她上厕所之前刚刚开始收拾装备。"哦,天啊,她去了新闻发布会!"

"那么,我这就过去。"

"我要亲你,维拉。"

"我可不领你这份情。"维拉咯咯地笑着说,"现在,出发。"

"我欠你一个人情。"林恩跑回了自己的车里。

林恩到的时候,新闻发布会正要开始。学校礼堂里有一个舞台,在那儿他们摆放了一张长桌,并在上面盖了一块白色的棉布。两把椅子被放在舞台中央,麦克风摆在它们前面。有一瓶水,两个杯子,投射在后方白墙上的,是这两个男孩现在为人熟知的大照片。房间的其余地方摆满了折叠椅,座无虚席。她兴奋地扫视了一圈,希望能看到布蕾迪。穿制服的警卫们转着圈巡视,摄影师们支好了三脚架,记者们则在跟其他记者和接受采访的人聊着天，灯火通明，来来回回走动的人们构成了洗牌似的背景。在林恩观察着全局的时候，墙壁渐渐向她压过来，她开始呼吸急促，熟悉的剧痛卷土重来。她看上去肯定很糟，不知从哪儿冒出来一个女人，把座位让给了她。

"谢谢。"林恩一边说着，一边摸索着她的喷雾。

"你是布蕾迪的朋友？"女人说。

"你知道布蕾迪？"

"她跟我一起来了这里。"

"哦，天哪，你是在屋外收拾东西的记者之一，对吧？"

女人微笑着伸出手来："我是琼。"

林恩跟她握了手。"和布蕾迪？"

"她很好。她和她的女儿在一起。"

"谢天谢地。"林恩说，"谢谢你，至高无上的主啊，谢谢你，谢谢你，谢谢你。"

"你没事儿吧？"

"现在还不行，但我会好起来的。"她按了一下喷雾。

"她是位可爱的女士。"琼说。

"是的。"林恩说。

"她病了多久了？"

"好些年了。"

"我的祖母有痴呆症。"

"我很抱歉。"

"梅齐承受了很多。"

"好吧，琼，谢谢你给我让座，谢谢你照顾布蕾迪，但我不打算跟你聊下去。"

"我明白。"琼说。

"并且，老实说，我觉得媒体就是一帮彻头彻尾的混蛋。他们把这些男孩描述成很堕落的样子，声称他们的生活中没有爱。得了吧，他们是有的。来自梅齐，来自坐你车的那个老太太。"

"我可以理解你为什么会这样想，你是对的。"

"真的吗？"她的回答显然出乎林恩的意料。

琼向林恩递了她的名片。"我为《塔拉特回声报》写稿。我过去几天一直在努力寻找真正了解梅齐、杰里米、布蕾迪和瓦莱丽·比恩的人，跟每一个这样的人交谈。从我听到的这些，我觉得他们都是非常善良的人。我想，当疯狂渐渐冷却，更多真相将会浮现。我希望为梅齐发声。在这种情况下，这是她应该享有的最起码的东西。"

"啊，好的……好的，那样很好。谢谢你。"林恩小小地惊到了。她看着这张名片——花体印刷的"琼·王尔德"，附有手机号码。这对一家当地报纸来说可真是奢侈。"在合适的时候，我会把它转交的——如果有那么一个时机的话。"她说。

"我很高兴听到你这样说。"

"还得附加一条——如果她能原谅我搞丢了她的母亲。"

"她会的。"琼说。

大厅里太过拥挤，热气蒸腾。我得从这儿出去。太多人了，太嘈杂了。她的脑袋里像是在轰响，她的心脏就快要爆炸，但她必须先确认布蕾迪的安全，还得跟梅齐说一声，然后才能离开。她看到弗雷德在跟一个男人交谈，便向他走去。试图穿过人群比在水下打拳更加艰难。她还没到，他先看到了她，便过来见她。"她没事。"他指的是布蕾迪。

"我就把视线移开了不到三分钟。"

"林恩，她没事。"

"她在哪？"

"在一间教室里，跟梅齐和瓦莱丽一起。"

"我能见见她们吗？可以吗？"

"当然。"他说。他搀着她走出人群，进入凉爽的走廊。宽阔的走廊里空无一人。她终于透过气来。

梅齐 | 梅齐很紧张。那天下午早些时候，她站在衣柜前面茫然无措，完全不知道穿什么好。她不希望自己显得愚蠢，或者太过廉价。她不能让别人看不起她，因为如果他们看不起她，就必然会看不起她的儿子，帮忙的意愿就会下降。*我不是你们认为的那种底层人物。*她冲了澡，洗了头，吹干头发，调整好刘海的位置。她化了妆，还涂了指甲油。这场发布会太重要了，可不能只是一直坐在那儿哭鼻子。她想让杰里米看到她为此付出的努力。这对他来说是有意义的。

她为瓦莱丽挑了一条漂亮的白裙子，上面装点着红玫瑰，所以她又搭配了红色开衫、黑色裤袜和一双黑色皮鞋。

"我看起来很臃肿。"

"你看起来很美。"

瓦莱丽没有争辩：她太紧张了。"你觉得我应该像你一样把头发弄卷吗？"

"你现在的头发就很完美。"梅齐已经把她的一头顺直的棕发打理得服服帖帖。

"你觉得我爸爸会认出我吗，妈妈？"她小声问道。

"我觉得会。"她的胃一阵绞痛。

布蕾迪一直没说话，但瓦莱丽离开房间后，她悄悄走到梅齐身边。"梅齐，丹尼·福克斯是瓦莱丽的爸爸。"

"是的，妈妈。"

"我不能理解，梅齐。"

"他来帮忙找杰里米。"

"他不会帮忙，梅齐。他根本不会帮忙。"布蕾迪用颤颤巍巍的双手捂住了嘴巴。

梅齐把母亲的手放在自己手里，然后紧紧握住。"妈妈，求你了，我在尽我最大的努力。"

"那么我很抱歉。"布蕾迪把手拽出来，走进她的房间，砰的一声关上了房门。

现在布蕾迪跟着她到新闻发布会上来就有了意义：她永远不会允许她们独自面对丹尼。上帝爱你，妈妈，你仍然在尽力而为，即使你根本不知道你现在在这儿做些什么。

布蕾迪坐在桌边，呆呆地凝视着前方，怅然若失。丹尼在隔壁的教室里，瓦莱丽则像是热锅上的蚂蚁，在房间里急得团团转，把东西拿起来又放下去，接着继续走起来。

"你在这儿，妈妈。"梅齐说。

"你看起来真漂亮，梅齐。"

"谢谢你，妈妈。"

"我不想你和他结婚。"

"你说什么？"

"我知道你怀孕了，梅齐，但我不喜欢他。他不适合你，亲爱的。"

"你怀孕了？"瓦莱丽问道。

"没有，亲爱的。外婆只是犯糊涂了。"

"有些人只会给别人带来痛苦。"布蕾迪说。

"她是说爸爸就是其中之一吗？"说这话的时候，瓦莱丽已经快要哭出来了。

"妈……"

"对不起，亲爱的。"布蕾迪忽略了她女儿的插入。

"我只想见见他。"瓦莱丽恳求道。

"但这不对。"布蕾迪对梅齐说，这回她完全无视了瓦莱丽。

"外婆，你能保持正常五分钟吗，求你了。"瓦莱丽走到她的外婆身边说道，"好吗？因为我真的需要知道。"

"知道什么，亲爱的？"布蕾迪对站在她面前的女孩说道。

"我不会有事的，外婆。"瓦莱丽的声音里带着一丝痛苦。

布蕾迪看着她的外孙女，有那么一会儿，她的眼里重又闪现光芒。她对瓦莱丽微笑着说道："你没事，亲爱的。还远远不止这样。你棒极了。"

"你跟妈妈以前可不是这么说的。"

"什么？"梅齐说，"我们当然是这样说的，亲爱的。"她站了起来，"我们认为你是我们认识的最有趣，也是最聪明的孩子。"

"不，你们没有。"

"瓦莱丽·比恩，我知道有时我对你很苛刻，但这只是因为你的光芒太过明亮，有时候会显得刺眼。"

"这么说毫无道理，妈妈。"

梅齐走到她身边，在桌旁坐下，把脚放在椅子上。"你能想到别人从来想不到的事情，你能看见别人从来看不见的东西。在这个房间里，没有人能比你更快地理清思绪，然后表达出内心的感受。你有主见，无所畏惧。你现在还小，偶尔需要我适时地往回拉一把，但到你再大一些，到你真正了解自己的时候，你的面前将是一片坦途。你是特别的，瓦莱丽·比恩。"梅齐的泪水正在侵蚀她的妆容。

"我同意那位女士。"布蕾迪喃喃道。

瓦莱丽抱住她的母亲。"你真的这么认为吗，妈妈？"

她小声对着母亲的耳朵说道。

"我真的真的很爱你，我很遗憾你一直不知道。"

当弗雷德和林恩一起进来时，瓦莱丽和梅齐正拥抱在一起。

"我认识你。"布蕾迪对林恩说。她很高兴见到林恩。

"'我认识你'，她居然这么说！因为你，我差点心脏病发作两次！"林恩吼道。

"没有必要这么大嗓门说话，亲爱的。"布蕾迪嘟囔着说道。

"我很抱歉，梅齐。"

梅齐松开瓦莱丽，吻了吻林恩的额头。"没事的。比起这个，我更担心你。"

"就不到三分钟。"

"我知道。"梅齐拥抱了她的老朋友，然后走到一边，从手提包里拿出一面镜子。还有几分钟她就要上台了。"我看起来怎么样？"她问道。她又定了一次妆。

"美极了。"瓦莱丽说。

弗雷德伸出手臂，她把手跟他的搭在一起。"上场时间到。"

上台阶的时候她觉得有些恍惚。她的嘴巴很干，肚子咕咕叫着。千万别在台上出洋相。

汤姆在那儿等着。他让梅齐在自己左边的椅子上坐下。检查音响和灯光花了一两分钟。一个陌生人点了点头，他们准备好了。

早些时候他向她简短介绍过该说些什么。他希望她别说太久，保持甜美，严格按计划执行。我们想你。我们爱你。别害怕。回家吧。她全都知道。她知道该怎么做，但是当聚光灯打在她身上，当汤姆开始说话时，她什么都忘了。

他在说着，但她和他之间就像是隔了一堵墙。她可以听到他，但他的声音软绵绵的，她听不清他在说什么，这时他看向了她。

"梅齐？"

"嗯？"

"该你作陈述了。"

"好的。"她看向这个拥挤的房间，数不清的灯，人头攒动。她的喉咙像是肿了，眼睛火辣辣的，身体也似乎烧着了。她咳嗽了一下，清了清嗓子，然后从玻璃杯里抿了一小口水，润润嘴唇，放松舌头，把它从上颚一点点移下来。

"嗨，我叫梅齐·比恩。我是杰里米·比恩的母亲。我爱他。"让我们立刻恢复正常。"他和我女儿瓦莱丽是我一生所爱。我希望他安全回家，我希望他知道他不必紧张。"我东张西望个什么劲？看着镜头，梅齐，你是在跟你的儿子说话。"你没有闯祸，孩子。我不知道你为什么离开，我并不在意。不管有什么问题，我们都可以共同面对。你外婆也在这里。她和瓦莱丽在一起。她很想你，亲爱的。她一直在找你，沙发后面，桌子下面——有几次她还想去阁楼上找你。"

梅齐轻笑了一下，然后重新集中精神，观众只窥探到了些微的痛苦。"杰里米，她非常想见到你。我们都是。瓦莱丽也在这里，亲爱的。我刚说过了，是吗？能听到吗，儿子，现在是时候回家了。好吗？"她很激动，但还能控制住情绪。不要让他们看到你哭，梅齐。她看向汤姆，他点了点头，然后引她看向面前的小屏幕。

"如果有人因某种原因羁押了他和他的朋友，请放他们走。以及，雷夫，你的爸爸很抱歉，他不能来。他在住院，但他没事，他会好起来的。他爱你。他想要你回家。我也爱你。你还没学会走路的时候我就认识你了。你一直是我儿子最好的朋友，一起经历过风风雨雨。我们爱你，雷夫。比恩一家希望你回家。能听到我吗，亲爱的？回家。如果有人可以向我们伸出援手，我向你恳求，请这样做吧。帮帮我们。谢谢。"

汤姆递给梅齐一张纸巾。她擤了鼻子，然后看向舞台边缘。弗雷德正等待汤姆向他点头示意。他刚一点头，弗雷德就走上台，把梅齐带了下去。汤姆转向媒体记者。"有问题吗？"

房间里一下子就炸开了锅。

梅齐走在学校走廊里时，碰到了杨校长。她非常尴尬：她的妆花了，正紧紧地依偎在弗雷德身上寻求慰藉。这次陈述撕开的伤口需要时间才能痊愈。她还没准备好面对这个世界。

杨校长停下脚步，跟她握了手。"拥有你是杰里米的幸运，雷夫也是。"

这是她第一次没用质问的语气跟我说话。梅齐恍恍惚惚地跟她握了手，然后继续向前走。他们快走到教室门口的时候，丹尼出现在走廊，紧随其后的是他父母和一个身着制服的警卫。"所以我连说几句话的机会都没有？"他对弗雷德和梅齐说。他指向警卫。"这个男人说发布会已经结束了。"

"是的。"梅齐长长地呼了一口气。她已经无力应付丹尼了。

"他是我的儿子。"

弗雷德向他走近了一步。"我们一致认为，只由他的母亲发表呼吁，对他来说更好。"

"'我们'是什么意思？"丹尼一边说着，一边已经摆好了架势，一副上了擂台的模样。

"冷静，丹尼尔。"他父亲说道。

"我们希望他回家，丹尼。他要是看到你，就不会回来了。"梅齐知道瓦莱丽就只在一墙之隔。

"因为这些年来你往他耳朵里灌的毒药。"他厉声说道。

"不。这是因为你把我打得半死，而当他试图阻止你时，你打断了他的胳膊。"她的语气很平和。她不想让瓦莱丽在他怒火中烧的时候跟他碰面。*汤姆说他会被控制*。*这可不是被控制的样子*。

"那是一次他妈的意外，你知道的。我从来没想过伤害我的儿子。"

她知道他说的是实话。但她能看出这还是刺痛了他。

"好吧，丹尼，你怎么说都行。你赢了。"她需要他冷静下来：他的女儿正等着见他。*这样不行。我在想些什么？愚蠢的女人*。

丹尼突然看向了她身后，瓦莱丽正站在那儿，就在走廊上。"瓦莱丽？"梅齐很久没看过他这样的神情了。如果这时候有个陌生人从旁经过，可能会把他当成一个慈爱的父亲，久别之后终于与他的小女孩团聚。"瓦莱丽，是我，你的爸爸。"她呆呆地站在原地。"你看起来真漂亮，亲爱的，就像我想象中那样。"他开始走向她。喜悦带走了痛苦，酸楚浇灭了怒火。他端详着他美丽的小姑娘。

哦，上帝啊，哦，上帝啊，哦，上帝啊。梅齐尽可能鼓励地朝瓦莱丽微笑着。"你可以打个招呼，亲爱的，没事的。"

瓦莱丽看看她的母亲，再看看她的父亲，朝他的方向走了一步。梅齐的胃一阵抽搐。这是个坏主意。耶稣基督，我在想些什么？她真的很想抓住女儿的手然后一走了之。弗雷德坚定地站在她身边。没关系。弗雷德在这里。没关系。放轻松。冷静。她屏住呼吸，但仍尽力向女儿挤出了笑容。

瓦莱丽 | 瓦莱丽盯着她的父亲。他老了一些，但如果她在街上看到他，她仍能立刻认出他来。他是我的爸爸。她有这么多问题要问，有这么多话要说，但有一个问题是排在清单最上面的。"我能问你一件事吗？"

"任何事情。"他说。他看起来那么开心。

"你为什么伤害我的妈妈？"也许只要他能够告诉我们，我们就可以把问题解决。

他的脸色一下就阴沉了起来。她知道她伤到他了。这并非她所愿。

"不是你……你说的那样。"他甚至打起了结巴。

"那是什么样的?"她这样问,不是为了显示自己的聪明,而是因为她真的想知道。他把目光从她身上移向娜娜•福克斯,但她避开了他的视线。然后他又看向他的父亲,而他只是冲他耸了耸肩。他挺直身子,直视着他的女儿。

"每个人都有自己的故事版本,瓦莱丽。"

她点了点头。这就是该死的为什么我要问你呀。

"杰里米说你把家里的墙上搞得都是妈妈的血。你这么做了吗,爸爸?"

他看起来像是要哭了。她不是有意让这一切发生的。她不想让他哭泣,她只是想让他解释清楚他所做的一切。求你了,爸爸,我知道你是个好人。我知道你是。他转过身去面对梅齐,脸涨得通红。"你这个臭婊子。"他低吼道,"你这个愚蠢的、说谎的臭婊子。都是你做的好事。"他指向他的女儿。"她是唯一一个,梅齐,唯一的一个……就连她对我的爱你也要剥夺,是吗?"

弗雷德走上前去,但梅齐把他拉了回来。

"今天到此为止了,丹尼。"守卫走了过来。

"就这么完了?呵呵。你半点儿也不知道。我打从最开始就不该跟那个荡妇结婚。我这辈子遇到过的最冷的冷血动物。"

"够了，丹尼尔。都是你自己的选择。你觉得这个世界亏欠了你什么？答案是否定的。你怎样对待生活，生活就会怎样对待你。"娜娜·福克斯说。

瓦莱丽环顾四周。站在那儿的所有成年人，没有一个说话，没有一个动弹。她的爸爸看起来就像是失去了什么一样。

"你就是个混账，妈妈。难怪我娶了她。只要能摆脱你们俩，怎么样都是好的。"

即使他表现得非常糟糕，瓦莱丽觉得他有一点说对了。她的祖父母是两个怪胎。

"我已经受够了。"爷爷说完便走开了。

"我想你今晚应该住酒店，丹尼尔。"娜娜·福克斯跟着她的丈夫出了门，丢下丹尼跟警卫在一起。

"你一定他妈的激动坏了吧。"他对梅齐说。瓦莱丽快速地打量了她的母亲一眼。她一点儿也不兴奋。她眼里含着泪。

"婊子。"丹尼恶狠狠地说道。

他很可恶，很卑鄙，一切正如杰里米所说。瓦莱丽并没有要哭，她只是感到难过。对不起，杰里米。至少现在她知道了。她该放下了。以后再哭吧。瓦莱丽看着她母亲。"我现在想回家了，妈妈。"她妈妈向她伸出手来。

梅齐 | 确保瓦莱丽安全无虞后，梅齐便转身离开了。

"你听到我说的话了吗，梅齐？我这辈子遇见过的最冷的冷血动物——但是，很快，你就会知道这一切了，弗雷德，不是吗？"

那次约会强奸的记忆重又浮现在她眼前：他拉扯着她的内衣，把她的头按在墙上。胆汁从胃里一直上升到了她嘴里。她回想起他强行进入她，而她手里那一袋愚蠢的薯条就那么慢慢冷却。她眨了眨眼，扫去那些场景。不要回到那里，梅齐。他现在碰不到你。她及时地回过神来，刚好听到弗雷德相当冷静地训斥着丹尼。

"我们这里有一个小女孩，丹尼，她不需要听这样的谈话。"

丹尼后退了一小步。他点了点头，承认弗雷德是对的，但他还没有说完。他有一句关键的台词，在说出之前，他不会离开。"娶了你是我一生最大的错误，梅齐。"

"你说得很对。我们从一开始就不该结婚，丹尼。"她很想告诉他他究竟是个什么东西，想一一列举出那些年里他对她做过的事情，但她的女儿还站在那里，浑身发抖。她攥紧瓦莱丽的手。"你应该从哪儿来滚回哪儿去，丹尼。在这儿你什么也得不到。"

"你这个厚脸皮的婊子。"他啐了一口唾沫，向前走去。警卫迅速走到他身前。

瓦莱丽拽着母亲的手，但梅齐已经受够了丹尼的嘴巴。她的火气上升，正像过去发生过很多次的那样，她忘记了恐惧，而她的大嘴巴招致了一记耳光，或者更糟。"你半点都不知道，老兄。"她嘲弄道，"还记得你喜欢的那种很贵的特制茶吗？"

他茫然地看着她，但是他当然记得。他从前以为喝伯爵茶能使他看起来比其他人更加老练。

"那里面混合了普通的茶和我的小便。"

他脸色一沉。"不可能。"

"每一次你揍我，每一次你把我掀翻在地，你踹我的每一脚，掐我的每一下，我的每一块烧伤，我的每一处破皮，我都把气撒在你的茶上，丹尼。你一天喝的尿比那些求生训练者还要多得多。"

瓦莱丽抬头看着她的母亲，瞪大了眼睛。弗雷德忍不住笑了起来。丹尼不知道该说什么，或者做什么。他无言以对。

弗雷德走到他跟前。"是时候走了，丹尼。"他没给丹尼留下更多的争吵空间。

丹尼嘲笑着他们，但他看起来很渺小，很虚弱，濒临崩溃。他和警卫一起离开了。他是一个苦涩的、心碎的男人。你都是咎由自取，丹尼。

他们回到教室时，布蕾迪趴在桌上睡着了，而林恩在她旁边耐心地等候着。

"你还好吗？"她问。

"你都听到了。"

"我觉得聋子都能听到。"

"妈妈，我觉得我在很长一段时间里都不想再见到他了。"瓦莱丽轻声说道。

"这是一个很好的决定。"梅齐紧紧地把女儿抱在怀里。

"我们现在可以回家了吗，妈齐？"

"当然。是时候回家了。"

林恩唤醒了布蕾迪。一家人一起走出去的时候，弗雷德凑到梅齐跟前。"所以你真的在那个男人的茶里小便了。"他低声说。

梅齐觉得脸上火辣辣的。"我数不清有多少次。"

"我有些憋不住了。"他冲她微笑了一下，然后自己又大笑了起来。

汤姆在停车场给他们带来了更多消息。"在布莱辛顿的超市和邮局发现了雷夫的踪迹——伙计们在闭路电视上看到他买了信纸、信封、邮票，一些食物，清洁用品以及空气清新剂。"

"杰里米？"

"还没有看到。"

"好吧，他们在一起的，他们肯定在一起的。"梅齐说。

"我们还在搜寻。我们正在接近，梅齐。关键在于坚持。"

他们开车回家，一路无话。没有什么可做的，只能等待。

那天晚上，梅齐正像瓦莱丽小时候那样，把她塞进被子里。

"弗雷德今晚住在这里吗？"

"不，亲爱的，他会回家。"

"那如果我爸爸回来了，怎么办？"

"他不会的。"

"但要是他回来了呢？"

"你是想要弗雷德留下来吗，亲爱的？"

"也许只是在我们确定爸爸走了之前。"

"好的，我会问他的。"

"他很好，妈妈。他真的很好。事情总是在变，妈妈。"

"是这样的，亲爱的。"

"杰里米回家之后，我要对他更好。"

"为什么呢？"

"因为他很伤心。"

"我们都很伤心，亲爱的。"

"是的，但和杰里米不一样。"

梅齐点了点头，"好。"

"在学校我会更加用功。"

"现在你开始开玩笑了。"

"老实说，妈妈，老师们一直都说，如果我足够努力，我可以成为一个伟人。所以我会努力，然后看看会发生什么。"

"你再不停下的话，我要笑掉大牙了。接下来你是不是打算告诉我，你想要和那个被评为年度青年科学家的女孩一样。"

"范尼脚的姐姐德比斯？"瓦莱丽说。

"范尼脚？"梅齐有点儿不大敢问。

"他出生的时候是脚先出来的。"

"原来如此。"

"不过，德比斯真的变了，妈妈。她现在最大的志向就是要有一个棕皮肤的宝宝。"

梅齐笑了起来。"晚安，瓦莱丽·比恩。妈妈爱你。"就像杰里米从前对外婆说的那样。

"晚安，妈齐。"

梅齐关上门，走进杰里米的房间。她坐在床上，抚摸着他的被褥。她躺在枕头上，呼吸着他的气息。她闭上眼睛，想象着他走进这扇门。他如此靠近，她几乎可以触碰到他的身体。

布蕾迪 ｜ 布蕾迪准备睡觉了。她穿着最喜欢的睡衣，外面裹着睡袍。弗雷德走进厨房时，她正把头探进冰箱里。"哦，对不起。"他说，"你先来，我等着。"

她把头从冰箱里转回来，盯着他，嘴里咀嚼着。她提议他坐下。他坐下了。她看得出他对她很小心，生怕惹恼她。她在他对面坐下。

"我总忘事。"她说。

"我知道，布蕾迪。"

"有些事我明明记得。然后就突然消失了。"

"没关系的。"

"我知道你做了什么。我记得。你把丹尼伤得很重。"

"是的，我那么做了。"

"我真正忘记的是他有多么混蛋。"

弗雷德笑了一下。

"这不是借口。"

"我知道。"

"但是听到他今晚跟我的女孩们说的话，好吧，我很庆幸他离开了。而你是他离开的原因。"

"谢谢你这么说。"

"这不是借口。"

"我知道。"

"好的。"她说，"现在我最好在我开始脱衣服之前离开。我仍然是一位女士，弗雷德·布伦南。"

"你当然是，布蕾迪。"

梅齐已经站在门口。"来吧，妈妈，我带你去睡觉。"

"不要让我对那个男人太刻薄。"布蕾迪朝弗雷德挥了挥手。

"我不会的，妈妈。"梅齐说。她一路搂着她的母亲穿过走廊。

"我更喜欢他现在把胡子剃了的样子。不要相信一个留胡子的男人，梅齐。"

"我不会的，妈妈。"说着，她把她的妈妈带进了房间。

"别丢下我一个人，梅齐。我很快又会不见的。"

梅齐在母亲身边躺下。"嘘，"她说，"此刻，我们在一起。这就是最重要的。"

"现在的时间走得不太一样了，梅齐，不是吗？"

"是的，妈妈。"她任凭泪水流下，"是的。"

她俩都哭了起来，直到布蕾迪在女儿怀里睡着。

1995 年 1 月 2 日，午夜至凌晨 1 点

雷夫 | 雷夫喜欢在露天撒尿。他尤其喜欢在夜空下撒尿。黑暗里有某种抚慰人心的力量。

拒绝了比尼的圣诞晚宴邀请后，他一个人在自己的房间

里过了圣诞节。他的朋友在他书包里放了冷食和一个盒装蛋糕，还有一份礼物：让他消磨时间用的两本书。比尼考虑得很周到：这就是雷夫离不开他的原因。比尼照顾着他。这两本书是约翰·格里森姆的《陷阱》和里克·穆迪的《冰风暴》。这一天里，雷夫一点点地吃着这些食物，喝了半打啤酒，读完了两本书。午夜过后他睡着了。伴随着精力的恢复，注意力的集中，他的想象力开始迸溅出无数火花。我永远不会回来这里了。一切将会焕然一新。他有了一个计划。就等着付诸行动。

那天一早他就开始了。他的父亲已经离家好几天了。除非房子里没人，或者需要从前门进出，否则雷夫很少下到一楼。当他父亲在家时，他一般只从窗户出入，或者有时候透过客厅窗户看着父亲，一直等到他睡着再进屋。其余时候，如果太累了等不及，或者太饿了爬不动，他干脆就去比尼家。有时甚至他去了又走了，而比尼完全不曾察觉。

雷夫跟他爸爸曾经打过一架，除此之外，雷夫的父亲并不暴力。他是一个抱怨连天，令人生厌的废物，雷夫一点也不想靠近他。沾上海洛因之前，他一直是一个安静阴郁的男人。即便在他十七岁的儿子死在球场上之前，在他的妻子不想继续跟他过下去之前，他也一直是一个认为杯子半空的悲观主义者。命中注定，西德·墨菲的生活就是一团糟。他是个失败者，由内而外，彻头彻尾。雷夫发誓自己永远不会像他爸爸一样：他要成为他父亲的反面——他要让这成为可能。他要掌控自己的生活，并成为赢家。这个早上，他偷偷摸摸地走出家门时，他听到了奇怪至极的咯咯声。这很不对劲，所以他走进了他爸爸平时爱住的客厅。他在沙发上打着冷战，口吐白沫。

"哦，该死！爸！爸！爸！"他摇动着他的父亲。西德还是一动不动。"他妈的。"他去了公共电话旁边——一年之前，电话公司切断了他们的家庭电话，于是他爸爸就安上了那玩意儿。拿起听筒的时候，他从口袋里摸索出几个硬币。没有拨号音。他恐慌地按下几个按钮，这时他才注意到电话线松动了。他沮丧地把听筒重重地砸在电话机上。"怎么搞的！"电话线从墙上掉了下来。

他回到房间里，拉着昏迷中的父亲坐了起来。"爸。"他说，"快醒醒。"他拍打了父亲几下，但西德的头只是从一边滚到另一边。雷夫完全不知所措。"爸？爸？你要死了吗，爸爸？求你了，爸爸，看看我？你要死了吗？"绝望一点点蔓延，他拽着他瘦骨嶙峋的老伙计满屋子转。"爸爸，不管为了什么，醒醒呀，快醒醒呀？"他不知怎么的就哭了，其实没有他爸爸的话说不定他能活得更好的。"求你了，爸爸！你是我爸爸！快醒醒，行不行？"他托举着他的父亲，带着他绕着房间蹦蹦跳跳，突然他被地上的一只鞋子绊倒了，而把他的父亲摔在了地上。"哦，该死！抱歉。"

他父亲奇迹般地醒了过来。"活见鬼！"西德说话的时候眼睛仍然闭着，他用袖子擦着嘴边的泡沫。

意识到他的父亲不会死之后，雷夫便从他身上跨了过去，悄无声息地溜出了房间。他可以听到西德的嘟囔声："讨厌的地板……不过，在这儿就摔不下去了。"他忍不住笑了起来。

雷夫听到他试图起身。他贴着大厅的墙壁，听了一两分钟，以确保他父亲没有在这个过程中暴毙。听到西德走动起来，去翻找手卷烟、打火机或者某种毒品，雷夫走了出去，静静地关上了门。圣诞假期的一周时间里，他把需要的东西都带上了山。而在这一刻，他下定了决心：是时候了，与过去告别。

雷夫·墨菲已经掌控了他的未来。此刻，站在黑暗的天空下，这感觉真好。

浓密、晦暗的云层淹没了月亮，它们在他头顶缓慢地盘旋。浓云散尽后，他沐浴着刺骨的寒风，把它当作一次圣洁的洗礼，直到夜晚噩兆般滚滚而来。他迅速地拉上拉链，向小屋和杰里米跑去，而这时闪电照亮了天空。

杰里米　　│　　雨仍在哗哗地下着。外面寒冷刺骨，但小屋里十分闷热。杰里米不大舒服：呼吸变得有些费力了。

"需要新鲜空气的话，比尼，我们可以去外面。"雷夫说。

"我没事的。"他说，"我只需要转一会儿。"他站起来，雷夫在睡袋上挪了个位置，靠在墙上。杰里米看着墙上露出来的钉子。"你看到那些头颅了吗？"他指的是雷夫先前提起过的动物头颅。

"都不见了，但我确信它们原先在的，因为在一根钉子上有一大块毛皮。"

"天哪，"杰里米说，"那太残忍了。"

"这就是大自然。"

"好吧，大家都知道大自然是残酷的。"他有些苦涩地说。他不太清楚该做些什么。他不能跟雷夫挨得太近，他不能再犯错了。但是当他在这逼仄的空间里站起来的时候，雷夫的视线一直跟着他，这让他觉得自己仿佛成了一件展品。他转向那堆书。"你在读什么？"

"《1984》。"

"好看吗？"

"酷毙了。在书中的世界里，你会因为思想罪或者个人主义而受到惩罚。"

"听起来很严酷。"

"确实如此。不过是本好书。在一个炮火连天的世界里，仍然有人愿意去与一个根本不关心人而只关心权力的体制作斗争。"

"很酷。"

"但现在这个英雄的处境不大乐观。"

"他怎么了？"

"他已经忍受了几个月的极度折磨，但现在到了最紧要的关头，他却太过恐惧，不敢坚持正确的事情。"

"什么是正确的事情？"

"我不知道……坚持自我，不要像其他人那样变成一个乖巧的奴隶……但他们已经让他陷入了恐惧的深渊。"

"天哪。"

"他正面临选择。他可以让他们给他洗脑，或者活活被老鼠吃掉。"

杰里米说："都不是什么好选择。"

"是啊。"

"那么他选择了什么？"

"还没看到。我读完之后就把书给你。"

"真不错。"

"你现在要坐下吗？"雷夫问。

杰里米深吸了一口气。"嗯。"他别无选择。坐下，然后盯着墙壁。

他在睡袋上坐下，在他的朋友旁边。

"你累了吗，比尼？"

"还不累。"他环顾四周。他可以在哪里躺下？不能靠着雷夫。他看向临时衣柜边上的一片空地。他可以就躺在那儿的地上，把背包当作枕头。这样挺好的。但其实并不好。怎么可能好呢。

雷夫 | 雷夫看得出来，他最好的朋友不大舒服。他注意到这种情况最近频繁发生。有时，他们之间的紧张气氛压得人喘不过气来。尤其是在杰里米避着他的时候。他只是想

和他的朋友来他的新家里玩一玩，但是杰里米在房间里一直坐立不安，就像一只被关进笼子里的小动物。就好像他不想靠近雷夫一样。就好像他很害怕自己一旦停止移动，雷夫会对他做些什么一样。*我不是只他妈的野兽。*他知道杰里米敲开他的房门，发现他爸爸被痛揍了一顿的惨状时受到的惊吓。*那是自卫，我发誓。*杰里米不支持任何形式的暴力。*你觉得我就该白白挨打吗？*也许那可以解释为什么他一直这么紧张。早前说到跟凯西的性交时，他并非没有注意到杰里米的反应，这一直困扰着他。凯西对迪尔德丽说了什么？迪尔德丽又对杰里米说了什么？也许他已经知道雷夫撒了谎：他跟凯西做爱的经历堪比噩梦。也许凯西已经告诉别人他们的尝试多么可悲了。也许杰里米在暗地里嘲笑他。哦不，他不会的。杰里米一个问题都没有问过。他没有笑，没有掺和，完全置身事外。他甚至连一句"恭喜你"都没说。如果他说了的话，雷夫可能已经将实情和盘托出……但杰里米一直没给他这个机会。也许他怀疑雷夫一直隐藏着真实的自我，只是不想知道。

糊在窗户小洞上的报纸现在已经淋得湿透。风呼啸着吹过。小屋发出了吱嘎吱嘎的呻吟，如同一直在浪涛中颠簸。

"我喜欢这样。"雷夫说，"就好像它在跟我说话。"

"它在说：'出去吧！这个地方不安全。'"杰里米说完，他俩都笑了起来。

雷夫看到他稍稍放松了一些。"你觉得我们十年之后会在哪里？"

"在我们的船上。"杰里米说。

雷夫咧嘴笑了笑。真希望我能快进。"我爸爸就快要死了。走运的话，他甚至可能已经死了。"

"别这么说。"

"我不会去收养所。我已经在银行里存了些钱，算是逃命钱吧。不是很多，但我绝对买得起去英格兰的船票。"

杰里米看起来快要哭了。看到他这么在意，雷夫倒没那么紧张了。

"事情会好起来的。你现在有了这里。"

"除非爸爸活着，这样社会机构才不会来干预我的生活。如果他死了，我还是个未成年人。"

"他不会死的。"

"他现在没死已经是个奇迹了。"

"你想太多了。"

"我很现实。"

"那你就搬来和我们一起住。"

"你妈妈要操心的已经够多了。"

"她爱你，雷夫。"

雷夫想到他爸爸口吐白沫的样子，然后又想到梅齐，她那么善良。突如其来的一阵悲伤将他吞噬，他顿时泪如雨下。

"对不起。"杰里米的声音里带着恐慌。

雷夫很尴尬。他讨厌别人看到他哭。"对不起。"他说，"眼里进东西了。"他哭得太厉害了，几乎说不出话来。

"你还好吗？"

"我好得很。"他并不好。他从来就不好。他只是一直这样告诉自己，告诉别人。他觉得只要说上足够多遍，他自己就能相信。雷夫有一个角色要扮演，他全力以赴。他要做一个帅哥，一个很酷的人，所有人都想尽办法给他留下印象。尽管他的生活堪称恶劣，他的伙伴们仍渴望成为他。从他记事起，他就一直在扮演着这样的角色。只要他保持神秘，像磁石一样充满吸引力，女孩们喜欢他，男孩们想要成为他，那么其他一切都无关紧要了。就算他的妈妈不爱他，或是他的爸爸为了逃避而自杀。重要的仅仅在于他创造的这个世界。在这个世界里，即使他是一个怪胎，没有人爱他，他仍然是重要的。

雷夫一直都知道自己身上有些问题。他还没法用语言表达出来的时候，他的母亲就已经清楚地告诉了他那是什么。

雷夫清晰记得的最早的一件事发生在他继承哥哥的"星球大战"小雕像的时候。他没日没夜地玩着这些小雕像，但每次的剧情都是一样的。卢克和汉·索洛住在一起。丘巴卡是他们的宠物，而莱娅公主是他们的清洁工。他母亲坚持不让他这么玩。"不是这样的，约翰。"她说。

"但为什么？"

"因为男孩们不住一起。"

"但为什么？"

"因为他们就是不住在一起。莱娅属于汉·索洛，而卢克可以来拜访他们。"

他把汉·索洛娃娃在卢克娃娃身上摩擦的时候，被他母亲逮了个正着。她大发雷霆。"你不许再这样做了，你这个肮脏的男孩。"她边说边用腿踢他。第二天一早他醒过来的时候，娃娃全都不见了。他知道自己最好别想着把它们要回来。那是他第一次懂得了耻辱的含义。那一年他六岁。肮脏的男孩。八岁的时候，他第一次见到了杰里米的裸体。那天下午，他们和四岁的瓦莱丽在后花园打了一下午的泥巴仗，梅齐把他们仨都脱了个精光。她让三个人都站在浴室里，然后用水管给他们冲洗身体。瓦莱丽试图抠出手指中间的一团湿土，把它扔向杰里米；后者大笑着，紧紧扶着墙壁。而雷夫只能用双手遮挡着自己，期望自己不要勃起——他根本没办法把目光从杰里米身上挪开。他屁股的曲线，他背部的小弧度，他的阴茎，他的胳膊。

梅齐没有注意到他在看。他一直很小心不让她看见：他不希望梅齐像他母亲那样看待他。他很幸运，她一直忙于把墙壁、天花板以及孩子们的身体冲洗干净。他很害怕，想躲回家里。他母亲离开之前他做了大量的祷告。然后有一天她就走了。她没有说再见，而雷夫内心深处一直都知道那是为什么。

十三岁的时候，他发现了一本关于性意识的书。书里有一章叫作"防止尴尬"，它教会了他如何隐藏勃起。它提到，合身的内衣、深色牛仔裤以及长T恤都很有帮助。它告诉他不要尴尬：这是自然的。他应该放松，保持冷静，想些别的事情。当然，他的勃起并不是自然的，因为导致他勃起的不是女孩。但他很清楚什么能在一秒钟内解决他的勃起，那就是他的母亲。他只需要想象一下，他的母亲正训斥他是一个肮脏的男孩，他就立刻软了。这非常有效。他尽力借助这种方式来压制自己对杰里米的关注。在杰里米青春期的初始，这件事做起来相对没那么费劲。当时，雷夫完完全全地被蒂姆·达利迷住了。蒂姆·达利在美国喜剧《插翅欲飞》中扮演乔·哈克特。第一次看到这个节目时他十二岁，孤身一人，一直手淫到昏迷。

这种爱慕持续了两年。差不多在那时候，他开始听到"同性恋""脂粉气""肉肠""酷儿""床垫杀手""柴把""水果"和"仙女"[1]这些词。人们使用这些词的时候总是充满厌恶。他们用这些词贬损别人，暗示别人虚弱、错误、不如人、狗屎、无足轻重、一无是处、崩溃、禽兽、邪恶、快要下地狱了。也有些针对女孩的词，不过他注意到，词语的选择往往和女孩的长相相关。丑的是"排水沟"，好看的是"蕾丝边"[2]，男孩们这么说，仅仅是因为觉得她们需要被好好教训一顿。如果一个女孩拒绝了一个男孩，那么骂上一句"排水沟"似乎是相当可以接受的。这些非常恶劣、恶毒的词，往往被用在同龄人无法理解的那些人身上。这些词体现的是他们对那些人的真实感受——尽管其实对他们一无所知。唯一没有用过这些词的人是比尼。这给了他又一个爱杰里米的理由。

雷夫其余的朋友和家人们那些细微的仇恨、偏狭与歧视不断侵蚀着他的灵魂。他看到恐同症成为电影和音乐的热门

---

[1] 均为对男同性恋的称呼。

[2] 均为对女同性恋的称呼。

主题，"柴把"成了可以接受的日常调侃，攻击同性恋者成了生活常态。他们甚至为教会所谴责——这个声称向所有人开放的地方。甚至在像梅齐这样的好人身上，他也能看到类似的东西。牵扯到同性恋者的时候，她会降低声音，扮个鬼脸。愿上帝爱怜他们，他们可真悲惨。他知道，如果有人发现了他的真我，他们就会离他而去，就像他母亲那样。他不允许这样的事情再次发生。

凯西救了他。她是一个完美的女友——在他朋友给他们拍的照片里，她都显得非常自然，而且并不是简简单单地合了个影而已：他相当欣赏她的美丽。他没有那么喜欢她，但她也不让他感到厌恶。当他亲吻她时，他可以闭上眼睛，想象蒂姆·达利或者是《真实罗曼史》中的克里斯蒂安·史莱特，抑或是健怡可乐广告片中的男孩。当他触碰她时，他想象着自己触碰的是他们中的一个。当她触摸他时，他闭上双眼，伴随着每一次抚摸，她渐渐飘远，而脑中的那个人越来越近。

那次失败的性爱之后，他对自己很生气。不只是生气，更是失望。如果他不能继续跟她把戏演下去，如果她离开了他，他担心，他可能找不到第二个能让他这样应付过来的女孩。雷夫一直都很害怕，害怕他母亲没有说错，害怕他将会眼睁睁地看着父亲死去，害怕他的秘密会被人发现。他最害怕的是他现在拥有的一切都化为泡影，而他将永远孑然一身。每一天，每一分钟，都有新的困难和挑战。他几乎厌倦了这一切。他希望一切都定格在那一刻：他和比尼溜了出来，一起待在一间小木屋里，风声雨声以及音响里 U2 的歌声将他俩包围。比尼在烛光映照中显得十分可爱：他爱慕他精瘦的身体，帅气的脸庞，以及充满野性的沙色头发。他很想知道触碰他会是什么感受。他如此渴望，但他从没有行动。他不能，也不会冒这个险。

有一次他在杰里米房间里打地铺的时候，他的朋友被噩梦惊醒。杰里米十分痛苦，说有时觉得自己好像不能呼吸。当雷夫试图安慰他的时候，他转身离开，说雷夫永远都不会明白。这很奇怪，因为雷夫谙熟于憋气的技巧，他甚至可以在水底生活，但杰里米又怎么知道呢？

他曾希望他能告诉杰里米，就在那一刻。即使它早已成为过去。

杰里米 | 雷夫哭完之后，用指背擦了擦眼睛。"对不起。"

他又说，"别告诉任何人。"

"我不会的。"杰里米说。他当然什么都不会说。他只希望自己能够使一切顺利。为何生活注定如此不公？

"你一定觉得我是个蠢货，对吧？"雷夫说。

"因为你哭？"

"是的。"

"别犯傻了。我一直都哭。"

"是吗？"雷夫的情绪似乎缓和了一些。

"是的。"

"为什么？"

杰里米能看出来雷夫很想知道，但他能说什么呢？因为我爱你，这让我感到焦虑。"不知道。"

"肯定有什么原因的。"雷夫催促着他。

开口吧。告诉他一些什么，说点什么……

"只是生活。"杰里米很惊慌。我不能这样做。雷夫盯着他，就好像他欠着雷夫什么东西一样。我不知道说什么。

"告诉我点什么，比尼。如果你很伤心，也给我一个理由。"雷夫听起来很沮丧，甚至有点生气。

杰里米很想跑开。他跳了起来——他需要一些空间。小屋里实在太热，他觉得自己的皮肤已经着火了。雷夫站起来跟着他。杰里米退到墙角，就像他俩独处时他一直做的那样。

"怎么了？"雷夫走上前，"你为什么不能放松些呢？"

"对不起。"他不能看着雷夫的眼睛。

"看看我。"

"我不能。"

"为什么不行？"

雷夫站在那里，穿着长 T 恤和四角裤。杰里米可以看到他胸部和手臂的轮廓。他强壮的双腿正在展出。杰里米和雷夫之间只隔着一块薄薄的织物。他需要离开，但无情的雨水一直在重击着屋顶，就像无尽的鼓点。

"退回去，雷夫，求你了。"

雷夫生气了。"我不会对你做什么的。"

"我只是需要一些空间。"

"避开我。"

"求你了，雷夫。"

"为什么？"

"我不能说。"我们怎么到这里来的？

"我在问你为什么。告诉我。"雷夫说着，好像在害怕着什么一样。

"这跟你无关！"杰里米喊道，"不是什么都跟你有关。"

他现在在哭，雷夫退后了。"对不起。"他似乎如释重负，但仍很好奇。

杰里米是如此受伤，如此害怕。他就是不知道该做些什么。

雷夫 ｜ 杰里米啜泣着。他蹲在地上，身体蜷成一团。雷夫从没见过他哭成这样，即使是他在操场上受伤的时候，或者是他父亲失踪之后。他浑身抽搐，从他身上喷涌而出的痛苦与孤独，雷夫再熟悉不过了。他什么也没有想，只是把杰里米搂在怀里，紧紧地抱着他，就像雷夫期待自己被抱的那样。"没关系的，比尼。无论什么都没关系的。"

"不行。"杰里米在他最好的朋友肩膀上哭泣着低语，"永远都好不了的。"

"为什么，比尼？"

"因为我爱你。"杰里米痛哭流涕，他的最后一道防线崩塌了。

雷夫松开手，注视着他。他美丽的脸庞上片片泪痕。杰里米也同样凝视着他最好朋友的灰色眼睛。雷夫张开嘴唇，杰里米靠了过去，他们开始亲吻。起初如和风细雨，但旋即愈演愈烈，到最后，他们抓住彼此脑后的头发，紧紧地抵着对方，就像要融为一体。这感觉如此美妙，如此正确，如此自然，就像一场彻底的解放。这是雷夫有过的最好的一个吻。他们的手在对方的背部、胸部和手臂上游走，紧接着杰里米碰到了雷夫。雷夫需要一秒钟的时间，他还没有准备好。而这时他的头上响起了他母亲的怒吼。脏脏的男孩，同性恋，脂粉气，柴把，水果，肉肠！

　　一切都是本能的反应。他使出浑身的力量推开了杰里米，转过身去，站着不动。他无法承受。这一切发生得太过突然，又太过猛烈。"不行。我们不能这样做。"他背朝杰里米说道，而杰里米没有争辩，他一句话都没有说。所以他一定也是这么想的吧。"对不起。"雷夫打起精神来说道。我会补偿你的。刚刚太过震惊了。他转过身去，只看见他的朋友贴在墙上，半倚着，半挂着。

　　"杰里米？"

　　他隐隐有些感觉，他搞不清为什么，所以走得更近了些。杰里米的眼睛和嘴巴都张得老大。更加仔细地检查后，他看见血正沿着他的脖子和肩膀流下来。

　　"杰里米？"

杰里米目光呆滞，一动不动。他就在房间里，但雷夫一看到他朋友的眼睛，就知道他已经走了。

那根钉子又长又粗，它一定已经穿过他的头骨，深深刺进了大脑内部。即使是身体的重量也没能把他带到地板上。他看起来就像是这儿曾经挂过的某个动物头颅。

"杰里米！"雷夫吼叫着，"杰里米！"他摇了摇他，但他没有回应。他仍然保持着完美的静止。沉醉在他第一次真正的亲吻中，在这儿定格。

"杰里米——我不是故意的，杰里米。求你了，我不是故意的。我求求你。醒过来。"他说了一遍又一遍，无望地，绝望地。但杰里米不是睡着了，没有人睡觉的时候眼睛张这么大。我要让他下来。我要把他从钉子上拉下来。之后我就可以做心肺复苏。我可以救活他。人们总能恢复原状。

"你必须相信我。我可以救你，杰里米。"

他抓住他朋友的头，用尽力气往外拽。他是如此用力，以至于杰里米离开钉子的时候，他朝后倒在了地上，而杰里米倒在他身上。他挣扎着站起身，用手捂住了杰里米头上流着血的大洞。

"哦，不，不……哦，天哪，杰里米。"

他把杰里米翻过身来，然后开始捶击他的胸部。

"杰里米，杰里米，杰里米。没事的。没事的。我救下你了。呼吸就好，吸气，呼气，吸气，呼气。来吧，伙计，你和我，我们知道呼吸本身没有那么容易，但我们呼吸着。我们一直都在呼吸着。"眼泪迷蒙了他的视线。涕泗交流，他不断用满是血污的手擦脸，最后他整张脸上都沾满了杰里米的血。意识到自己已经无能为力之后，他像只受伤的小兽一样呻吟着。

"杰里米，我很抱歉。"他把他的朋友抱在怀里，搂着，摇着。"我爱你。我爱你，杰里米。我一直爱着你。我很抱歉。"他一直待在原地，拥抱着、摇晃着他最好的朋友，直到后半夜。之后他把杰里米卷了起来，用睡袋盖住了他。

在他身边守候了三天三夜之后，雷夫终于想通了此刻什么是他最应该做的。

亲爱的梅齐：

一切都发生得如此之快。前一刻我们还在那里，下一秒他就走了，我很抱歉。都是我的错。我想要做个正常人。我一直压抑着自己内心的情感，但从记事起我就一直爱着他。这一直折磨着我，因为我知道这是错误的。但是突然他告诉我他也一直爱着我，这就像个奇迹，梅齐，像一个晴天霹雳。

那是我一生中最美好的时刻。我兴奋、快乐、自由、充实、正常，并且我知道他在那一刻也是同样的感觉。但一直萦绕在我脑海里的那些话淹没了我，是我推了他，梅齐。我不是有意要伤害他的。我从没有伤害过。我只是想要一点空间，停下来，想一想，不用太久。一切都太过突然，太过猛烈。如果我不往后退，我的脑袋和心脏都要炸开了。所以我推了他。墙上有一个钉子。他肯定是没有站稳，就摔在了那上面。他没有痛苦。我保证。我尽力救他。能做的我都做了，但他没有醒过来。他再也不会醒来了，这都是我的错。

我现在要说再见了。我要寄出这封信，然后我打算离开。我不能留在这个没有他的地方。即使我可以，我现在也不能独自生活，所以我要和他一起，无论他在哪里。那里就是我的应许之地。

我画了一张指引通往小屋道路的地图。他被包裹在我的睡袋里。这儿没有东西能碰触他。知道他已经离开之后，我把他卷了起来。我希望能让他停留在幸福深处，梅齐。我知道这是他想要的。你对我一直这么好。你不应该遭受这一切。我希望我可以改变它。我希望我可以让时光倒流，然后改变所有这些。我希望……

我爱他。我对你非常感激，我非常非常对不起你。我希望你能挺过去。我希望你不要跑到别处去，或者变成像我父母一样的垃圾，因为瓦莱丽需要你。

爱你的，雷夫

1995 年 1 月 4 日

又及：如果有人在找我，我在水库里。

星期五

1995 年 1 月 6 日

第十一章 / 472

懦夫

电台司令乐队，1992

第十一章

懦夫

——

电台司令乐队，1992

戴夫 | 五点三十分，戴夫的闹钟响了起来。他拍掉闹钟，哼哼着翻了个身。他痛骂雷夫：因为雷夫建议他跟朱诺交了朋友。但是起床之后，跟朱诺打交道比他曾承认过的更加有趣。五点五十分，他已经站在了门口。天很冷，所以他在大风衣底下又穿了一件夹克。六点刚过，朱诺终于跑来了。戴夫很冷，所以他骑着车不停地绕圈以保持体温。朱诺只戴着一顶羊毛帽子，穿着一身运动服，但他从家里过来已经跑了一路，

并且还在继续跑着。这时戴夫停止了绕圈，朝他骑了过来。

"你好吗？"戴夫说。

"很好。"

"那么我们走吧。"戴夫按下了他爸爸的秒表，"让我们来破几个纪录。"

朱诺跑了起来，穿过几道大门，沿着狭窄的石板路——这条绿树成荫的小路一直通往水库，经过淙淙流淌的小溪，水差点就渗进了他的跑鞋里。他路过为数不多的几栋漂亮房子，遇上两只咆哮着的看家狗，还有一个人正把车开出停车道，车后面拖着一条船。空气清新。要不是过低的温度减了分，现在的一切堪称完美。朱诺看起来精神不错。圣诞假期的休息并没有影响他的体型。

"我做得如何？"

"还差得远呢！来吧！集中精神！坚持到底。"

朱诺点点头，随即加快了步伐。每次戴夫以为朱诺已经竭尽全力的时候，他都能再往上加一挡。这真是令人印象深刻。戴夫落后了：他发现自己很难跟上。朱诺插上了翅膀。戴夫的外套拖住了他，同时还有一个齿轮总是卡住。他们到达水库时，朱诺回头瞥了他一眼。

"继续向前，哥们！不要放慢脚步！"戴夫喊道。

朱诺点了点头，继续向前跑去。减速停下时，他已经到了桥边。戴夫看不出是什么阻拦了他。他担心朱诺是不是肌肉拉伤了。如果那样的话，我得花上一整天才能把他弄回去。他榨干了他那愚蠢的破齿轮的最后一滴油，一路冲向了桥边。到达那里时，朱诺正扶在栏杆上。他一定是吐了，天哪，他会好起来的。但当朱诺转过身来，他脸上恐怖的神情告诉戴夫，事情超出了他的预料。

戴夫下车，向前走去，而朱诺在往回走。他身后的阴影中隐约显出另一个人影来。戴夫费了一番功夫才接受了他所目睹的一切。他花了一毫秒来调整。那绝对是一个抱着桥梁栏杆的男孩，很明显他正准备往下跳。雷夫？雷夫？是你吗？

朱诺现在面朝着他，朝他大喊，但从胸口急剧涌向头顶的血液让他什么也听不见。戴夫需要一分钟的时间。雷夫？你在做什么，哥们？在退潮时，你挂在这座他妈的桥上是要闹哪样？在这么冷的天气里。

"戴夫！"朱诺几乎是贴着戴夫的脸喊道，"打起精神。"

"雷夫？"戴夫说。

雷夫的手臂穿过铁栏杆，脚跟勉强站在边缘。他看起来就像是耶稣——如果耶稣是被挂在桥上，而不是钉在十字架上的话。他冻得发紫，瘦骨嶙峋，有一片黑发从根部开始变白了。他的手指和胳膊都成了青紫色，所以即使他想要坚持，可能也坚持不了太久。戴夫完全无法理解。

"雷夫。"朱诺靠在栏杆上，"是我，朱诺。你怎么样，哥们？"

"他妈的不要问他这个。他在干吗已经显而易见了。"戴夫终于能够说出话来。

"闭嘴，戴夫。"朱诺说，"雷夫，你能听到我吗？"

"我听到了。"雷夫的眼睛仍盯着水面。

"嗯，好的。"朱诺舒了一口气，"为什么不让我帮你？"

"你碰我一下，我就跳下去。"

戴夫砰地扔下了他的自行车。

朱诺跳了起来。"耶稣基督，戴夫，你他妈的小心！"

"对不起。"戴夫是认真的。他感到极度抱歉。

朱诺转回雷夫那一边。"我需要你告诉我，有什么我能帮上忙的。"

"没有。"

"每个人都在找你。都快找疯了，对吗，戴夫？"

戴夫点点头，虽然面朝水面的雷夫并不能看见他。"警察、媒体，还有杰里米的妈妈。"

"梅齐在找我？"

戴夫仿佛看到他身上的一个小灯泡亮了起来。"她上了电视，她对你说她爱你。她想你们回家。"

雷夫的眼睛又有了光彩。"我给她写了一封信。她明天就会收到的。"

"你为什么这么做？"朱诺说。

"我需要解释。"

"为什么不去找人帮忙呢？"

"太晚了，朱诺。"

"不，还没有！"朱诺慌乱地说，"你坚持住——好吗，伙计？"

"不。我不行。"

"你可以的——你正在做！看看你自己。"

"已经太晚了。"

"我可以叫来梅齐。"朱诺说，雷夫深吸了一口气。"当面说更好。"

雷夫考虑了一下，点了点头。"你说得对。"

谢天谢地，戴夫心想。好样的，朱诺。戴夫真的不知道现在是什么情况。雷夫要对梅齐说什么？他在桥上做什么？杰里米在哪里？

"好的，很好。我去找她，你坚持住。戴夫会和你一起待在这里。"朱诺的声音相当冷静。

"我做不来的！"戴夫几乎尖叫了起来。不行的！我做不到，我做不到，我做不到！

"给我一秒钟。"朱诺对雷夫说。他走到戴夫身边，拽住他风衣的衣领。"我比你快。我骑自行车去那些时髦的小房子那儿，随便哪一栋，然后我会打电话给梅齐。你要一直陪着雷夫。不要说任何可能诱使他跳下去的话。明白吗？"

"不行。"戴夫的眼神很慌乱，"我不值得被信任。我是个混蛋，记得吗？"他突然哭了起来，"我会说出些什么，然后他会跳下去。求你了。我去。我去做那些。我会骑着这辆破自行车，或者我就用尽全力去跑。别让我留下来。如果你离开了他，他就差不多等于死了。"戴夫对此深信不疑。他这一辈子都没有这么有把握过。他能为朋友做的最好的事情就是离开。求你了，雷夫，请不要这样对我。

朱诺松开了手。"你会没事的。保持冷静就好。"很明显，他并没有认可"不行"的答复。他扶起自行车，开始狂蹬。掉链子的时候，他刚到桥中央。戴夫看着他跳下车，一路狂奔，比戴夫见过的任何一次都要更快。

戴夫争分夺秒地思考着。他走向雷夫，高举着双手。"我为和平而来。"

雷夫一动不动。戴夫不知道他是不是被冻在了桥上。经过更仔细地检查，他发现雷夫的上唇是紫色的，而下唇是蓝色的。"你好。"近得几乎能碰到他的时候，戴夫向雷夫打了招呼。他没有回应。

"朱诺刚刚去找比恩女士了。他很快就会回来。"

雷夫只是直直地盯着水面。

"耶稣啊，真他妈的冷，不是吗？我的蛋蛋已经缩得跟沙滩球差不多了。"

雷夫没有笑。

"明白了吗？它们太大了，缩了好几圈才跟沙滩球差不多。"

雷夫看起来很累。他面容憔悴，形容枯槁，头发乱如枯草。戴夫真的感到恐惧。雷夫的手臂一定很疼。当他轻微地摇晃时，看起来就像是随时会掉下去一样。"哦，耶稣。坚持住——坚持住，不管为了该死的什么！"

雷夫看起来似乎已准备好赴死。"告诉梅齐我很抱歉。"

"没有可能！"戴夫冲他的朋友尖叫着。

"按我说的做，戴夫。"

"不。"戴夫又一次哭了起来，"不，我不会的。我会告诉她你让她滚蛋。我会这么说，因为要是你现在跳了，那你就等于是这样说了。你在说我们都可以走了，该干吗干吗去，这样不对——这一点也不对。"

雷夫看着他。他终于引起了雷夫的注意。他决心一定不能搞砸。

"求你了，求你了，雷夫，请不要这样做。我知道发生了不好的事情。我知道它已经发生了，但你这样做是不对的。我爱你，伙计。好吗？我们都爱着彼此，不管发生了什么，我们也将继续如此。"

"你不知道我做了什么。"雷夫用嘶哑的声音说。

"我他妈的一点也不在意。"戴夫说，"我发誓我不在乎。我们是兄弟手足，让我们共同面对。不要让我失望。"

"我不能，戴夫。"雷夫说，"我就是不能。我很抱歉。"

这一刻，空气中的痛苦几乎凝固成实体。戴夫以为他就要放手了。

"不，不，不，求你了，伙计！请不要让我成为害死雷夫的混蛋。我不能背负着这样的罪名生活。"他结结实实地跪在地上，乞求着，"求你了，求你了，雷夫，不要离开我。耶稣啊，请不要离开我。"

雷夫一定是被触动了。他抓得更紧了一些。"好的。我很抱歉，戴夫。"

"我也是。"戴夫现在哭得就像个婴儿，"我对一切感到抱歉。我爱你，伙计。我爱你。我真的爱你。"

戴夫脱下了他祖父的风衣，把它盖在雷夫身上，然后用双臂环抱住他，竭尽所能地紧紧抱住。"我抓住你了，雷夫。"

他紧紧抓住他最好的朋友，他们共同在缄默中等待着。不知道过了多久，他听到了汽车的声音。转过身去，他看见朱诺下了车朝他跑来，在他身后，一个男人和一个女人也尽可能快速地跟过来。

"他累了。"戴夫对他们说，"他真的很累了。"

"她来了，雷夫。她正在路上。"朱诺说。

那个把手机借给朱诺的人往后退了几步站定。他的妻子在他怀里，两个人都吓得目瞪口呆。他们半句话也说不出来。

朱诺让雷夫挺住，并保证梅齐现在随时可能到达。戴夫一动也没动。"从赛普拉斯路开到水库需要多长时间，戴夫？"朱诺问。

"大约十分钟。"戴夫说。

"如果是警察开车呢？"

"大概五分钟。"

"那么我们已经等了三分钟了。两分钟，伙计。好吗？"朱诺说。雷夫点了点头。"就只要两分钟。"

就只要两分钟。戴夫心想。坚持下去，别放手，确保他的安全。他冻僵了，手和胳膊都很疼，但即使梅齐·比恩再过一个月才能来，戴夫·奥洛林也不会放手。

梅齐 | 刚过五点三十五分，梅齐被一阵鸦叫惊醒。她和衣睡在杰里米的床上。她坐起来，确定了自己的位置。布蕾迪没有从门厅走过，要么就是她走了而梅齐没有听到。她起床核实。走廊是空的。布蕾迪在床上安详地睡着。她舒了一口气。好的。她走进客厅。弗雷德躺在沙发上，完全清醒，正盯着天花板。

"你留下来了。"她很高兴见到他。

"对不起，梅，我睡着了。"

"不用道歉。"她盘腿坐在地板上，紧挨着他，"这可真是不可思议的一个礼拜。"

"你还可以再说一次。"

"我要让他回家，弗雷德。"她很确信，她就是相信。

弗雷德坐起来，用手擦了把脸。"我相信你。"

她握住他的手，然后吻了它。"我觉得我还没感谢你。"

"没必要。"

"谢谢你。"她说，"谢谢你，弗雷德。谢谢你在那么多年之前救了我们大家，谢谢你现在在这里，再一次拯救我们所有人。"

"那是我正在做的吗，梅？"

"是啊。就是。"

"那么，不管发生什么，我都会继续做下去。"

她站起来拍了拍自己。"咖啡？"

弗雷德没来得及回应，因为电话铃吸引了她全部的注意力。她跑到走廊上，拿起听筒，但她还没来得及打个招呼，就听到了朱诺·林奇近乎歇斯底里的号哭。

"比恩太太，救命！是雷夫。"

"在哪里？"

"在水库的桥上。"

"杰里米呢？"

"他要跳了，比恩太太。"

"谁？杰里米？"

"不，是雷夫。他想要见你。他只想跟你说话。"

弗雷德现在站在她面前。她看见自己惊恐的神色映在他的脸上。"我马上就到。"她说完便扔下了电话。

"梅？"

雷夫在桥上威胁要结束自己的生命，而杰里米无处可寻。她打开自动驾驶模式。"我们要走了。"她不能不叫醒瓦莱丽，因为她需要确保瓦莱丽看着布蕾迪；但她又不能不跟瓦莱丽解释清楚状况就离开。所以，她叫醒了她的母亲和孩子，给她们穿上拖鞋和大衣，让她们在车里坐好。

没有人说话。布蕾迪打着盹，不知道发生了什么，也没有能力参与其中。瓦莱丽脸色铁青。弗雷德以超音速开车穿过了塔拉特村。当他们转过一个急弯时，车子几乎只有两个轮子着地，梅齐紧紧抓住她的座椅。这是梅齐·比恩经历的最漫长，也是最短暂的一段车程。

梅齐首先看到的是站在后面的一男一女，然后看见了男孩们：朱诺在绕着圈走着，戴夫拼命地紧紧抓住雷夫。弗雷德还没熄火，她就下了车。瓦莱丽一脸惊恐地瞪着眼前的场景。

"待在这儿别动。"她听到自己说。她女儿点了点头。

梅齐和弗雷德一起跑到桥上。梅齐已经哭了起来。雷夫浑身颤抖，就像一艘失事的航船。看到他的模样，她倒吸了一口凉气。她感到弗雷德的手臂搂住了她，她得以保持直立。她不能思考，她只能行动。

"雷夫，雷夫，亲爱的，我是梅齐。"

"梅齐？"

朱诺往回退，她走向雷夫。她离他很近了，已经可以触碰到他。他瘦得皮包骨，几乎不成人形。

"放开我，戴夫。"

"没有可能。"

"我需要和梅齐单独说话。"雷夫开始挣扎。

"没关系的，冷静下来。没关系的，孩子，放松就好。"弗雷德说完冲戴夫点了点头。"放开他。他会和我们待在一起，是吗，雷夫？"

雷夫点了点头。戴夫轻轻地放开手，慢慢走过去和朱诺会合。弗雷德退回来，只留下梅齐和雷夫在一起。警笛声和救护车的警报声在很近的地方响起。

"雷夫，亲爱的，发生了什么事？"她的声音颤抖着。她紧紧抱住自己，害怕如果放开手，自己会变成一摊液体。她的膝盖正在颤抖，但她设法保持直立。

"我给你写了一封信。我昨天寄出去了。"他笔直地盯着前方。

"为什么，雷夫？"哦，天啊，不要。求你了，请不要这样。

"我想说我很抱歉，我不是故意的。我真的不是故意的。"

雷夫在哭，梅齐也在哭，因为她知道她的儿子死了。听到雷夫一个人在桥上的那一刻，她就知道他已经死了。"没关系的，亲爱的。"她这么说了，但怎么会没关系呢？一阵炽烈的痛苦将她撕裂。杰里米？哦，我的儿子，我的心，我的灵魂，我的甜心宝贝。

"并不是没关系，梅齐。他死了。"

"我知道，亲爱的。我知道他已经……"她一直点着头，勉力维持着自己的情绪。

"是我做的，梅齐。我杀了他。我不是故意的。"

她想要尖叫，想要捶打墙壁。她想要吼叫，想要咆哮，想要吹散这个世界，但紧紧抱在桥上的那个孩子不是她怒火的中心。即使在这个极端痛苦的时刻，她也看出了这个男孩的伤心和无助，她仍然爱着他。她怎么能不爱呢？"你当然不是。"她伸出手去，抚摸着他，把手放在他干瘦的手臂上。

"但我推了他——我推开了他。前一分钟他还活着，下一刻他就不在了。我不是故意的。"

梅齐痛彻心扉，五内俱焚。她脑袋里阵阵轰鸣。"杰里米，哦，杰里米。"

"他没有受苦，梅齐。他没有。我向你保证。"

雷夫松开手，但她在他完全张开手臂之前抓住了他。她抱住了他，就像戴夫之前做的那样，紧紧地抱住。

"梅齐，你在做什么？让我走。"

"不可以。"

"求你了，梅齐，请让我走吧。"

"不可以。"

"求你了。"

"不。我不会放开你的，亲爱的。"突然，弗雷德出现在那里，他抱住了梅齐，抱住了雷夫。警卫们和急救员们冲向大桥。在那里，一个男孩和一个女人在彼此怀抱里哭成一片汪洋。

尾声

——

梅齐·比恩·布伦南讲完了

梅齐环视着整间屋子。人头攒动，但屋子里寂静无声。一些人在擦着鼻子。一个年轻的姑娘正号啕大哭。两百张年轻的面孔盯着她，等待后面的情节。

"我知道你们所有人在想什么。故事不可能就这么结束了吧？但是它确实结束了。至少，杰里米的故事已经结束了。"她喝了一口水，学生们在等待着她最后的总结。

"杰里米的死是一起可怕的意外，但造成意外的根源是和你们中的一些人相像的人，以及和我相仿的一些人。如果人们认为一个东西很愚蠢，就说它像个同性恋；如果人们觉得某个人很弱小，就说他是个同性恋。就像过去的我一样，人们为同性恋者感到抱歉，觉得他们很可悲。但事实上，正因为像过去的我那样为他们感到抱歉的人，他们才无法拥有正常的生活。任何人都不应该因为性别或性取向而被认为是二等公民。同性恋者并不可怕。可怕的是整个社会看待和对待他们的方式。那才是痛苦的源头。那才是地狱与恐怖的所在。"

又一个女孩擦着鼻子咳嗽了起来。

"雷夫和杰里米彼此相爱，他们有过的那次亲吻应该是最美好的初吻了。就像是个童话故事，或者一部罗曼片。"她笑了一下，"我说对了吗？一部罗曼片？"

前排的一个女孩点了点头。

"这应该是一段史诗般的爱情，但恐惧、羞耻和他人的评价成了拦路石。在一间小屋里，雷夫一个人跟他最好的朋友——已经去世的——起待了整整四天。他不想丢下杰里米一个人，你们看到了。前三天他什么都没想，直到他有了这个计划——为他殉情。他什么也没吃，一路走到布莱辛顿，买了一些纸和一支钢笔，给我写了一封信。他画了一张地图，以便我们可以找到杰里米并将他埋葬。然后他买了一个三明治，一袋薯条，一些家具上光蜡和一罐空气清新剂。他吃了食物，让自己能有足够的力气回到杰里米身边，然后把屋子里清理干净，喷了空气清新剂，这样当我们找到他时，他闻起来就不会像雷夫的爸爸那样。"她的声音在这里中断。这是梅齐第一次允许自己在学生们面前哭泣。

"对不起。"她调整好情绪，"我想现在把信读给你听，如果你允许的话。"

读完信之后，她看着那些痛哭流涕的面孔，点了点头，鼻子翕动着。她在等待。林恩抬头凝望着她，哭肿了眼睛。她握住约翰的手，紧紧地抱在胸前。他微笑着点点头。

约翰拨开脸上的白发，抹去了眼里溢出的泪水。他有很久没被叫作雷夫了，但是当梅齐看着坐在她面前的这个英俊的男人时，她仍然能看到桥上那个崩溃的男孩。林恩靠过去，吻了他一下，手里织着的毛衣掉在了地板上。戴夫捡起来递给她。他仍然和他的朋友在一起，他仍没有放手。

梅齐转过身去，看到弗雷德站在舞台边上，正自豪地笑着。瓦莱丽正倚靠在他身上，朝她竖起了大拇指。在瓦莱丽身后，站着梅齐十九岁的儿子亚瑟。他从来没有见过他的哥哥。在悲伤命运的转角，梅齐在杰里米去世后的那个晚上怀上了亚瑟。在那些年里，是亚瑟支撑着他妈妈和瓦莱丽生活了下去。他把梅齐和弗雷德永远地联结在了一起，并给布蕾迪·比恩的脸上带去了微笑，甚至是在她去世之后。在亚瑟第一个生日过后的第二天，布蕾迪在一家专门照顾老年痴呆症患者的私立疗养院里离开了人世。她已经谁都认不出了，但她仍会提到杰里米，仍会对杰里米说话，一直到她生命的最后时刻。

梅齐转回去面对她的观众。"一位名叫琼·王尔德的可爱的女士帮助我和雷夫——我现在应该叫他约翰，他已经成年了——以及他的朋友们写下了这本书，关于发生了什么，我们从中学到了什么，而它又是如何改变了我们。"她指向人群。"迪尔德丽·马赫尼，凯西·肖，朱诺·林奇，米奇·卡百利，戴夫·奥洛林，能请你们都站起来吗？"他们照做了，人群中爆发出热烈的掌声。

"现在我想向你们介绍约翰·雷夫·墨菲。"

约翰慢慢站起来，靠着他最好的朋友戴夫。这么多年过去之后，他仍然心绪难平，惊魂未定，他仍怀着深深的伤痛，但他还不错，甚至还要更好：他是一个斗士，一个幸存者。他克服了一切，取得了成功。梅齐为他感到骄傲。她知道杰里米也会为他骄傲的。杰里米的朋友们再次坐下，掌声渐渐平息，这时梅齐用一个简单的事实收了尾。

"那只是一场意外，一场可怕的、愚蠢的、完全可以避免的意外。真正的悲剧在于我们让这些男孩感受到的：我们灌输给他们的耻辱、内疚、痛苦，以及仇恨。我希望那时我就是和现在一样的一位母亲，但当时的我并不是，不过没关系，因为我已经改变了。我成长了。我已经教育了自己，这就是我对你们的希望。你们之中的一些人可能不需要阅读这本书——你们中的一些已经在那儿了——但对于其他人而言，对那些从小生长在性向被当成大事、同性恋会被谴责的环境中的人，我希望今天点燃了你们的火花。我希望它给了你们一个不同的视角。最后，对于那些隐藏着真实自我的人，我想说，你们拥有爱的权利。你需要的只是做真正的自己，走出去，找到它。谢谢你们。"

人群起立鼓掌，笑声在她胸中翻腾。梅齐·比恩·布伦南，你觉得你是谁？

"谢谢你们。"她最后一次环视整个房间，然后朝约翰、戴夫和林恩点了点头。该走了。约翰已经把林恩从喧闹的房间里带了出来，以防她的身体出问题。

她走到舞台边缘，投入家人们的怀抱。"我做得怎么样？"

"你真是太不可思议了，妈齐。"瓦莱丽说。

"我真骄傲，我简直要爆炸了。"那是弗雷德。

"你呢，亚瑟？"

"你真棒，妈齐。你让我希望自己是个同性恋了。"

"少胡扯。"

"好吧。让我们跟其他人一道，共同庆祝妈妈巡回演讲的第一站圆满落幕。妈齐现在可算是个名人了。"弗雷德边说边搅动着他儿子的头发。

　　亚瑟开玩笑地把他推开了。〝行了，爸爸！我这发型可不是自己变出来的。〞

　　在出口处，一个年轻男子拦住了梅齐。〝这真是太不可思议了。〞

　　〝谢谢。〞

　　他很羞涩、紧张，甚至有点站不稳。〝你介意我跟你聊上几分钟吗？关于我是个怎样的人。〞

　　〝我很乐意，孩子。〞梅齐·比恩·布伦南笑了起来。

附
录

——

作者用了歌曲名作为本书的章节名，整理如下：

1. Jeremy/Pearl Jam, 1992-Jeremy

2. Sunday Sunday/Blur, 1993-Modern Life Is Rubbish

3. You Are The World/Live, 1991-Mental Jewelry

4. Welcome To Paradise/Green Day, 1994-Dookie

5. Come As You Are/Nirvana, 1992-Nevermind

6. Everybody Hurts/R.E.M., 1992-Automatic for the People

7. Patience/Guns N' Roses, 1989-G N' R Lies

8. Today/The Smashing Pumpkins, 1993-Siamese Dream

9. Outshined/Soundgarden, 1991-Outshined

10. Nothing Else Matters/Metallica, 1992-Metallica

11. Creep/Radiohead, 1992-Pablo Honey

致谢

———

两个人的帮助使这本书成为可能。从一开始，她们就深信这个故事能够取得成功。我曾因病不得不耽搁写作，时间非常紧迫，是她们一直支持着我，并且毫无怨言。她们帮助我塑造了这本书。非常感谢我的代理人希拉·克劳利和我那如影随形的编辑哈莉·伯顿。希拉开玩笑说我们是一个梦之队，我倾向于认可她。希拉，你锐气十足，美妙绝伦，诚实而充满动力，我非常感谢你的代理。哈莉，你的每条标注都一针见血，你带给我欢笑，你清楚地知道我应该如何前进，你总能让我的作品得到提升。我不能要求更多。女士们，我心满意足。

非常感谢我的技术编辑黑兹尔·奥姆。我的全部七本小说都离不开她可贵的工作。

致我的整个家庭：我爱你们，感谢你们所做的一切。

致我的朋友们：你们让我的生活更加美好。我还要特别感谢恩达·巴伦和艾蜜儿·欧洛克提供的宝贵见解和当地知识。